# L'HÉRITAGE

# Du même auteur

*Mémoires d'outre-tonneau*, Éditions Estérel, 1968
*Race de monde*, Éditions du Jour, 1968
*La nuitte de Malcomm Hudd*, Éditions du Jour, 1969
*Jos Connaissant*, Éditions du Jour, 1970
*Pour saluer Victor Hugo*, Éditions du Jour, 1970
*Les grands-pères*, Éditions du Jour, 1971
*Jack Kerouac*, Éditions du Jour, 1972
*Un rêve québécois*, Éditions du Jour, 1972
*Oh Miami, Miami, Miami*, Éditions du Jour, 1973
*Don Quichotte de la démanche*, Éditions de l'Aurore, 1974
*En attendant Trudot*, Éditions de l'Aurore, 1974
*Manuel de la petite littérature du Québec*,
        Éditions de l'Aurore, 1975
*Blanche forcée*, VLB Éditeur, 1976
*Ma Corriveau*, VLB Éditeur, 1976
*N'évoque plus le désenchantement de ta ténèbre, mon si pauvre Abel*,
        VLB Éditeur, 1976
*Monsieur Zéro*, VLB Éditeur, 1977
*Sagamo Job J*, VLB Éditeur, 1977
*Cérémonial pour l'assassinat d'un ministre*, VLB Éditeur, 1978
*Monsieur Melville*, VLB Éditeur, 1978
*La tête de Monsieur Ferron ou les Chians*, VLB Éditeur, 1979
*Una*, VLB Éditeur, 1979
*Satan Belhumeur*, VLB Éditeur, 1981
*Moi Pierre Leroy, mystique, martyr et un peu fêlé du chaudron*,
        VLB Éditeur, 1982
*Discours de Samm*, VLB Éditeur, 1983
*Entre la sainteté et le terrorisme*, VLB Éditeur, 1984
«La boule de caoutchouc», *in Dix nouvelles humoristiques*, Les
        Quinze, Éditeur, 1985
«Docteur L'Indienne», *in Aimer*, Les Quinze, Éditeur, 1985
*Steven le Hérault*, Éditions internationales Alain Stanké, 1985
*Chroniques polissonnes d'un téléphage enragé*, Éditions
        internationales Alain Stanké, 1986
*L'héritage* (L'automne), Éditions internationales Alain Stanké, 1987
«La robe de volupté», *in Premier amour*, Éditions internationales Alain
        Stanké, 1988
*Votre fille Peuplesse par inadvertance*, VLB Éditeur, Éditions
        internationales Alain Stanké, 1990
*Docteur Ferron. Pèlerinage*, Éditions internationales Alain Stanké, 1991
*La maison cassée*, Éditions internationales Alain Stanké, 1991
*Pour faire une longue histoire courte*, Éditions internationales Alain
        Stanké, 1991

# Victor-Lévy Beaulieu

# L'HÉRITAGE

roman

\* \*

## L'hiver

**Stanké**

Données de catalogage avant publication (Canada)

Beaulieu, Victor-Lévy, 1945-
    L'héritage : roman
    Sommaire: [1] L'automne - [2] L'hiver
    ISBN  2-7604-0398-X (v. 2)
    I. Titre.
PS8553.E23H46  1987    C843' .54    C87-096447-X
PS9553.E23H46  1987
PQ3919.2.B42H46  1987

Conception graphique et montage : Olivier Lasser

Photos: André LeCoz   (© SOCIÉTÉ RADIO-CANADA)

ISBN  2-7604-0398-X

Dépôt légal : quatrième trimestre 1991

IMPRIMÉ AU QUÉBEC (CANADA)

*pour Madame Nathalie Gascon*
*plus qu'amicalement*
*comme à une reine*
*telle l'Olga Knipper*
*d'Anton Tchekhov*


*pour Monsieur Jean-Louis Millette*
*très affectueusement*
*comme à un roi*
*tel le Frédérick Lemaître*
*de Victor Hugo*

# Liminaire

Nous connaissons tous le dicton qui dit qu'on ne fait pas toujours ce qu'on veut dans la vie. Parfois, ça s'abrille bien, et parfois, ça ne fait que se désabriller, et sans qu'on sache trop bien pourquoi il en va ainsi. Et puis, écrire un roman n'est pas une sinécure. Comme a déjà dit Jean-Claude Germain, il n'y a que les gens qui n'écrivent pas pour qui ça semble si facile. Si je parle ainsi, c'est que je suis conscient du long retard que j'ai mis à rédiger ce tome deuxième de *L'héritage*. Après avoir écrit plus de sept mille pages pour la télévision, même l'aura protectrice de la famille Galarneau ne m'était plus suffisante pour me stimuler. J'étais un peu las de tous ces personnages que j'avais d'abord créés dans un univers absolument romanesque et que le hasard avait portés au petit écran. Et quand ils sont joués par des comédiens, vos personnages finissent toujours par vous échapper un peu: la qualité de jeu détermine parfois l'intrigue, tout autant d'ailleurs que les modalités de production de la télévision. C'est ainsi, par exemple, que Xavier Galarneau est mort beaucoup plus tôt que prévu dans mon projet de scénarisation. J'en ai été chagriné, et le suis encore. En fait, même après sa mort télévisuelle, je crois bien que Xavier Galarneau a continué de vivre en moi, et tel qu'il m'arrivait de le retrouver dans les bribes de mon roman, bribes dont je ne m'étais pas servi en écrivant mon feuilleton. À force de les relire, mon ennuyance du personnage a été telle que je n'ai pu résister à la tentation de le rappeler du royaume des morts où, par le caprice du sort télévisuel, j'avais dû l'envoyer. Et puis, il y avait encore autre chose: à peu près tous les tournages extérieurs d'hiver de *L'héritage* ont été annulés à cause d'un malheureux lock-out à Radio-Canada. On n'a donc jamais vu le véritable hiver des Trois-Pistoles, quand les grands vents soufflent de la Mer océane et que c'est partout comme dans un grand écornage de bœufs. Autre détail, et d'une importance capitale pour moi. Il concerne Gabriel Galarneau, l'homme-cheval. Dans le roman que j'avais commencé, l'homme-cheval s'enfonçait très creux dans la lubricité, aussi bien dans le territoire giboyeux des Magouas, sis au beau mitan de la seigneurie des Tobi, que dans son propre bric-à-brac. Mon premier réalisateur, parce qu'il craignait les réactions négatives des téléspectateurs, m'a demandé poliment de gommer tout cet aspect-là du personnage. Imaginez! De faire entendre et de faire voir à la télévision un homme-cheval rêvant à la vulve rosée d'une grande jument tavelée, quel crime contre l'humanité bien-pensante cela aurait été. Pourtant, j'avais puisé cette image dans un souvenir profond de ma propre adolescence, fasciné que j'étais par ces belles vulves rosées des juments. Mon premier réalisateur pensait la même chose de la folie de Blanche que j'ai donc escamotée tout à fait dans mon feuilleton. Dans ce tome deuxième, je reviens donc au propos originel de mon roman.

Dans le tome premier, c'est-à-dire *L'automne*, on se souviendra que le roman se divise en sept mouvements qui, chacun, rendent compte de l'évolution des personnages: la descente aux enfers de Xavier à cause de son amour déraisonnable pour Miriam et de la haine mortelle qu'il voue à son fils aîné, Miville; de la montée de Junior vers le ciel montréalais de la musique, avec sa sœur Julie dont les amours sont singulières, tout autant que celles qui lient Philippe Couture à Albertine Galarneau qu'il a débauchée dans la vieille cabane de pêcheur de la grève du cap au Marteau, ce qui oblige la princesse malécite à s'exiler à Montréal. Le tome premier se termine d'ailleurs là-dessus, alors que la neige se met à neiger, mettant fin à l'automne.

Le tome deuxième rend donc compte de l'hiver, au moyen de quatre tempêtes qui correspondent aux sept mouvements du premier. Si je l'ai conçu volontairement plus court, c'est que l'hiver est un encabanement obligé, l'espace blanc rétrécissant la durée pour qu'éclate avec plus de violence l'émotion intérieure. En tous les cas, c'est ainsi que je vois l'hiver chez les Galarneau: contrairement à l'automne, au printemps et à l'été, on ne peut aller par quatre chemins et s'y amuser bien longtemps en hiver. Le froid n'est pas de ce bord-là des choses, aussi cassant que peut l'être Xavier Galarneau.

Pour terminer, j'espère donc que ce tome deuxième, que j'ai moi-même écrit dans la fureur de la tempête, vous rappellera de beaux moments et vous en fera vivre de tout nouveaux, et en esti toasté des deux bords à part ça!

*Victor-Lévy Beaulieu*

*Première tempête*

# 1

Donc, le Deuxième Rang des Trois-Pistoles et cette vaste maison qui craque de partout, emportée par les grands vents soufflant de la Mer océane et la poudrerie. Debout devant la fenêtre de la cuisine, Xavier regarde la neige qui, dehors, tourbillonne vertigineusement. Cela a commencé avec le petit matin et, rien qu'à voir, ça se sent que ce n'est pas près de finir: trois jours sans doute que ça va neiger dru pour que l'hiver avale tout, aussi bien le paysage que ce qui, malgré tout, va continuer à s'agiter dedans. Et pour quoi faire, pour quel encabanement dont on ne va sortir qu'avec le printemps et avec ce qui, de toute vie, ne fait toujours que se recommencer?

Du bout de son pouce, Xavier fait tous ces signes sur la vitre de la fenêtre, comme s'il voulait, par ce geste inconsidéré, rameuter en lui tout ce qui, de l'automne, est mal venu. Il pense d'abord à ce voyage qu'il a fait pour rien à Montréal et dans lequel il a pourtant mis toutes ses espérances, par rapport à Miriam avec qui il aurait voulu acheter la paix avant de s'en aller manger les pissenlits par la racine. Mais la paix, ça ne s'achète jamais; c'est pareil à la vie, toujours à refaire parce qu'il n'y a pas de vérité dedans, à peine quelques moments, rares, d'émotion et qui ne vous laissent que plus hargneux encore. Xavier songe alors à Albertine que tantôt il a mise à la porte, elle qui ne lui a pourtant demandé l'hospitalité que pour la nuit. Mais une simple nuit, qu'est-ce donc sinon la fin même du monde? Et cette fin-là du monde, Xavier l'a vécue avec Albertine alors que, tous les deux, ils étaient au beau mitan de leur jeunesse. Elle avait refusé de devenir sa femme, lui préférant son frère Gabriel, un homme-cheval, aussi bien dire n'importe qui. Pour Albertine, cette farce sordide avait donné quoi? Rien de plus qu'un engorgement malfaisant et des centaines de mauvais livres si mal lus que n'importe quel soi-disant poète venu de Montréal avait pu la débaucher rien que par sa présence.

Xavier hausse les épaules: au fond, qu'est-ce que ça peut bien lui faire qu'Albertine s'en aille à Montréal? En ce qui le concerne, elle peut même y rester jusqu'à la fin de ses jours, tout autant d'ailleurs que Stéphanie, Julie et Junior qui, dans la vieille Buick de Ti-Bob Cayouette, sont partis avec elle. Lui Xavier n'a plus besoin ni de rien ni de personne. La neige tombe dru, c'est déjà bien suffisant. Que les grands vents soufflant de la Mer océane se fassent absolus pour que se dressent les bancs de neige et qu'ils emportent tout dans leur tourmente blanche! Et que là-dedans ils emportent surtout l'Albertine à Gabriel! Quelque part entre l'île Verte et Saint-Jean-Port-Joli, on la retrouvera bien à la fonte des neiges, aussi gelée que ce chien que Xavier se souvient tout à coup d'avoir donné à Junior le jour de son septième anniversaire.

Ça s'était passé exactement comme aujourd'hui, le soleil se levant dans un grand éclaboussement de lumière comme si l'été se condensait totalement en lui, foisonnement de toutes les odeurs de la terre, foisonnement de toutes les odeurs de l'eau, foisonnement de toutes les odeurs de l'air, et puis, brusquement, vers la fin du jour, plus rien que le froid cassant venu du fleuve et d'au-delà même du fleuve, de la Mer océane. Ces grêlons gros comme des billes de verre et qui, pareils à des clous, cinglaient la peau. Du seuil de la porte de l'écurie, Xavier avait beau l'appeler mais, égaré dans la tempête, le chien de Junior n'avait pas répondu. Les bêtes qui ne se reconnaissent pas dans leur espace sont bien davantage vulnérables que les hommes, à cause de cette véritable mémoire qui leur fait défaut étant donné qu'elles ne savent pas produire de la durée avec.

Xavier laisse la fenêtre de la cuisine et va s'asseoir sur sa chaise au bout de la table. Devant lui, cet œuf dur, cette tranche de jambon, ce carré de fromage et ce quignon de pain qui forment une petite banquise hostile sur le napperon. Xavier n'a pas faim. Le chien de Junior court toujours dans sa tête, la queue entre les jambes à cause du froid. Où va-t-il s'enneiger définitivement, à Montréal comme l'Albertine à Gabriel, menée là dans la vieille Buick de Ti-Bob Cayouette, avec Junior tenant le volant? Xavier crache dans sa main qu'il essuie sur son pantalon. Essoufflé, le chien de Junior s'est arrêté devant la porte de la vieille cabane de pêcheur du cap au Marteau et c'est là, une patte en l'air, qu'il va passer tout l'hiver, sa langue rose lui pendant entre les babines, tous les amas de glace du fleuve devant lui. Mais pourquoi aller mourir aussi loin? Xavier ne veut pas y penser et hausse encore les épaules. Il prend l'œuf dur dans sa main, le frappe contre le bois de la table, puis le remet aussitôt dans l'assiette. On ne mange pas quand il n'y a que le feu de la colère qui gronde en vous. Aussi Xavier repousse-t-il son assiette. Il a le goût de se lever, de sortir de la maison, de s'en aller dans la tempête, loin, aussi loin qu'à la grève du cap au Marteau et qu'à la vieille cabane de pêcheur car le chien de Junior est toujours là devant la porte, une patte en l'air, sa langue rose lui pendant entre les babines.

Comme Xavier va se lever, la porte de la cuisine s'ouvre. Delphis Cayouette s'esbroue comme le chien de Junior a dû le faire avant que la vie ne se gèle définitivement en lui puis, obéissant à ce geste que lui fait Xavier, il enlève sa bougrine qu'il suspend à l'un des crochets qu'il y a près de la porte.

— Pas beau dehors! siffle Delphis Cayouette.

— Quand c'est pas beau dehors, on reste chez soi.

— Lorsque ça a commencé, j'avais pas dans l'idée que ça s'en irait de même.

— Les signes étaient là pourtant. Pas besoin d'être devin pour les comprendre. C'était écrit dans le fond de l'air depuis ce matin.

— M'est avis que t'as raison.

— Ben sûr que j'ai raison.

Xavier allonge le bras pour que Delphis Cayouette s'assoie tout comme lui à la table.

— Que c'est que je peux faire pour toi? demande-t-il.

— Pour moi, rien. Je pensais à Gabriel.

— Y a pas grand-chose à penser par-devers Gabriel.

— Sans doute. Mais quand j'ai appris ce qui lui est arrivé à cause d'Albertine, j'ai pas pu faire autrement que d'avoir un peu de pitié pour lui.

— C'est de la pitié pour rien. Albertine, c'était pas une femme pour Gabriel. En se mariant, ils se sont mariés pour rien. Ils avaient pas plus d'affaire ensemble qu'un béluga et qu'une jument. Qu'Albertine l'ait compris et qu'elle soit maintenant en route pour Montréal, quoi de plus prévisible? Ce qui nous appartient pas, ça nous appartient pas, c'est tout, et d'autant moins quand on pense par erreur depuis trente ans que c'est à soi.

Delphis Cayouette n'ajoute rien, non pas que l'envie lui en manque, mais parce qu'il sait qu'il ne sera pas écouté. Avant de venir chez Xavier, il est passé par la maison de Gabriel et ce qu'il a vu, ce n'est rien de plus que ce pauvre homme qui, démanché dans toutes ses coutures et ivre mort sur le vieux sofa dans son bric-à-brac, délirait à propos d'une corde qu'il voulait que Miville lui apporte afin de se pendre avec. Même si Delphis Cayouette n'a jamais éprouvé de la grande sympathie pour Gabriel qui n'a toujours fait que se rendre ridicule en jouant à l'homme-cheval, il n'en reste pas moins que la douleur, quand elle s'exprime avec autant de vérité, ce n'est pas là quelque chose dont il est possible de passer à côté.

— Que c'est que tu mâchouilles en dedans de toi et que tu dis pas? demande Xavier.

— Je pensais aux sentiments que tu as déjà eus pour Albertine. Astheure qu'elle va se retrouver à Montréal…

— C'est sa place. À Montréal, Albertine a toujours rêvé d'y être. Il y a plus de choses à lire par là que par ici. Grand bien lui fasse.

— Et Gabriel?

— Gabriel est un incompétent, et il l'est depuis sa naissance. La fuite d'Albertine vers Montréal changera rien là-dedans. C'aurait dû se faire il y a trente ans. C'est aussi simple que ça.

— T'es dur, Xavier.

— Ben sûr.

Xavier se lève et se dirige vers le corridor qui mène à sa chambre-bureau. Il y entre, ouvre la porte de la garde-robe, empoigne sur la tablette le petit fiasque de whisky irlandais qui s'y trouve, le débouchonne et sent l'alcool. Xavier connaît assez bien Delphis Cayouette pour deviner que s'il est venu le voir malgré la tempête, ce n'est certes pas pour placoter inutilement au sujet de l'homme-cheval. Mais Xavier sait aussi que sans le rituel du whisky irlandais, Delphis Cayouette va mettre bien long avant de s'ouvrir la trappe. Sur la commode, devant ce cheval dont la gueule crache le feu, Xavier prend deux verres puis, sortant de la chambre-bureau, il enfile le long corridor vers la cuisine. Debout face à la fenêtre, Delphis Cayouette regarde la neige tomber.

— Toute une tempête!

— Je sais. Tu l'as déjà dit. On en voit des pareilles à tous les trois ans. C'est donc pas la peine de s'éjarrer pour.

Après avoir versé le whisky irlandais dans les deux verres, Xavier en offre un à Delphis Cayouette. On va avaler l'alcool cul sec avant de se regarder à nouveau dans le blanc des yeux. Puis Xavier interroge:

— Maintenant que les préliminaires en ont eu pour leur argent, dis-moi donc de quoi tu veux me parler exactement?

— Tu sais que j'ai dessein de bûcher tout l'hiver dans les écores du cap au Marteau, amont le fleuve. Tu sais aussi que je m'étais entendu avec Junior pour qu'il me donne un coup de main. On doit commencer pas plus tard que lundi prochain.

— Je sais tout ça. Et parce que je sais tout ça, je vois pas ce qui fait problème.

— Le problème, c'est que Junior est parti à Montréal. Débiscaillé comme il se trouve tout le temps, m'est avis qu'il pourrait bien ne pas en revenir de sitôt. Et bûcher tout seul dans les écores du cap au Marteau, amont le fleuve, c'est pas une job qu'on peut faire tout seul dans son content.

Xavier verse un peu de whisky irlandais dans le verre de Delphis Cayouette, mais non dans le sien. Il a déjà son idée par rapport à la bûcherie que Delphis Cayouette compte faire dans les écores du cap au Marteau, amont le fleuve. Mais il n'est pas pressé de la lui faire assavoir. Le souvenir du chien de Junior qui est là devant la porte de la vieille cabane de pêcheur, gelé dur, une patte en l'air, sa langue rose lui pendant entre les babines, le taraude encore. Puisque tout est signe, que devrait-il donc reconnaître dans l'obsession de cette image? Peut-être la vieille Buick de Ti-Bob Cayouette conduite par Junior s'est-elle enfin égarée dans la tempête, peut-être a-t-elle enfin quitté la route, fonçant tout droit vers ce ravin et les eaux givrées du fleuve? Quand l'hiver survient aussi sournoisement, tout est possible, surtout le pire. Mais à quoi bon y penser? Il n'arrive jamais rien de plus que ce qui doit arriver. Xavier toussote:

— Delphis, t'as fait commerce avec Junior. Comme il s'agit de mon fils, sa parole m'engage autant que lui. Si lundi Junior est pas de retour de Montréal, t'auras qu'à venir me chercher: je vais prendre sa place, c'est tout.

— Toi? Ça fait des années que t'as touché ni à une hache ni à une sciotte! Bûcher dans les écores du cap au Marteau, amont le fleuve, c'est plus de la besogne pour toi. M'est avis que, le temps qu'il faudra, je vais plutôt attendre Junior.

Xavier se lève et s'en va droit vers la fenêtre. Dehors, les grands vents soufflant de la Mer océane font rage. On dirait que la neige ne tombe pas du ciel mais qu'elle sourd des profondeurs de la terre par grands jets laiteux. Il n'y a plus ni espace ni durée, que cette blancheur aveuglante qui abolit même la pensée. Xavier dit:

— Lundi à huit heures, je serai prêt. Arrange-toi pour pas être en retard. C'est tout ce que je te demande.

Delphis Cayouette avale ce qui reste de whisky irlandais dans son verre puis, se levant, il prend sa bougrine sur ce crochet près de la porte et l'enfile tout en regardant Xavier. Que cachent encore cette rage et cet entêtement? Quel obsédant retournement contre soi et le monde?

— Bonsoir, dit Delphis Cayouette.

Xavier ne répond pas. Il reste simplement là, debout devant la fenêtre, à regarder ce qui s'ameute dans la tempête — le chien égaré de Junior qui, devant la porte de la vieille cabane de pêcheur du cap au Marteau, est gelé dur, une patte en l'air, sa langue rose lui pendant entre les babines, et Miriam chevauchant la jument tavelée dans cette mer dorée que font les épis de blé, sa longue chevelure flottant dans le vent.

É tendu sur le vieux sofa dans le bric-à-brac, l'homme-cheval n'en mène pas large. Il a bu tant de brandy que son corps et sa tête en sont devenus comme flottants: ça se promène dans tous les bords et tous les débords de la désespérance, et ça n'a plus aucune logique comme quand on est vraiment soûl et que tout se débiscaille en soi parce que rien ne saurait plus se détenir et se retenir, la vie comme fragmentation, la vie comme fissure pour que le sang s'y déverse dans toute son amertume.

L'homme-cheval geint, à bout de souffle. Puis ça se remet à courir ventre à terre dans le Deuxième Rang, la petite voiture rouge zigzaguant derrière. Ça n'ira pas très loin toutefois parce que le sang se met à jaillir, aussi bien par les oreilles que par les yeux, aussi bien par le nez que par la bouche; et l'homme-cheval, dans le fin bout de son épuisement, se laisse tomber dans le banc de neige, tout son sang s'y épanchant. Quand c'est devenu absolument vide dans le corps de l'homme-cheval, voilà que le bric-à-brac se remplit de grands lapins blancs, avec Blanche qui, au milieu d'eux, dessine de grands cercles dorés en brandissant à bout de bras cette bouteille de gros gin remplie d'eau bénite dont elle asperge l'homme-cheval pour que le soleil, tombé dans la mer, en remonte. Le sang revient dans le corps défait de l'homme-cheval et, au beau milieu du territoire giboyeux des Magouas au-delà des Portes de l'Enfer, sous les pins géants de la seigneurie des Tobi, le petit Jean-Marie Soucy apparaît devant Gabriel. Il se déshabille. Une fois nu, il se met à se masturber tandis que l'homme-cheval, sa queue comme une pomme d'arrosoir, court après la jument tavelée de Xavier. Le ciel bascule encore, dans un grand vomissement de sperme. L'homme-cheval hennit. Entre ses sabots, il n'y a plus qu'Albertine, il n'y a plus que le bas du corps d'Albertine, et c'est déjà tout mangé par la voracité de Philippe Couture qui l'a débauchée dans la vieille cabane de pêcheur de la grève du cap au Marteau.

— Une corde! crie l'homme-cheval. Apportez-moi une corde, tabarnance!

Il crie comme il crierait n'importe quoi parce que ce n'est plus que le cauchemar qui déparle en lui, crevassé et hideux.

— Dormez, mononque. Demain, ça va aller mieux.

Miville n'a pas parlé très fort. On ne parle pas très fort quand on a cette motte glacée dans le gorgoton et qu'il n'y a pas moyen de s'en débarrasser même si on se colle au corps pourtant tout chaud de Nathalie Bérubé qui est là elle aussi, devant ce vieux sofa sur lequel est allongé l'homme-cheval, tout son corps comme entortillé sur lui-même. De ce qu'il a fait aujourd'hui, Miville ne se sent plus très fier: pourquoi a-t-il déclenché cette tempête dont Gabriel risque de ne pas sortir? Je voulais pourtant qu'éviter le pire, pense Miville. Mais le pire, il voit bien maintenant qu'il n'en avait rien compris, même pas quand, derrière la fenêtre de la vieille cabane de pêcheur de la grève du cap au Marteau, il a vu Philippe Couture débaucher Albertine qui, toute nue sur la paillasse, commettait avec passion le crime le plus odieux qui se puisse concevoir, celui de l'adultère.

— Une corde! crie encore l'homme-cheval. J'ai besoin d'une corde! Apportez-moi une corde, tabarnance!

— Dormez, mononque. C'est juste ça dont vous avez besoin astheure.

Mais l'homme-cheval se rebiffe. Quand il ne reste plus que le cauchemar, rien de soi ne saurait se reposer vraiment. Bien au contraire, ce qui reste de soi ne demande qu'à s'épuiser encore davantage pour que tout le méchant qu'il y a dans le monde vous brise à jamais.

Aussi l'homme-cheval se redresse-t-il malgré tout ce qui, par grands coups, cogne dans sa tête. Après avoir bousculé Miville qui voudrait le retenir, il fait quelques pas vers cet établi où il sait bien que, derrière les cossins, il y a ce fiasque de brandy qu'il prend et débouche. Quand il ferme les lèvres sur le goulot du fiasque, et que le brandy occupe brutalement tout l'espace de sa bouche, l'homme-cheval a l'impression qu'il n'est plus que de l'enfance innocente et qu'en lieu et place du goulot qu'il mord de ses dents, c'est à même une grosse vulve rosée qu'il s'abreuve. De plaisir, l'homme-cheval hennit. Mais ce n'est pas là un plaisir qui peut durer bien long-temps parce que, ayant oublié d'avaler le brandy avant de hennir, l'homme-cheval ne peut que s'étouffer avec. Alors l'œil chavire, devient ce grand remous où une mul-titude de longs lapins blancs sont pareils à des ressorts acérés se vrillant dans les os. L'homme-cheval en échap-pe le fiasque de brandy qu'il tenait à la main. Puis il s'écroule tout d'un pan, pareil à ce qui arrive de la vie quand, pour s'être livrée totalement, il n'en reste plus rien. Contre l'une des pattes de l'établi, l'homme-cheval s'est frappé la tête. L'arcade de l'œil sourcille et puis se met à pleurer ce petit flot de sang noirâtre. Miville et Nathalie Bérubé se penchent au-dessus de l'homme-cheval, ils le prennent dans ses dessous de bras et le traî-nent vers le vieux sofa. Une fois que l'homme-cheval s'y retrouve allongé, Nathalie Bérubé essuie d'un linge ce qui coule de l'œil exorbité. Puis Miville recouvre l'homme-cheval d'une grande couverture rouge.

— Une corde! geint encore l'homme-cheval. J'ai besoin d'une corde. Apportez-moi une corde, tabar-nance!

Mais même s'il voudrait encore prouver qu'un homme-cheval est sans limites, aussi bien dans la fatigue que dans le reste, le sang qu'il perd a autrement plus de force que n'importe quelle volonté. Aussi l'homme-cheval s'endort-il enfin, au milieu même de son cauchemar, comme quelqu'un dont on a eu la peau, et pour longtemps. Miville passe sa main dans les cheveux mouillés de l'homme-cheval et dit:

— Nathalie, c'est du père chez nous dont Gabriel a besoin. Toi, tu restes auprès de lui et moi, je vais le faire assavoir à qui de droit.

— T'oublies que Xavier t'a mis à la porte de la maison et qu'il veut pas que tu y remettes les pieds.

— C'est ce qu'on va voir.

Sans même prendre la peine de se vêtir comme du monde malgré la tempête, Miville sort du bric-à-brac. La douleur que l'homme-cheval vit, Miville la fait sienne car tel il se sent lui-même depuis les origines du monde, du côté de ce qui, jamais, ne cesse de se révolter dans ce qu'il y a de travers en soi puisque l'existence est ainsi, incompréhensible aussi bien dans ses tenants que dans ses aboutissements.

Comme une épée scintillante, Miville fait face à la neige et aux grands vents soufflant de la Mer océane. Il n'a pas besoin de s'orienter pour savoir où il s'en va étant donné que c'est là tout ce qu'il a appris depuis son enfance: il connaît le Deuxième Rang par cœur, aussi bien que les territoires qui le bordent — ce grand garçon qui, muni de son pied-de-roi, s'est promené partout, un petit cahier noir à la main pour y noter tout ce que son corps touchait, aussi bien les clôtures de perches que les digues de roches, aussi bien les buttons que les baissières, aussi bien les bosquets d'arbres que les fondrières laissées en friche. Il n'y aurait pas assez de jours dans le calendrier pour rendre compte de tout ce que Miville enfant a fait pour que la mémoire de l'espace du Deuxième Rang ne lui échappe plus jamais.

Tête baissée pour que son corps ne nâvre pas à cause de la neige et des grands vents soufflant de la Mer océane, Miville marche à pas raccourcis. Depuis que Xavier l'a mis à la porte, c'est la première fois qu'il va se trouver face à lui. Ses manigances, Xavier ne les emportera pas avec lui en terre, gonnebitche non! Miville en a déjà trop souffert pour ne pas espérer prendre sa revanche un jour. Miville pense: *Dire qu'avec l'achat de la terre de Delphis Cayouette, je le tenais enfin!* En fait, tout avait été négocié dans les formes et ne restait plus que l'acte notarié à signer pour que Miville devienne enfin propriétaire et oblige Xavier à rendre les armes. Au dernier moment, toutefois, Delphis Cayouette était revenu sur sa parole, avait viré capot, et au lieu de donner les clés de son royaume à Miville, il les avait remises à Xavier. Quelle fourberie! Une fourberie dont Miville, encore une fois, avait dû payer la note, Xavier le mettant à la porte. Depuis, il n'y a plus pour Miville que cette chambre minable de l'*Hôtel de la Gare*, ces affreux murs dont le papier peint décolle de partout, ces odeurs de moisissure qui vous donnent l'impression que vous êtes déjà mort et enterré.

Malgré la neige et les grands vents soufflant de la Mer océane, Miville sourit. À force de marcher dans tout ce blanc qui l'entoure, il se dit qu'il est un guerrier que rien ne pourra plus arrêter désormais, comme quand il était petit et que, chapeauté de ce casque d'aviateur, seul cadeau qu'il ait jamais reçu de Xavier, il se lançait de tout son corps dans la première tempête de l'hiver avec cette certitude que personne n'aurait raison de lui, son casque d'aviateur le protégeant contre le froid, la neige et les grands vents soufflant de la Mer océane.

Miville monte les marches de la galerie et pousse la porte de la cuisine, peu étonné de voir Xavier qui, assis dans la berçante, est en train de lire la Bible. Mais Miville n'aura pas le temps de dire quoi que ce soit: Xavier lève la tête et, brandissant sa Bible à bout de bras, il dit:

— Comme Bonhomme Sept-Heures, tu pouvais pas mieux tomber. Je lisais justement quelque chose qui a tous les rapports qu'il faut avec ta venue. Écoute-moi ça.

Et Xavier de lire lentement un court passage de la Bible, en appuyant là où il le faut, conscient que ça sera bien suffisant pour désarçonner une autre fois Miville qui a fait ces quelques pas mais s'est arrêté dès que Xavier, d'un geste brusque de la main, lui en a donné l'ordre.

«Mes ennemis ont fait des imprécations contre moi, psalmodie Xavier. Ils ont dit: ‹Quand mourra-t-il? Quand périra son nom?› Lorsqu'ils viendront me voir, mes ennemis vont tenir des discours de mensonge et leur cœur va rassembler en même temps tout ce qu'il y a de plus injuste chez tous!»

Refermant la Bible et la déposant sur la table devant lui, Xavier regarde Miville. Il n'y a aucune aménité dans son regard: si seulement avec ses yeux il était possible de foudroyer quelqu'un, surtout le fils honni, que ce serait avec joie qu'on y assisterait! Miville le sent et, presque malgré lui, retraite vers la porte: il n'a plus son casque d'aviateur car la neige et les grands vents soufflant de la Mer océane ne l'ont pas suivi dans la maison, de sorte qu'il se retrouve si démuni qu'il ne peut que dire:

— Pour une première bordée de neige, c'est toute une bordée de neige!

— Si c'est trop gros pour toi, t'avais rien qu'à rester à l'hôtel! Personne t'a demandé de te mêler de ce qui te regarde pas, en particulier de ce qui pouvait bien se passer entre Albertine et Gabriel. À part ça, je trouve que tu as la mémoire bien courte, Miville. Quand je t'ai mis à la porte, me semble bien t'avoir dit que si, pour une raison ou pour une autre, tu devais avoir à revenir ici, il faudrait d'abord qu'en entrant tu m'en demandes la permission, ce que t'as pas encore fait.

— Je suis venu l'autre jour. Junior et Julie étaient là. Je comprends que t'exiges ça de moi quand Junior et Julie sont dans la maison parce que tu veux m'humilier par-devers eux, mais là, on est rien que tous les deux, le père.

— On est peut-être que tous les deux mais on est juste assez nombreux pour que tu fasses ce que la Loi exige.

— Avec tout ce qui se passe chez mononque Gabriel, c'est plus le temps de niaiser!

— Si tout se passe comme ça se passe chez Gabriel, c'est que personne fait les choses qu'il devrait faire. Ça change donc rien pour ce que je pense. Ou bien tu me demandes la permission pour être là, ou bien tu fends l'air. Choisis!

Miville aurait le goût de se retrouver dehors où, muni de son casque d'aviateur, il pourrait affronter avec dignité la neige et les grands vents soufflant de la Mer océane. Mais il pense à l'homme-cheval qu'il a laissé tout en petits morceaux dans le bric-à-brac et qui a besoin d'aide. Aussi répond-il à ce qu'exige de lui Xavier puis, s'assoyant sur cette chaise, il dit:

— Mononque Gabriel est ivre mort dans le bric-à-brac. Faut que t'ailles le voir.

— Pourquoi je ferais ça?

— Parce que c'est ton frère, qu'il souffre et que, si tu interviens pas, il y a des chances pour que ça se pende avant le petit matin.

— On se pend pas quand c'est déjà fait depuis qu'on est au monde.

Xavier allonge la main vers la Bible, qu'il prend et qu'il ouvre au hasard de n'importe quelle page. Il ajoute:

— Tu vas m'excuser maintenant mais j'ai encore de la lecture à faire et quand ça parle pour rien alentour de soi, c'est difficile de savoir ce qu'on lit vraiment.

Décontenancé, Miville regarde Xavier qui fait mine de lire la Bible. C'est pareil à un bloc de glace, si souverain au bout de la table que le guerrier en Miville s'en trouve encore une fois tout désarmé. Miville se lève donc et fait ces quelques pas vers la porte, espérant malgré tout que Xavier va dire encore quelque chose, ne serait-ce que pour que la neige et les grands vents soufflant de la Mer océane fassent brutalement irruption dans la maison et changent enfin ce qui paraît toujours inattaquable. Avant que Miville n'ait le temps de toucher à la poignée de porte, Xavier bougonne:

— Miville, je t'ai permis d'entrer dans la maison, ce que moi-même j'aurais jamais fait si mon père m'avait mis à la porte. Je t'ai permis aussi de t'asseoir à la table, ce que mon père n'aurait pas fait non plus s'il m'avait mis à la porte. Mais que tu remettes pas à la même place la chaise sur laquelle tu t'es assis, c'est un autre signe que jamais tu comprendras quoi que ce soit à quoi que ce soit.

Miville en a comme les jambes coupées. Un moment, il reste là, conscient qu'il ne pourra jamais lutter contre Xavier car il n'a pas les armes pour, à cause de cette douceur qui oriente le fond de sa nature, qui lui vient du côté de sa mère et dont il est le seul dans la famille à avoir hérité. Il doit pourtant bien y avoir moyen de changer l'ordonnement des choses, Xavier n'étant tout de même pas ce Dieu tout-puissant de la Bible! Miville pense à cette promesse de mariage qu'il a faite à Nathalie Bérubé. Bien sûr, les noces n'ont d'abord été prévues que pour le printemps prochain étant donné qu'on ne se marie pas en hiver chez les Galarneau à cause de ce qui, dans la neige, n'est jamais que du mauvais présage, mais peut-être serait-ce le bon moment pour modifier le mouvement même de l'histoire et obliger Xavier à descendre de ses grands chevaux hargneux? Miville hésite toutefois. C'est qu'il n'a pas assez réfléchi à la question et que la peur de se tromper encore le rend velléitaire. Voilà pourquoi il reste là, une jambe en l'air devant Xavier, à ruminer par-devers lui-même. Xavier s'impatiente:

— Rien qu'à te voir, ça se devine que t'as autre chose à me parler. Mais on va convenir tous les deux que, pour ce soir, j'en ai déjà assez entendu de même.

Mais dans l'impatience où il se trouve parce que, avant de quitter la maison, Miville veut blesser à mort Xavier, il ne peut pas faire autrement que d'ouvrir brutalement son jeu, disant:

— Nathalie et moi, on va se marier. Ça sera pas le printemps prochain mais d'ici à quelques semaines tout au plus. Ce que je veux savoir, c'est si tu vas me servir de père ou pas. Et j'ai besoin de connaître ta réponse ce soir!

Xavier n'a pas attendu la fin de la phrase de Miville pour réagir. D'un geste sec, il a jeté sa Bible sur la table et s'est levé, tout son corps comme bandé.

— Moi, te servir de père pour ton mariage? Avant que je fasse ça, dis-toi bien que les poules vont avoir des dents et que les vaches auxquelles tu rêves feront plus autre chose que de donner du lait en poudre! Maintenant que tu le sais, sors d'ici!

Miville hoche la tête: pouvait-il s'attendre à une autre réponse que celle que vient de lui faire Xavier? Il sait bien que non malgré le petit frisson de contentement qui lui chatouille tout le corps. Aussi insiste-t-il:

— Le père, je te donne encore vingt-quatre heures pour repenser à ma demande.

— Débarrasse le plancher, sinon je réponds plus de moi!

Miville fait claquer la porte de la cuisine derrière lui et se rejette à pas raccourcis dans la neige et les grands vents soufflant de la Mer océane. Pour passer au travers de la tempête et arriver à la maison de Gabriel, Miville va avoir besoin de bien autre chose que du casque d'aviateur de son enfance. Il va avoir besoin de toute cette haine qu'il éprouve pour Xavier et à cause de laquelle il lui faudra maintenant aller jusqu'au bout. Miville tourne la tête et regarde vers cette maison dont depuis l'origine du monde il a toujours été exclu. Devant la fenêtre, Xavier est pareil à un golem de glace. Il va rester là un long moment, sans même voir le long corps de Miville qui laboure l'enneigeante nuit. C'est que la rage de Xavier est à nouveau sans limites. Pensez donc: lui, Xavier servir de père à Miville quand il va se marier! Pensez donc: lui, Xavier servir de père à ce fils

qu'il méprise et qui n'aurait jamais dû voir le jour! Ah!
pourquoi ne l'a-t-il pas égorgé de ses mains quand ça a
osé apparaître entre les cuisses de Virginie, si pitoyable
déjà que la sage-femme avait dû lui frapper tout le corps
du plat de sa main pendant de longues minutes avant
que ça puisse seulement se mettre à crier!

Du bout de ses jointures, Xavier griffe par petits
coups dans la fenêtre. Miville est disparu derrière ce
rideau d'épinettes noires qui ceinturent la maison de
Gabriel. Xavier hoche la tête, laisse la fenêtre, va vers la
table, prend sa Bible et s'assoit dans la berçante. Plutôt
que de penser pour rien à Miville, à Gabriel et à la fugitive Albertine, ouvrons le livre sacré et lisons dedans, et
lisons dedans toute la nuit s'il le faut pour que les
rugissements de la Loi se mêlent aux rugissements de la
neige et des grands vents soufflant de la Mer océane et
que les trois ensemble fassent basculer cette infamante
incurie qui verrouille l'Univers!

L'homme-cheval s'étant désabrillé dans le sommeil trouble où il se trouve, Nathalie Bérubé a ramassé par terre la grande couverture rouge et l'en a recouvert comme il faut. Elle s'assoit ensuite sur cette chaise qu'elle a apportée près du sofa et regarde cette solitude qui ne fait plus que geindre, la bouche entrouverte et la langue lui pendant entre les babines, toute dégoulinante de bave.

Nathalie Bérubé ferme les yeux. La journée l'a si bien vannée qu'elle ne sait plus très bien où elle en est, son corps comme désossé, ce qui lui rappelle comment elle s'est toujours sentie depuis qu'elle vit dans la pauvreté avec sa mère et ses sœurs: levée avant l'aube, c'est elle qui a dû toujours tout faire dans la maison puisque c'est sur elle que le mauvais sort est tombé. Rien de pire que de venir au monde dans une maison de femmes désertée par le père qui a préféré les chantiers, l'alcool, la chasse et la pêche plutôt que le quotidien des choses, c'est-à-dire toutes ces femmes qui, parce que abandonnées à elles-mêmes, ne sauront jamais de quel bord du fleuve elles pourraient bien se retrouver un jour. C'est là une vie pire que n'importe quelle autre car c'est là une vie où tout ne peut que rapetisser avant de mourir lamentablement dans l'indifférence des hommes. Si Nathalie Bérubé ne l'avait pas compris, jamais elle n'aurait pu tomber en amour avec Miville. L'argent, il n'y a que de ce côté-là des choses qu'il faut être, et pas ailleurs. Et l'argent, c'est tout ce que pour elle représentera jamais Miville, par les possessions de Xavier interposées. Mais quand on le sent aussi bien que Nathalie Bérubé, comment doit-on agir pour que la manne vous advienne?

Sur sa chaise, Nathalie Bérubé cogne des clous. Elle a fait le ménage dans la maison de Gabriel, elle a ramassé tout ce que dans sa fureur l'homme-cheval avait jeté par grandes brassées dans le corridor et la cuisine, aussi bien les livres d'Albertine que son linge, aussi bien les albums de coupures de presse qu'elle collectionnait que ces photos d'écrivains dont les murs de sa chambre étaient tapissés. Nathalie Bérubé a tout remis en place et passé la moppe sur les planchers, sans penser à rien — on pense à rien quand, issue d'un monde de femmes, on se retrouve brusquement dans celui anarchique des hommes et que ce qu'on attend de soi, c'est que vos gestes mettent fin à la fureur et ramènent la tranquillité.

L'homme-cheval s'est remis à gigoter sur le sofa du bric-à-brac. Il ouvre les yeux mais il est facile de réaliser qu'il ne voit pas grand-chose, avalé qu'il est toujours par le cauchemar: le bric-à-brac n'est plus peuplé que de grandes juments tavelées qui, leurs queues redressées, montrent de fascinantes vulves roses.

— Ma corde de pendu, balbutie Gabriel. Où c'est qu'elle est, ma corde de pendu?

Nathalie Bérubé met sa main dans les cheveux de Gabriel:

— Dormez, mononque. Je suis là avec vous.

Elle caresse les cheveux de l'homme-cheval, puis laisse sa main descendre tout le long de ce visage désagréablement osseux, le bout de son pouce se promenant ensuite sur les lèvres et dans ce cou dont les veines sont pareilles à des racines d'arbre, et sur cette poitrine qui souffre au point que le cœur qui est dedans a l'air de vouloir éclater.

— Dormez, mononque, dit encore Nathalie Bérubé. Je suis là avec vous.

Elle voudrait bien retirer sa main mais l'homme-cheval s'en est emparé et la porte à sa bouche, enfoncé si loin dans le mauvais rêve qu'il lui semble que ce ne sont pas sur des doigts que ses lèvres se sont fermées, mais sur cette vulve rose de la jument tavelée de Xavier. C'est si chaud et si apaisant que l'homme-cheval va finir par se rendormir en grognant sourdement, au-delà du plaisir et de la désespérance, perdu quelque part sous les Portes de l'Enfer, au beau milieu du peuple des Magouas, dans la seigneurie des Tobi. De reprendre enfin possession de sa main, devenue baveuse et qu'elle essuie contre sa robe, Nathalie Bérubé n'est pas contre: tout le temps que l'homme-cheval lui a sucé les doigts, de grands frissons l'ont parcourue et ça n'avait rien d'agréable, loin de là.

Comme elle vient pour quitter le bric-à-brac afin de monter à la cuisine, Miville survient, tout enneigé à cause de la voyagerie qu'il vient de faire. Seulement à le regarder, Nathalie Bérubé comprend tout de suite que Miville ne ramène pas de chez Xavier d'os à ronger. Elle dit:

— Mononque Gabriel s'est rendormi. En attendant que tu reviennes, j'ai fait le ménage en haut et j'ai préparé des sandwiches. Tu dois être comme moi et avoir faim: on a rien avalé depuis ce matin.

Miville jette un coup d'œil à l'homme-cheval et, rassuré de l'entendre ronfler aussi sourdement, il traverse le bric-à-brac. Sous l'escalier, les choux pourrissants sentent fort. Miville grimace, puis monte les marches. Il va s'asseoir au bout de la table et manger silencieusement la petite montagne de sandwiches qu'il y a devant lui. Quand il ne reste plus rien dans l'assiette, il la repousse puis, redressant son long corps, il croise les bras, renverse la tête par derrière et regarde les chiures de mouches qui maculent le plafond. Pour l'avoir appris de la tribu des femmes dont elle vient, Nathalie Bérubé sait qu'elle ne doit pas intervenir tout de suite. Pour fréquenter Miville depuis longtemps, elle sait aussi que la patience n'est pas son fort et que tout ce qui le trouble, il ne le garde jamais très longtemps pour lui-même. Aussi n'est-elle pas étonnée lorsque Miville, redressant la tête et décroisant les bras, dit:

— Nathalie, on avait convenu de se marier seulement le printemps prochain. Mais en me rendant chez le père, j'ai décidé qu'on ferait ça plus rapidement, d'ici quelques semaines tout au plus. J'en ai informé le père et, comme de raison, il veut rien savoir. Je m'y attendais mais c'est tant pis pour lui parce que j'ai déjà mon plan dans la tête. Crois-moi: le vieux gonnebitche va en manger pour sa gratte, et deux fois plutôt qu'une!

— Ça veut dire quoi exactement?

— C'est encore trop tôt pour que je t'en parle. Je vais y penser toute la nuit, question de peaufiner ce que j'ai l'intention de faire. Demain matin, je t'en reparlerai.

— J'aimerais mieux que ce soit maintenant.

— J'ai dit demain matin, Nathalie. Demain matin, c'est demain matin.

Et Miville d'aller s'asseoir dans la berçante, son poing sous le menton, ses yeux à demi clos, tous les muscles de son visage durcis.

C'est ainsi que la soirée passe, Miville ne sortant pas de sa réflexion tandis que Nathalie Bérubé se remet à cogner des clous sur sa chaise. Régulièrement, elle descend au bric-à-brac, question de vérifier si l'homme-cheval dort toujours. Régulièrement, elle le rabrille avec la grande couverture rouge avant de lui donner le bout de ses doigts à sucer. Mais la fatigue va finir par prendre le dessus et brouiller l'espace, faisant toutes ces petites taches sombres dans les yeux de Nathalie Bérubé. Ah! dormir enfin! Ah! s'allonger quelque part et se laisser emporter dans la dérive, le corps comme emmitouflement pour que la tempête n'ait pas raison de lui!

— Je vais aller m'étendre un peu sur le divan dans le salon, dit Nathalie Bérubé en se redressant.

Tout à sa jonglerie, Miville n'a rien entendu. Nathalie Bérubé lève les yeux au ciel, puis se dirige vers le corridor. Elle n'aura toutefois pas le temps de s'y rendre car Xavier fait irruption dans la cuisine, pareil à ce coup de vent contre lequel il doit se battre pour refermer la porte. Nathalie Bérubé et Miville s'y attendaient si peu qu'ils en restent là, chacun sur sa chacune, tout égarouillés.

— Je suis pas la Mi-Carême! dit Xavier. Si je suis venu, c'est pas pour autre chose que pour voir Gabriel.

— Il dort dans le bric-à-brac, répond Miville. Je pense pas qu'il a besoin de toi pour le moment.

— Quand je voudrai connaître ton opinion sur ce que j'ai à faire, je te la demanderai!

Xavier va vers la porte qui mène au bric-à-brac. Miville le suit.

— J'ai pas besoin de béquilles avec moi! rugit encore Xavier. Ça fait que c'est aussi bien pour toi de rester ici.

Il referme sur lui la porte du bric-à-brac et descend l'escalier, éternuant à cause de l'odeur des patates et des choux qui, dans les deux grands carrés près de l'établi, ont été empilés sans grand soin, de sorte que l'humidité a déjà pris le dessus sur eux et que, bientôt, ça va se mettre à pourrir, en pure perte, comme tout ce qu'entreprend Gabriel. Mais où est-il donc passé celui-là? Xavier regarde. Il y a cette corde qui a été jetée au-dessus d'une poutre et qui se termine par un nœud coulant. Il y a aussi ce fauteuil renversé, avec l'homme-cheval tout éjarré à côté et qui tient dans sa main un fiasque de brandy, celui qu'il est allé prendre sous l'établi quand il s'est réveillé, si troublé par la jument tavelée de Xavier dont il embrassait la vulve rose à pleine bouche que, malgré son ébriété, il en a eu honte, tellement honte en fait qu'après avoir bu quelques gorgées d'alcool, il a trouvé cette corde et tressé ce nœud coulant avant de monter sur le fauteuil écrianché afin de se pendre. Mais, pas plus que lui, le fauteuil n'a tenu le coup et l'homme-cheval s'est retrouvé par terre, dans toute l'ignominie de sa défaite.

Xavier est allé vers la corde et, de ses mains, l'a fait glisser de la poutre.

— Laisse-moi ma corde! proteste l'homme-cheval. Je vais en avoir encore besoin.

— Si tu veux mon avis, je trouve que tu t'es déjà assez pendu de même.

— Ça te regarde pas! Je ferai bien ce que je voudrai!

— Ce que t'as dessein de bretter avec toi, ça me regarde pas. Mais la maison que t'habites m'appartient. Et ce qui m'appartient, je veux pas que de mon vivant il lui arrive rien de croche. C'est clair?

L'homme-cheval hausse les épaules: Xavier peut bien raconter n'importe quoi, qu'aurait-il pour sa part à en faire désormais? Quand un homme-cheval n'a plus de jambes, c'est le temps pour lui de disparaître, après, bien sûr, avoir bu une dernière gorgée de brandy. L'homme-cheval vient pour porter le fiasque à sa bouche mais Xavier le lui enlève de la main.

— Gabriel, je vais te le redire mais ça va être pour la dernière fois: tu t'arrangeras pas comme tu veux avec ma maison. C'est mon père qui me l'a donnée pour que j'en prenne soin. Me semble que tu devrais savoir pourquoi. Moïse Abraham a pas fait l'école dans le Deuxième Rang pour rien. S'il a enseigné ici, c'est pour qu'on en garde la mémoire. Fais un fou de toi si tu veux, mais pas dans la maison de Moïse Abraham.

Xavier est allé vers la truie tout au fond du bric-à-brac, il a ouvert la porte de fonte et fait couler sur les cendres tout le brandy du fiasque de Gabriel qu'il a ensuite jeté sur le carré des choux déjà putrescents.

— Maintenant que tout a été dit, retourne sur ton sofa et dors encore quelques heures. En ce qui me concerne, t'as pas autre chose à niaiser avec!

Comme Gabriel ne bouge pas, Xavier le prend par ses dessous de bras, l'entraîne vers le sofa, l'oblige à s'y allonger, puis l'abrille de la grande couverture rouge.

— Passe la nuit comme du monde, dit-il. Pour le reste, on regardera ça plus tard.

Xavier va attendre quelques minutes, le temps qu'il faut pour que Gabriel retrouve l'homme-cheval qu'il est et se mette, dans la lourdeur du sommeil, à galoper vers le territoire giboyeux des Magouas, là où, au milieu de la seigneurie des Tobi, l'attend la jument tavelée, sa queue redressée et sa vulve rose comme un soleil. Mais la honte! Comment sortir de la honte quand il ne reste plus que la bestialité? Même dans le sommeil, c'est trop pour Gabriel, c'est trop pour n'importe quel homme-cheval désespéré. Aussi Xavier vient-il à peine de sortir du bric-à-brac que Gabriel se réveille brusquement et, se redressant sur le sofa, il hurle pour lui-même:

— Ça se passera pas comme ça, tabarnance non! Pas avec Gabriel Galarneau, même attaqué dans tout ce qu'il est! Tabarnance non!

De peine et de misère, il se lève, titubant vers l'établi où il repère ces quelques vieilles planches, ce marteau et ces clous à tête carrée qu'il met dans la poche de son pantalon avant de monter l'escalier menant à la cuisine. Il ne voit même pas Miville qui, assis dans la berçante, va mettre un certain temps avant de comprendre ce qui se passe. Car déjà Gabriel a traversé le corridor et est arrivé devant la porte de la chambre d'Albertine.

— Albertine, tu sortiras plus jamais de là-dedans! Pour ça, fie-toi à moi, tabarnance! Je vais te condamner pour le restant de tes jours parce que c'est tout ce que tu mérites!

Et Gabriel, faisant ce *X* avec deux planches, de clouer férocement cette porte derrière laquelle tout le mal est venu, à cause des livres qui s'y trouvent et de cette femme qui s'en est allée parce que jamais elle n'a pu comprendre ce qu'il peut y avoir dans la générosité. Et s'abat férocement le marteau sur les clous à tête carrée! Et s'abat férocement le marteau sur les clous à tête carrée pour que se condamne à jamais la porte de l'adultère!

Pendant que ça se passe, Nathalie Bérubé et Miville regardent, interloqués, à l'extrémité du corridor.

# 2

Même si c'est samedi, Miriam se lève avec le petit matin; elle se dépouille de son pyjama, prend cette douche, mais c'est à peine si elle effleure son corps du bout de ses doigts: on ne touche plus son corps une fois que quelqu'un d'autre l'a fait, et si définitivement que c'est comme imprégné dans la peau — cette main trop douce de Xavier qui la caressait dans cette chambre du *Château Frontenac,* par petits mouvements circulaires, pour que le plaisir vienne et fasse tout basculer dans la tendresse. Oui, cette main de Xavier qui, pareille à une étoile, a pris possession du ventre de Miriam et y restera gravée à jamais parce que Xavier amoureux l'a ainsi jadis voulu, cette nuit d'amour au *Château Frontenac* ne devant jamais s'oublier, surtout pas dans ce qu'elle aura toujours d'exclusif.

Miriam s'habille d'un jean délavé et d'un chandail, s'assoit à la table et se met à manger ce frugal repas qu'hier soir elle a préparé. Miriam est contente de se retrouver seule dans son appartement, sa cousine Stéphanie absente pour le week end. Comme on est bien quand tout est aussi tranquille! Même les chevaux qui galopent dans la musique de Richard Wagner ont l'air de s'y amuser comme du bout de leurs sabots, sans agressivité aucune. Miriam jette la tête par derrière et ferme les yeux. Ça serait bon de passer ainsi toute la journée, à flotter dans la musique de Richard Wagner. Après tout, rien n'oblige Miriam à se rendre aujourd'hui au centre équestre de Carignan, surtout que Maxime n'y sera pas, retenu au pensionnat de Contrecœur comme toutes les fins de session pour des examens. Bien sûr, il y a la grande jument rousse qui risque bien de s'ennuyer un peu, à hennir pour rien dans son boxon. Mais, demain, les mains de Miriam n'auront qu'à se faire plus caressantes et la grande jument rousse va retrouver tout son entrain. Cette montagne vers laquelle on va galoper furieusement, juste pour le plaisir de la laisser venir vers soi et de s'y jeter à corps perdu, la tête pleine de ses odeurs fauves!

Mais toute une journée passée ainsi, dans la douceur du flottement, voilà qui serait sans doute trop simple pour Miriam. Aussi va-t-elle mettre fin à la musique de Richard Wagner et, après avoir revêtu son costume d'écuyère, monter dans sa petite voiture sport pour prendre, comme tous les week-ends, cette route qui mène à Carignan. Une neige toute fine s'est mise à tomber. C'est pareil à de la ouate et c'est si amical que Miriam arrête la petite voiture sport sur l'accotement de la route; appuyée à la portière, elle regarde la neige tomber, sa bouche entrouverte. Ce retour aux premières et seules joies de l'enfance, comme cela fait du bien! Et si seulement on pouvait arrêter le mouvement des choses pour que le plaisir y demeure à jamais! De la main, Miriam s'essuie le visage. Elle remonte dans la petite voiture sport et reprend la route vers Carignan, étonnée elle-même de s'entendre chantonner, ce qu'elle s'est interdit depuis des années. Devant la sellerie, elle stationne la petite voiture sport et en descend. La neige tombe plus dru et le vent s'est levé, faisant tout tourbillonner dans le regard. Pour un peu, Miriam se mettrait à courir tout droit vers l'écurie et, sans même seller la grande jument rousse, elle monterait dessus et s'en irait tout de suite vers cette montagne qu'il y a au bout du centre équestre. Mais Miriam réprime son impatience et entre dans la sellerie, surprise d'y voir Maxime qui, assis devant la fenêtre, regarde la neige tomber.

— Qu'est-ce que tu fais là? demande-t-elle. Me semble que t'avais des examens ce matin à Contrecœur. Je me trompe?

— Ce matin, j'avais pas le goût d'être à Contrecœur. C'est toi que je voulais voir.

— En quel honneur?

— Tu le sais aussi bien que moi. De la façon que ça se passe entre toi et moi, c'est pas normal. Je vais avoir quinze ans bientôt. Me semble que ça serait temps que je sache la vérité vraie, autant par rapport à toi que par rapport à moi. Si je suis venu ce matin, c'est pour que tu me l'apprennes enfin. Je voudrais savoir d'où je viens et si seulement j'ai un père.

— Je t'ai déjà tout raconté là-dessus.

— Tu m'as juste dit qu'à Trois-Pistoles t'as rencontré cet homme de chevaux et que t'es tombée en amour avec. Quand il a su que t'étais enceinte de moi, il s'est enfui de Trois-Pistoles et plus personne l'a jamais revu. Mettons que c'est vrai. Mais, à Trois-Pistoles, tu devais bien avoir une famille, non?

— Oui, j'avais comme tout le monde une mère et un père. Quand ils sont morts, j'ai déménagé à Montréal. Je peux rien te dire de plus parce qu'il y a pas autre chose. Et maintenant que je te l'ai redit une autre fois, j'espère que j'en entendrai plus parler. Tes examens au collège de Contrecœur sont bien plus importants. Aussi, je vais aller t'y reconduire.

— C'est pas la peine, Miriam. Ce matin, j'ai été exempté de mes examens. Ma journée, c'est avec toi que je veux la passer.

— Je veux bien. Allons seller nos chevaux.

— J'ai pas plus le goût d'aller à cheval que j'avais envie ce matin de rester à Contrecœur. Tu m'as toujours dit que la première neige, c'est ce qu'il y a de plus important au monde. Je voudrais tout simplement que, tous les deux, on profite de cette première neige-là.

— C'est-à-dire?

— On monte tous les deux dans ta voiture, on quitte Carignan et on se retrouve à Montréal. C'est là que je veux voir la première neige tomber... avec toi. T'acceptes?

Miriam va mettre un certain temps à se laisser fléchir parce qu'elle soupçonne Maxime de ne pas lui avoir tout dit. Il n'est pas un Galarneau pour rien: pour insister autant, il doit bien avoir sa petite idée dans la tête. Mais laquelle? S'agit-il toujours de ce père qu'il n'a pas connu et sur l'identité duquel il s'interroge depuis quelque temps? De ne pas le savoir inquiète Miriam et l'oblige à rester sur son quant-à-soi. Elle dit:

— C'est d'accord. Cette première neige, nous allons aller la voir tomber ensemble à Montréal.

Ils laissent donc la sellerie, montent dans la petite voiture sport et traversent bientôt le pont Jacques-Cartier. Une fois dans Montréal, ils vont abandonner la petite voiture sport et, pareils à des enfants, se jeter à corps perdu dans les rues enneigées. Maxime ne reconnaît plus Miriam: elle qui ne sourit jamais, comme elle est gaie maintenant! C'est sûrement cette magie que constitue Montréal s'enneigeant qui est la cause de toute cette fébrilité. On n'aura pas trop de toute la journée pour en profiter pleinement, tantôt rue Saint-Denis, à boire dans les rires ce café au lait; et tantôt rue Saint-Jacques où, appuyés l'un contre l'autre dans la cathédrale, Miriam et Maxime vont regarder les immenses tuyaux cuivrés des grandes orgues et l'étrange lumière bleutée sourdant du maître-autel; et tantôt encore rue Saint-Paul, à lèche-vitriner les devantures des boutiques exotiques. C'est dans l'une d'elles d'ailleurs que Maxime entrera après avoir demandé à Miriam d'attendre à la porte. Quand il en ressort, deux colis sous le bras, impossible pour Miriam de savoir ce qu'il a bien pu acheter dans cette boutique orientale.

— Tu vas l'apprendre seulement quand nous allons nous retrouver chez toi. Pas avant.

Juste à entendre ces paroles de Maxime, l'inquiétude regagne Miriam. Que cache donc cette mise en scène? Ne vaudrait-il pas mieux y mettre fin tout de suite et reconduire Maxime au collège de Contrecœur?

— Pas question, Miriam. Ce qui a été commencé doit se rendre jusqu'au bout.

Et Maxime d'entraîner Miriam jusqu'à la petite voiture sport. On y monte et l'on retraverse encore une fois tout Montréal avant d'arriver enfin dans le bout de l'île, rue Bellerive. Quand on s'y retrouve, il ne reste plus qu'à ouvrir les deux colis que Maxime a achetés dans la boutique orientale. Dans le premier, deux kimonos japonais d'un rouge éclatant, et qui sont lisérés d'or.

— Des kimonos? demande Miriam. Pourquoi des kimonos? Et l'autre colis, c'est quoi?

— Je t'expliquerai tantôt. Pour le moment, tu vas dans ta chambre, tu mets le kimono et t'attends là que je te fasse signe.

Dès que Miriam referme la porte de la chambre sur elle, Maxime s'affuble du kimono au rouge éclatant, et qui est liséré d'or. Puis, allant au salon, il met cette petite table au milieu de la pièce, ouvre le deuxième colis, sourit car les couleurs chaudes de la nourriture japonaise s'y trouvant ont quelque chose d'apaisant, comme les deux verres et cette petite bouteille de saké qu'il dépose sur la table avant de s'asseoir devant dans la position du lotus.

— Miriam, tu peux venir maintenant.

Miriam sort de la chambre. Maxime ne l'a jamais vue si belle, comme si le rouge éclatant du kimono et l'or du liséré l'enflammaient d'une joie non retenue. Maxime fait ce geste de la main pour que Miriam vienne s'asseoir devant lui.

— Mais enlève d'abord tes souliers, dit-il. Il faut être pieds nus quand on mange la nourriture japonaise.

— D'où est-ce que tu sais ça?

— Si tu t'occupais davantage de moi, c'est là une chose que j'aurais pas besoin de t'apprendre.

Miriam s'assombrissant aussitôt, Maxime ajoute:

— Excuse-moi, je voulais pas te faire de peine. Mais être pensionnaire, ça finit par être long. Heureusement qu'il y a Monsieur Wisecomm.

— Monsieur Wisecomm?

— C'est le nouveau titulaire de ma classe depuis la rentrée. Il t'a téléphoné quelques fois pour te voir mais t'as jamais le temps de faire sa connaissance. C'est lui qui m'a appris pour les kimonos et pour la cuisine japonaise. Monsieur Wisecomm dit que si la cuisine japonaise est la meilleure, c'est à cause des couleurs. Il dit qu'il y a juste les Japonais qui ont compris l'importance de la couleur quand on mange. Il dit que les couleurs et la façon qu'on a de les agencer, c'est pareil à un code. Tu devrais voir la chambre de Monsieur Wisecomm au collège! Les murs sont blancs et tous les meubles se retrouvent au milieu. Les premières fois que j'entrais là, je trouvais ça bizarre parce qu'il fallait que j'enlève mes souliers. Tu sais pourquoi?

— Pas la moindre idée.

— Monsieur Wisecomm dit que les souliers, c'est violent. Il dit que si on marchait pieds nus, on se rendrait compte de tout le mal qu'on fait à la terre. Avec des souliers, on sent plus rien.

C'est là un langage que Miriam n'a pas l'habitude d'entendre. Qui est donc ce fameux Monsieur Wisecomm? Elle ne sait pas pourquoi mais plus Maxime lui en parle et plus sa curiosité s'éveille.

— Il est belge d'origine, dit Maxime. Il a enseigné en Afrique et en Haïti avant de venir au Québec. Il est allé plusieurs fois en Orient, à cause que les traditions japonaises sont les plus fascinantes du monde. Quand Monsieur Wisecomm m'en parle, c'est tellement beau que, après, on peut plus faire autrement que de rêver.

Malgré elle, Miriam a ce petit pincement au cœur. Se pourrait-il que Maxime ait autant changé, et si rapidement, sans même qu'elle s'en soit rendu compte? Assis devant elle, mangeant délicatement cette nourriture japonaise, Maxime n'a plus rien du petit garçon qu'elle a toujours vu en lui et que, malgré son grand amour, elle a toujours traité sévèrement. Miriam a peur de ce qu'elle sent, elle a peur que Maxime lui échappe désormais, et pour quel avenir?

— T'aimes pas la nourriture japonaise? demande Maxime.

— S'agit pas de ça. Je me demandais seulement ce que tu comptes faire plus tard.

— Je sais pas. Ça dépend de toi.

— De moi?

— Je sais pas non plus ce que toi, tu vas faire plus tard.

— J'imagine que je vais continuer de travailler à Médiatexte.

— Pourtant, il y a tellement d'autres choses que tu pourrais faire!

— Comme quoi?

— Je le sais pas encore vraiment. C'est des idées qui commencent à me venir, par rapport aux chevaux notamment.

— Explique.

— Miriam, je sais que tu voudrais que je fasse un jour de la compétition professionnelle. Tu m'emmènes pas à Boston tous les étés pour rien. C'est pareil pour le centre équestre de Carignan. Mais la compétition professionnelle, ça me dit rien, comme ça dit rien aux chevaux non plus. Monsieur Wisecomm prétend que les chevaux devraient courir juste pour leur plaisir, pas pour gagner ni pour rien d'autre. Juste pour le plaisir.

Miriam n'a pas besoin d'en entendre davantage: elle sait maintenant pourquoi Maxime fait tout de travers dès que, au centre équestre de Carignan, il monte son cheval et se dirige vers le manège, incapable de venir à bout du moindre petit obstacle. Le responsable, ce ne peut être que ce fameux Monsieur Wisecomm avec son kimono japonais au rouge éclatant et tout liséré d'or, sa chambre blanche et ses lectures orientales. Miriam pense: *Mais je vais m'occuper de lui! Il va voir de quel bois je me chauffe, Monsieur Wisecomm!* Puis, regardant Maxime, elle dit:

— Faut maintenant que j'aille te reconduire au collège. Il neige à plein ciel dehors. Ça sera pas beau tantôt.

— C'est pas grave. Une première tempête, c'est jamais grave. De toute façon, on a pas encore bu le saké. Monsieur Wisecomm dit que c'est faire injure au repas qu'on vient de prendre si on boit pas le saké après.

— Tu sais bien que je bois jamais d'alcool.

— Le saké, c'est pas de l'alcool. C'est du saké tout simplement.

Maxime ouvre la bouteille de saké, en verse dans les verres. Il en offre un à Miriam, prend l'autre, fait ce petit salut à l'orientale, et dit:

— À ta santé, Miriam.

Et il part d'un grand éclat de rire quand Miriam, avalant une toute petite gorgée de saké, manque de s'étouffer avec.

— Mais c'est de l'alcool! proteste-t-elle.

— Ben sûr, répond Maxime. Je suis plus un enfant pour boire de l'eau!

Il y a du monde que ce n'est pas le refus qui pourrait avoir raison d'eux. Miriam a beau avoir dit non à toutes les avances qu'il lui a faites, Edgar Rousseau ne se décourage pas pour autant. Dans ce garage de voitures usagées qu'il a repris en main après avoir quitté le Parti québécois comme tant de ses pareils qui, pour avoir cru à l'indépendance, ne voulaient tout de même pas en perdre leur maison, Edgar Rousseau s'ennuie. Et quand on s'ennuie à ce point-là, il n'y a qu'une femme qui soit en mesure de vous ramener à la surface des choses, là où de la simple peau très douce qu'on peut presser contre soi est bien davantage que l'illusion de n'importe quel pouvoir.

Parce qu'il le sait maintenant, Edgar Rousseau n'en est que plus épris de Miriam: il aime tout ce qu'elle est, même ce corps auquel elle ne s'abandonne jamais, pas plus d'ailleurs qu'elle ne l'abandonne aux autres. Pour Edgar Rousseau et tout ce qui reste encore du politicien en lui, Miriam ressemble à cette image qu'il s'est toujours faite du pays, inatteignable parce que blessée, et sans doute blessée parce qu'inatteignable.

C'est probablement ce qui explique que, une fois les clés mises dans la porte de son garage où il s'est attardé à tourner en rond toute la journée et une partie de la soirée, Edgar Rousseau se retrouve au volant de sa voiture, laissant venir vers lui toutes ces rues enneigées qui vont le conduire devant le parc de la rue Bellerive et l'appartement de Miriam. Plusieurs fois, Edgar Rousseau sonne à la porte. Mais Miriam s'obstinant à ne pas répondre, Edgar Rousseau se réfugie dans sa voiture, ouvre le coffre à gants et prend ce fiasque de scotch qu'il se met à boire par petites rasades. Pourquoi Miriam ne lui a-t-elle rien dit à propos de ce cactus qu'il lui a fait parvenir et que, pour la première fois de sa vie, il a choisi lui-même chez *Jules d'Alcantara*, contrairement à ce que toujours il a fait parce que, ministre péquiste, il ne comprenait rien à la réalité de toutes ces fleurs et de toutes ces plantes qu'il envoyait régulièrement aux femmes qu'il côtoyait et voulait séduire? Même par-devers lui-même, Edgar Rousseau ne sait que répondre, sinon que, pour la première fois de sa vie, il ne joue pas, sinon que, pour la première fois de sa vie, ce qu'il aime plus que tout au monde ne veut tragiquement pas de lui.

Malgré la tempête, Edgar Rousseau ne se résoud pas à s'en aller. Par longs moments, l'appartement de Miriam, emporté par ces violentes bourrasques qui blanchissent l'espace, disparaît dans la tourmente. Edgar Rousseau pense: *Quel pays invraisemblable tout de même! Hier, il faisait si beau qu'on avait l'impression que l'été des Indiens n'en finirait plus de finir, et voilà que ce soir on marche déjà jusqu'à mi-jambes dans la neige. De quoi expliquer que les Québécois virent politiquement si souvent leur capot de bord, l'anarchie des saisons ne pouvant que faire venir l'anarchie de pensée.*

Edgar Rousseau allonge la main vers ce petit dicta-phone qu'il a installé sur le tableau de bord de sa voi-ture. Quand il faisait de la politique, il arrivait souvent à Edgar Rousseau de s'arrêter ainsi le long de n'importe quelle route pour enregistrer les flashes qui, grâce à l'alcool qu'il ingurgitait, ne manquaient pas de lui venir. Ces flashes constituaient la base de ses discours électo-raux, tout le reste fluctuant d'une région à l'autre, selon ce que les yeux d'Edgar Rousseau avaient vu, selon le scotch qu'il avait bu et selon la route qu'il avait parcou-rue dans la journée, ce que, même devenu ministre, il faisait généralement seul pour ne pas avoir à justifier son alcoolisme.

Edgar Rousseau hausse les épaules. Les deux mains sur le volant, il se met à rire. Bien sûr, c'est de lui-même que, tout jaune, il se moque; c'est de lui-même et de sa vie antérieure; c'est de lui-même et de toutes ces années où il n'a fait que fendre l'air, se trompant sur tout, aussi bien sur la réalité du pays que sur son propre corps. Et ce rire jaune qui secoue Edgar Rousseau l'emmènerait sans doute à mille milles du parc de la rue Bellerive si, brusquement, n'apparaissait la petite voiture sport, et Miriam qui en descend et entre chez elle. Edgar Rousseau en est tout excité. Il boit une dernière gorgée de scotch, remet le fiasque dans le coffre à gants et sort de sa voiture, si fébrile, rien qu'à l'idée de revoir Miriam, qu'il n'a même pas pensé arrêter le moteur de sa machine. À grands pas, Edgar Rousseau traverse le parc et, après avoir sonné par trois fois, voit la porte de l'appartement de Miriam s'ouvrir. Profitant de l'étonnement de Miriam, il entre et dit aussitôt:

— Je sais bien que c'est pas très poli de ma part, qu'au moins j'aurais dû téléphoner avant. Mais comme j'étais pas certain que tu me dirais oui, j'ai préféré venir sans m'annoncer. Est-ce que notre cactus va bien?

— Le cactus? demande Miriam. Quel cactus?

Si Edgar Rousseau savait ce qu'elle en a fait du cactus qu'il lui a envoyé! Le livreur n'avait pas encore quitté la maison que Miriam l'avait jeté à la poubelle, comme elle y avait jeté aussi le petit mot qui l'accompagnait, sans même le lire parce que, dès qu'elle avait reconnu la signature d'Edgar Rousseau, la colère était montée en elle.

— Malgré tout, est-ce que je peux rester un moment? demande Edgar Rousseau.

— J'aimerais autant pas. Je viens de vivre une belle journée et je voudrais en profiter encore jusqu'à demain.

— Je comprends. Mais avant de m'en aller, ça serait important que j'ajoute quelque chose. C'est possible?

Sans aménité, Miriam fait ce geste de la tête pour indiquer à Edgar Rousseau qu'il peut s'asseoir. Lui n'en demandait pas autant. Et parce qu'il n'en demandait pas autant, il ne sait plus que dire, tout embourbé dans le blanc de ses mots, ce qui l'amène à parler de cet exécrable manuscrit qu'il a soumis à Médiatexte, qui rend compte de sa vie de politicien et que Philippe Couture a accepté mais que Miriam a rejeté.

— Mon manuscrit, je le retravaille présentement, dit-il. Mais j'ai besoin de quelqu'un pour m'aider.

— Je suis au bureau tous les matins à compter de neuf heures!

Miriam sait bien qu'Edgar Rousseau n'écrira plus jamais une seule ligne. Elle sait bien que son manuscrit, c'est rien d'autre que le prétexte qu'Edgar Rousseau a trouvé pour venir l'enquiquiner jusque chez elle. Et parce qu'il insiste, Miriam le lui dit, poliment certes mais sans rien ménager car ainsi elle est, incapable de mentir et préférant les situations claires de tout nœud à n'importe quel malentendu.

— Tu as raison, dit Edgar Rousseau. Tu as raison parce que, au fond, tout ce que je souhaite, c'est que tu deviennes mon amie. Je demande rien d'autre et je le demande même pas pour maintenant.

Miriam n'a pas vraiment écouté ce que lui a raconté Edgar Rousseau. C'est que, devant la fenêtre, elle regarde toute cette neige que charrient, même au-delà du fleuve, les grands vents soufflant de la Mer océane. Miriam aurait le goût de sortir de l'appartement, pieds nus comme quand elle était cette petite fille que rien n'avait encore déformée et qui ne faisait que s'apprendre dans toute la nudité de son corps, courant entre la maison et l'écurie, la tête dressée vers le ciel, la bouche grande ouverte pour que le floconnement de la neige puisse être avalé, les pieds nus pour que la chaleur venue de la froidure l'arme contre tous les maléfices du monde. Pourquoi n'en reste-t-on jamais à cet an premier des choses, dans la magie de la découverte? Pourquoi faut-il qu'un jour, la grande main de Xavier se pose sur votre ventre et y reste imprégnée, interdisant même cette beauté que doit être le désir? Ce petit matin qui se lève, avec le soleil rouge qui prend possession du monde, et Miriam sortant de cette maison où elle ne peut plus rester à cause de cette nuit passée avec Xavier au *Château Frontenac*. Et d'une main tenant cette petite valise de carton et de l'autre ces souliers qu'il faudra bien ménager car ce sont les seuls que, sans doute, elle possédera jamais, Miriam se laisse aspirer par la route déjà tout enneigée.

— Miriam, dit Edgar Rousseau.

Elle n'entend pas davantage ce qu'il dit, tout son corps en allé dans la tempête, ses yeux comme vrillés dans la fenêtre que le vent fait siffler. Puis il y a cette autre bourrasque et, au milieu de la poudrerie, la vieille Buick de Ti-Bob Cayouette qui s'arrête devant la maison. Stéphanie en sort d'abord, puis Albertine, et Julie, et Ti-Bob Cayouette, et Junior qui referme d'un coup de pied la portière avant de s'appuyer dessus et d'allumer un petit cigare, sa main gauche retenant le grand chapeau de cow-boy qu'il porte afin que le vent ne l'emporte pas. Julie dit:

— Tu viens ou t'as décidé de te laisser transformer en golem de neige?

Pour toute réponse, Junior montre de la main la fenêtre derrière laquelle se tient Miriam. Il sourit puis, enlevant son grand chapeau de cow-boy, fait ce salut irrévérencieux avant de suivre Julie vers cette porte qui s'est ouverte et sur le seuil de laquelle se tient déjà Miriam, tout son corps dressé.

— Qu'est-ce que vous venez faire ici? demande-t-elle.

— On va t'expliquer, répond Junior. Mais comme on s'est pas vus depuis longtemps, ça serait mieux qu'on s'embrasse d'abord. Tu penses pas?

Junior prend Miriam dans ses bras et l'embrasse à la façon des Galarneau, d'abord sur le front, ensuite sur les joues. Miriam reconnaît tout de suite les odeurs de Junior: elles n'ont pas changé depuis quatorze ans, elles sont pareilles à ce qu'elles étaient quand les Galarneau vivaient tous encore dans le Deuxième Rang: ce mélange de peau humaine et de peau animale, ce mélange d'eau et de terre. Quand Julie l'embrasse à son tour, ses odeurs non plus n'ont pas de secret pour Miriam: c'est comme de l'enfance quand on est deux à coucher dans le même lit, et tête-bêche parce qu'il fait froid, que les clous pètent si fort dans les murs qu'on ne passerait jamais au travers de l'hiver si on ne savait pas au moins se réchauffer dans ses pieds. Mais les odeurs de Julie ne sont pas que les siennes: elle sent la grande jument tavelée de Xavier, elle sent l'avoine et le foin, elle sent ce que sent le poil quand on a mis des heures à l'étriller. Et toutes ces odeurs-là datent déjà de quatorze ans! Quatorze ans qui viennent pourtant de s'abolir simplement parce qu'il n'y a pas de temps dans le monde des odeurs. Miriam dit:

— Même si je sais pas encore pourquoi vous êtes tous là, je tiens toutefois à vous préciser une chose: je serais pour que votre visite ne s'éternise pas.

Alors que Miriam traverse le corridor menant à la cuisine, Julie regarde Junior: ils n'ont pas besoin de parler pour savoir qu'ils pensent à la même chose. L'accueil de Miriam leur a rappelé Xavier quand on le surprend dans sa chambre-bureau, la Bible ouverte sur ses genoux, ses yeux pareils à deux billes de verre lui mangeant le visage.

— C'est quoi, l'histoire? demande Miriam dès qu'on se retrouve autour de la table de la cuisine, avec Edgar Rousseau qui s'est levé, voudrait s'en aller mais n'y arrive pas parce que tout le monde parle en même temps, du moins tant que Junior ne s'en mêle pas, obligeant les uns et les autres à se taire avant d'expliquer à Miriam, tout ironique, que Philippe Couture a reviré le Deuxième Rang des Trois-Pistoles à l'envers en débauchant Albertine dans la vieille cabane de pêcheur de la grève du cap au Marteau, attirant sur elle la répudiation de Gabriel et les foudres de Xavier. Junior conclut:

— Et pour faire une longue histoire courte, Ti-Bob nous a fait don de sa vieille Buick pour qu'on traverse la tempête jusqu'ici. Le reste dépend maintenant de ton sens de l'hospitalité.

Sa harangue terminée, Junior tire sur son petit cigare et s'écarte de Miriam qui se retrouve devant Albertine. Elle la dévisage sans aménité et dit:

— Ce qui se passe entre vous et Monsieur Couture, je veux pas le savoir. Tout ce que je peux vous dire, c'est que vous pouvez rester ici jusqu'à demain si ça vous agrée. Après demain, comptez pas sur moi pour vous héberger.

Elle fait ces quelques pas vers la fenêtre, croise les bras et, tout en faisant semblant de regarder dehors, ajoute:

— Ce que je viens de dire à matante Albertine, ça vaut aussi bien pour Ti-Bob Cayouette que pour Julie et que pour toi, Junior.

Tandis que Stéphanie entraîne Albertine vers sa chambre, Junior s'approche de Miriam. Il dit:

— T'es chez toi, Miriam. T'as le droit de recevoir le monde comme tu le veux et tout le temps que tu veux. Mais moi, j'ai pas fait tout ce chemin-là dans la tempête pour être reçu comme un chien dans un jeu de quilles. Autrement dit, je boirais bien une bière, même tablette, rien que pour fêter nos retrouvailles. Me semble que ça serait la moindre des choses, non?

— De la bière, j'en ai pas! répond sèchement Miriam.

— C'est pas un grave problème. À Montréal, ça manque pas d'endroits pour en trouver, esti toasté des deux bords! Je pense que Ti-Bob, Julie et moi, on va pouvoir s'arranger avec ça.

— C'est votre problème, pas le mien. Moi, je travaille demain matin. Vous allez m'excuser mais maintenant faut que je dorme.

Et virant carré, Miriam disparaît dans sa chambre, sans même un regard pour Edgar Rousseau qui, pris malgré lui dans cette tempête venue du Bas-du-Fleuve, n'en a pas moins tout entendu même si, lentement, il a retraité vers le corridor, se butant pour finir contre Junior qui a ouvert la porte du réfrigérateur afin d'être sûr que Miriam ne lui a pas menti par rapport à la bière. Sans même dire son nom, Edgar Rousseau prend congé et s'en va. À Ti-Bob Cayouette et à Julie, Junior dit:

— La cabane se vide. Personnellement, j'ai pas l'intention de rester ici à me tourner les pouces. Ça serait faire injure à Montréal si j'agissais de même. Moi, où je veux aller, c'est dans la rue Saint-Denis. Vous venez ou pas?

— Je préfère rester, répond Julie.

— C'est comme tu veux. Après notre virée, Ti-Bob et moi, on viendra te reprendre ici. Mais j'ai pas l'impression que ça va être avant demain matin.

Ti-Bob Cayouette fafine pour la forme, à cause de Julie avec qui il aimerait bien se retrouver dans la rue Saint-Denis. Julie ne démordant toutefois pas de son idée de rester, Ti-Bob Cayouette et Junior enfilent le long corridor, tout fébriles déjà, leurs corps dressés, aussi bien pour affronter la tempête qui fait rage que cette rue Saint-Denis dont ils n'ont pas arrêté de parler tout le temps qu'a duré leur voyage des Trois-Pistoles à Montréal.

Dans l'appartement de Miriam, Julie va de la cuisine au salon et du salon à la cuisine. Même si Stéphanie lui a parlé de l'appartement de Miriam, elle ne s'attendait pas à cette sécheresse dont les meubles, à cause de leur blancheur sans doute, rendent si bien compte: rien que de l'organisation et de la froideur, sans aucun sentiment dedans: ça ne vit pas parce que c'est délibérément trop bien agencé, comme un décor de théâtre. Et pour cacher quoi? se demande Julie. Cette même souffrance qu'on appréhende dès qu'on entre dans la chambre-bureau de Xavier, bien que ce soit à l'envers, à cause des murs sombres de la chambre-bureau, que le temps a patinés, à cause de ces meubles, tout aussi sombres, et qu'il est impossible de regarder sans qu'on ait l'impression de se retrouver comme dans l'antre même de la mort? Cessant son va-et-vient, Julie s'assoit et ferme les yeux. On voit toujours mieux quand on ne regarde pas parce que le corps laisse plus facilement venir à lui les odeurs, et que ce sont les odeurs qui vous font tout comprendre. Grâce à elles, il est possible de remonter le temps, il est possible d'occuper tout cet espace dont, pendant des années, on a été tenu loin à cause de la distance et de l'absence. Bien que Julie reste assise sur sa chaise, elle a l'impression que son corps s'est détaché d'elle et qu'il voyage, tout argenté, au-dessus de Mont-réal. Les images de Miriam sont multiples et si angois-sées que Julie tressaille et rouvre les yeux. Revêtue d'un pyjama tout blanc et deux couvertures sous le bras, Miriam est devant la porte de sa chambre et regarde Julie. Elle dit:

— Tu peux dormir sur le divan. J'ai des couvertures mais pas d'oreiller.

— Pour rien te cacher, je pense pas que je suis venue à Montréal pour dormir, dit Julie.

— C'est toi qui le sais, pas moi.

Ce ton cassant comme le verre, Julie est incapable de l'entendre. Quand elle était enfant, Miriam ne lui parlait jamais autrement, ce qui la terrorisait et l'obligeait à fuir, parfois aussi loin qu'au vieux pont de fer de Tobin où, tout enlarmée, elle s'assoyait sur le garde-fou, ses yeux embrouillés fixant la route et espérant après Xavier qui finirait bien par apparaître au sommet de la côte, tout poussiéreux dans la grosse Roadmaster aux yeux de crapaud. Julie s'est redressée, ses joues rouges à cause de la colère qui risquerait de faire basculer son corps si elle ne se retenait pas. Elle respire profondé-ment, puis dit:

— Miriam, je suis plus la petite fille à qui tu faisais peur autrefois. C'est donc inutile pour toi de me parler sur ce ton-là. À part ça, j'ai au moins une question à te poser et j'aimerais que tu y répondes.

— Peu importe ce que tu veux savoir, j'ai pas l'intention de te faire de réponse là-dessus. Si je suis partie des Trois-Pistoles, c'est qu'il y avait pas autre chose à faire. Je le pensais il y a quatorze ans et je le pense encore. Mais si j'avais su qu'en hébergeant temporairement Stéphanie ici, vous finiriez tous par venir me fatiguer avec vos histoires, tu peux être certaine que, même temporairement, elle n'aurait jamais mis les pieds ici!

— Mais il y a Pa!

— Je veux rien savoir de lui comme je veux rien savoir de la famille! C'est assez clair pour toi?

Julie voudrait empêcher Miriam de retourner à sa chambre. Elle se cante comme il faut sur le seuil de la porte du salon, défiant Miriam de tout son corps. Miriam sourit. Elle dit:

— Julie, tu perds ton temps. Aussi, ça serait mieux pour toi de me laisser passer tout simplement. Comme ça, on va éviter le ridicule toutes les deux.

Presque malgré elle, Julie retraite jusqu'à la cuisine et se retrouve devant la fenêtre. Il n'y a plus rien à voir dehors, sinon cette tempête qui a tout emporté dans ce désordre qu'est l'hiver, aussi bien dire dans ce qu'il y a de pire dans n'importe quelle nuit. Puis il y aura cette main de Stéphanie se posant sur l'épaule de Julie, et puis il n'y aura plus rien encore — que ces deux corps blottis l'un contre l'autre, et déchirés, et pareils à des ombres dans la ténèbre.

Revêtu de sa chienne de garagiste et calotté de cette visière verte qui paraît lui couper le front en deux, Philippe Couture est resté claquemuré dans sa chambre depuis son retour à Montréal. Tout ce qu'il fait, c'est de se promener de la vieille pompe à essence à son petit pupitre, et de son petit pupitre à cette grande fenêtre qui donne sur le fleuve. Comme il a honte, Philippe Couture! Et cette honte-là est bien pis que toutes les autres qu'il a éprouvées depuis qu'il s'est attelé à son anthologie sur le fleuve, y travaillant sans relâche mais sans que cela jamais ne vienne véritablement au monde. Philippe Couture croit maintenant savoir pourquoi. Si rien ne lui advient, c'est qu'il n'y a que de la lâcheté en lui. Sinon, pourquoi aurait-il fui l'*Hôtel de la Gare* comme il l'a fait dès que Gabriel lui a décoché ce coup de poing à cause duquel il arbore depuis ce pitoyable œil au beurre noir?

Laissant la grande fenêtre qui donne sur le fleuve, Philippe Couture va s'installer devant son petit pupitre. La photographie de sa mère qui s'y trouve, toute souriante dans sa robe fleurie, avec les montagnes de tuf rouge qui l'entourent, il ne pourra plus la regarder désormais. De la main, Philippe Couture retourne la photographie de bord puis, baissant les yeux, regarde cet exemplaire des *Petits chevals amoureux* de Michel Garneau dont il s'est servi pour son anthologie sur le fleuve, mais qu'il n'a pas eu le temps de remettre à sa place dans la bibliothèque avant de se rendre aux Trois-Pistoles. Que de pages Philippe Couture a annotées parce que, amoureux d'Albertine, les mots pleins de tendresse de Michel Garneau ne paraissaient que s'adresser à lui:

> *bleue comme le creux des veines*
> *dans les fossettes des poignets*
> *est la couleur d'un désir souverain*
> *qui n'a pas régné au lit d'amour*

Comme ces images parlent à Philippe Couture! Mais est-ce seulement à cause du désir souverain dont il est question dans le poème, ou bien de cette culpabilité qu'on sent déjà poindre entre les lignes si le désir souverain venait à se matérialiser? Philippe Couture lit encore:

> *un désir de ce sang-là peut survivre*
> *à des années des années de neiges*
> *et demeure dans nos veines*
> *une grande addiction une grosse peine*

Il comprend bien ce que veut dire Michel Garneau: le désir ne doit jamais se satisfaire malgré l'*addiction* et la peine qu'il va faire venir. C'est que cette *addiction*-là et cette *peine*-là ne concernent que soi, ne mettant personne d'autre en cause, ni la femme aimée, ni les gens qui, jusqu'alors, vivaient dans son entourage. Aussi le poème de Michel Garneau ne peut-il que se terminer de cette façon-ci:

> *mais tout l'amour n'était cette fois-là*
> *qu'un affleurement dans la brunante*
> *et je garde dans un gros silo de silence ébloui*
> *la lumière de ses cheveux noirs comme l'écho*

*La lumière de ses cheveux noirs comme l'écho.* Un moment, Philippe Couture revoit Albertine telle qu'elle s'est donnée à lui dans la vieille cabane de pêcheur de la grève du cap au Marteau, sa longue chevelure de princesse malécite toute dénouée. Pourquoi ne s'est-il pas contenté de l'effleurer dans la brunante, ce qui aurait gardé toute sa couleur au désir souverain? Philippe Couture referme le livre de Michel Garneau, met cette feuille devant lui et écrit:

«Très chère Albertine,

À peine de retour à Montréal, cela est plus fort que moi et il me faut vous parler. Il faut que je vous dise tout ce à quoi je pensais lorsque, m'en revenant des Trois-Pistoles, j'aurais tant voulu que vous soyez avec moi. Je sais bien maintenant que j'ai mal agi, aussi bien envers vous qu'envers Gabriel et Stéphanie. Je ne me suis pas assez méfié de ma passion et du tort qu'elle pouvait vous causer. Ah! mauvais lecteur des choses que je suis, étant donné que je suis aussi incapable de les vivre que de les écrire!»

Philippe Couture ne prendra même pas la peine de tout relire avant de froisser la feuille et de la jeter au panier. Il se lève ensuite, va vers le petit miroir qu'il y a au-dessus de la pompe à essence, et s'y regarde, son œil pitoyable faisant comme une lune noire dans son visage.

— Mon pauvre Philippe Couture, vois-toi tel que tu es! Ce n'est pas pour rien que tu vis au milieu de choses mortes! C'est que tu n'as jamais été à la hauteur de rien! Tu me fais pitié, infiniment pitié, mon pauvre Philippe Couture!

Il donne ce coup de poing sur le petit miroir, se retourne, voit véritablement sa chambre pour la première fois, et le cœur se met à lui cogner avec force dans la poitrine. De quel ménage tout cela a besoin! De quel ménage toutes ces choses mortes ont maintenant besoin! Du revers de la main, Philippe Couture envoie d'abord revoler dans la corbeille à papier tout ce qui se trouve sur le petit pupitre, sauf la photographie de sa mère et cet exemplaire des *Petits chevals amoureux* qu'il met au pied du lit. Puis, s'attelant au petit pupitre, il le sort de la chambre, le tirant jusqu'à ce cabanon qu'il y a tout au fond du corridor. Une telle rage contre lui-même l'anime qu'il ne sait plus très bien ce qu'il fait, de sorte qu'il se dirige vers ce rayon de bibliothèque qu'il y a à côté de la vieille pompe à essence, et sur lequel il n'y a que ces anciens livres de poche, les premiers ouvrages que Philippe Couture ait lus et relus, pages écornées, couvertures défraîchies et sentant la moisissure. Il les prend tous dans une seule brassée et va aussi les jeter dans le cabanon. Ne restera bientôt plus que la vieille pompe à essence contre laquelle il va se battre, ahanant bruyamment pour qu'elle aussi prenne le chemin du cabanon.

Comme ça fait du bien! pense Philippe Couture en revenant à sa chambre. Pourtant, ce bien-là l'a tellement vanné qu'il se laisse tomber sur le lit, juste à côté de la photographie de sa mère et de cet exemplaire des *Petits chevals amoureux* de Michel Garneau. Quel désastre que la vie! Sans même s'en rendre compte, Philippe Couture a allongé la main, effleurant du bout de ses doigts la photographie de sa mère. Mais il se sent trop catastrophé pour pouvoir, sans se défaire complètement, être seulement capable de lui jeter un coup d'œil. Aussi sa main se saisit-elle plutôt des *Petits chevals amoureux*. Quand il ouvre le livre au hasard, ses yeux déjà brouillés par les larmes, ce sont ces mots qui montent vers lui:

> *je me souviens de son visage*
> *du village vert de ses yeux*
> *de l'abri rapide de ses cheveux*
> *et du sentier de sa démarche*
> *oh la riante et renarde*
> *c'est la couleur de mon pays!*

*Les petits chevals amoureux* ouvert devant lui, et bien qu'il continue avec entêtement de lire, Philippe Couture n'entend plus rien de la sonorité poétique de Michel Garneau. Ce qu'il entend, c'est ce qui déferle en lui et hors de lui, ce fleuve qu'il n'a jamais compris et dans lequel il va sombrer, tout son corps disloqué. Les larmes ruissellent sur les joues de Philippe Couture et font ces trous d'eau dans le poème:

*il y a deux seins de chaleur ronde comme des nuages cueillis par un lac en plein sur ta poitrine mon amour.*

Enfin le grand Montréal! Et cette rue Saint-Denis qui, tant de fois, a peuplé les rêves de Junior quand, après avoir bu toutes ces bières et fumé tous ces joints à l'*Hôtel de la Gare*, il ne songeait plus qu'à enfourcher sa motocyclette et qu'à prendre la route, provoquant la nuit, s'imaginant que la seule fureur de son désir suffirait à la faire virer à l'envers, pour que la magie de la musique s'installe enfin, déportant très loin en arrière cette niaiserie qu'est l'existence lorsqu'on ne la vit jamais que des Trois-Pistoles, en marge d'un monde voué sinon à la disparition du moins à la survie. Fini le temps des affreuses épinettes noires! Fini le temps de ces esti de patates à trier dans les grands caveaux putrescents, à ensacher et à livrer à la *CO-OP*! Fini le temps des chicanes de famille, l'incompréhension de Xavier, la stupidité de Miville et celle, tout aussi grande, de l'homme-cheval courant pour rien dans le Deuxième Rang, ventre à terre, en tirant sa petite barouette rouge!

Et vive la rue Saint-Denis, ses boutiques, ses restaurants, ses cafés et ses bars! Et vive la rue Saint-Denis, ses pushers, ses robineux, ses prostituées et tous ces badauds qui s'y promènent malgré la tempête, par grandes bandes joyeuses, comme si la neige tombant et le vent soufflant avec rage, loin d'être un mal, étaient ce qui pouvait arriver de mieux dans le monde! Et toute cette musique qu'on entend, qui jaillit de toutes ces portes qu'on ouvre, quel plaisir c'est que de pouvoir enfin en profiter!

Junior n'a pas l'intention de s'en priver même si Ti-Bob Cayouette, qui s'ennuie déjà de Julie, préférerait rentrer. Combien de bières a-t-on déjà bues, et combien de joints Junior a-t-il déjà fumés, et dans combien de cafés encore faudra-t-il entrer avant que Junior ne dételle?

— Compte pas là-dessus, Ti-Bob. Je suis pas venu à Montréal pour me coucher à l'heure des poules, encore moins pour que tu me fasses la morale. À part ça, quand bien même tu oublierais Julie pour une nuit, je vois pas quel mal ça pourrait te faire. Bois donc ta bière à la place, esti toasté des deux bords!

Ils sont assis à cette table du *Carrefour*, près de ces grandes baies vitrées qui donnent sur la ruelle Émery où le monde n'arrête pas de défiler. Quel matachage de couleurs et de rires, de quoi regretter de ne pas les avoir vus avant! Junior en est si excité qu'à tout moment, il lève son grand chapeau de cow-boy, saluant tous ces gens qui s'arrêtent devant les grandes baies vitrées, question sans doute pour eux de reprendre leur souffle avant de continuer à marcher dans la tempête. Ti-Bob Cayouette proteste:

— Tu les connais même pas, Junior. Que c'est que ça te donne de simagrer comme ça par-devers eux?

Junior hausse les épaules. Quand deux aussi belles filles sont là derrière les grandes baies vitrées et vous sourient, leurs joues toutes rougies par le froid, ce n'est pas le temps de parlementer pour rien avec Ti-Bob Cayouette. Junior soulève encore une fois son grand chapeau de cow-boy et, de la main, invite les deux filles à venir les rejoindre, lui et Ti-Bob Cayouette. Ça se voit tout de suite que ce n'est pas seulement le froid qui les a gelées.

— Elles sont bourrées jusqu'à l'os! dit Ti-Bob Cayouette à l'oreille de Junior. C'est pas des filles pour parler avec, mye mye!

De ce que prétend Ti-Bob Cayouette, Junior s'en esti toasté des deux bords comme il le lui dit. Ces jambes qui croisent les siennes sous la table lui paraissent autrement plus attirantes, tout autant d'ailleurs que ces mains qu'il prend dans les siennes pour les réchauffer.

Le serveur est venu et a couvert la table de bouteilles de bière. Ça ne sera pas long que les présentations vont se faire, Junior déjà séduit par cette fille qui dit s'appeler Judith Martin et dont la longue chevelure est aussi blonde que celle de Julie est noire. L'autre, qui est toute maigrichonne même si elle ressemble à un garçon manqué, se prénomme Aurise. Dès qu'elle se rend compte que Junior n'en a que pour Judith, Aurise se rabat sur Ti-Bob Cayouette. Elle a de grands yeux violets qui font peur et dont elle sait se servir comme de tout le reste de son corps, ce qui est bien suffisant pour que Ti-Bob Cayouette se sente dérisoire et éprouve le besoin de le manifester en mettant ses mains dans ses poches pour qu'Aurise ne s'en empare pas. Pour sa part, Junior est déjà rendu ailleurs, son bras gauche passé sur l'épaule de Judith qu'il catine sans retenue parce qu'il aime les odeurs qui se dégagent de son corps: ça ne ressemble à aucune de celles qu'il a déjà connues aux Trois-Pistoles, même pas avec Julie quand ils se retrouvaient tous les deux sur le fleuve, tout au fond de la vieille barque du grand-père Maxime, la nudité de leurs corps offerte au soleil.

— Junior, ça serait mieux qu'on rentre maintenant! dit Ti-Bob Cayouette.

— Je vois pas pourquoi. Judith vient tout juste de m'inviter aux *Foufounes électriques*. J'ai pas l'intention de manquer ça. Depuis le temps que j'en rêve, esti!

— C'est comme tu veux, mais moi je m'en vais retrouver Julie. J'ai pas le droit de lui faire ça.

Et Ti-Bob Cayouette de s'éclipser avant même que Junior n'ait le temps de le retenir. De toute façon, Junior se doutait bien que Ti-Bob Cayouette casserait sa pipe avant même que ne vienne le vrai plaisir. C'est bien tant pis pour lui! se dit Junior en passant son bras droit sur l'épaule d'Aurise:

— J'aime bien Judith mais je pense que je t'aguis pas toi non plus, dit-il. Si t'es d'accord, on sort d'ici et on s'en va aux *Foufounes électriques*. Moi j'ai hâte de savoir ce que c'est vraiment la musique.

Dans leurs bras dessus dessous, Junior, Judith et Aurise prennent le large dans la rue Saint-Denis, se font de bouches et d'yeux tout ce mamourage puisque ainsi est le grand Montréal quand on se dirige vers les *Foufounes électriques*: cette assomption de la lumière qui scintille dans la tempête, cette rédemption de tout ce qu'on est parce qu'on ne représente plus rien d'autre qu'une énorme disponibilité. Rue Sainte-Catherine, on s'arrête un moment, le temps d'allumer ce joint et de le fumer. Puis, à corps perdu, on se jette à nouveau dans la nuit, Junior heureux de voir enfin la façade des *Foufounes électriques*, toutes ces têtes folichonnes peintes sur les pierres, dans une grande outrance de couleurs fauves. À l'intérieur, c'est pareil bien que moins visible à cause de la fumée. Sur la scène, un groupe heavy métal se déchaîne dans un grand envolement de guitares. Entre Judith et Aurise, Junior se laisse tomber sur cette chaise. Il est enfin ce que aux Trois-Pistoles il a toujours rêvé d'être, rien de plus que ce corps que le sortilège de la vraie musique défonce. Cet éclatement de la musique quand elle évacue tout compromis et qu'elle se donne pour ce qu'elle est profondément: un cri ultime déchirant la ténèbre, un cri souverain qui vient de tout ce qu'il y a de plus profond en soi. Ce refus de n'être que de la simple vie, aussi bien dire ce refus de ce qui ne fait que se gaspiller partout dans le monde à cause que celui-ci ne pense qu'à se conserver dans ce qu'il est.

Quand on en est là, si totalement réconcilié avec les sons, comment se rendrait-on compte que le temps passe malgré tout? Junior applaudit encore même si, depuis un bon moment, il n'y a plus personne sur la scène et plus personne non plus dans la salle, sauf Judith et Aurise qui, moins gelées que lui, comprennent qu'il est temps de partir. Rue Sainte-Catherine, on hèle un taxi. Junior croit qu'il vient d'enfourcher sa motocyclette et que, Julie derrière lui, il fonce à toute vitesse vers le fleuve, son corps nu et bronzé faisant cette tache lumineuse dans le paysage. Rue Saint-Laurent, à la hauteur de Van Horne, le taxi s'arrête. Judith et Aurise habitent ce loft dont un ami peintre a décoré les murs en laissant libre cours à ses fantasmes: il y a cette fenêtre dont le store est une prodigieuse gueule de rhinocéros grande ouverte. Il y a ce mur qui illustre une scène de *Sodome et Gomorrhe* du marquis de Sade, un amalgame surréaliste de seins, de fesses et de pénis, avec quelque chose d'outragé dans les couleurs malgré la tendresse qui s'en dégage. Sur cet autre mur, une flopée d'instruments de musique qui y sont accrochés: guitares, flûtes traversières, bassons et saxophones. Junior comprend sa chance: débarquer à Montréal et faire aussitôt la connaissance de ces deux musiciennes qui, tous les jours, envahissent les bouches du métro pour y jouer tout ce qui leur passe par le corps!

Junior s'empare de cette guitare et se met à en pincer les cordes avec fureur, comme il a vu que les musiciens faisaient sur la scène des *Foufounes électriques*. On dirait que tout son corps est passé dans ses doigts. Les sons jaillissent sans même que Junior n'ait besoin d'y penser. Est-ce à cause de toutes ces bières qu'il a ingurgitées, de tous ces joints qu'il a fumés ou n'est-ce pas plutôt Judith et Aurise qui le provoquent, à se déhancher comme elles le font devant lui, passant les mains sur leurs corps, se touchant les seins et les fesses, se frôlant l'une l'autre dans leurs cuisses, leurs yeux à demi fermés afin que la musique les emporte très loin dans la dérive, là où les sons sont des caresses, sinon toutes ces petites morsures qui font frissonner la peau et la rendent extrêmement disponible? Junior n'en sait trop rien. Tout ce qui lui importe, c'est que s'ouvre ce tiroir de sa mémoire pour que les Trois-Pistoles y sombrent à jamais, aussi bien l'*Hôtel de la Gare* que le Deuxième Rang, aussi bien Xavier que Miville, aussi bien les affreuses épinettes noires que les esti de patates pourrissantes!

Bientôt, Judith et Aurise vont lui emboîter le pas, Judith au saxophone et Aurise se faisant aller sur la flûte traversière. On dirait un serpent qui se contorsionne devant la prodigieuse gueule de rhinocéros. On dirait un serpent en train de se dépouiller de sa vieille peau parce que, hypnotisé par la musique et l'urgence qui la détermine, on ne saurait atteindre à la vérité sans se dénuder totalement. Aurise le fait avec goût: après tout, ce n'est pas pour rien si elle a étudié le ballet pendant dix ans. Ah! ce corps tout constitué de lignes fines, et qui éclate dans la nuit, pareil à une roue de lumière, si odorant à cause de la sueur! C'est plus fort que Junior et que Judith: tout en continuant de jouer, ils arrachent pour ainsi dire cette vieille peau dont ils n'ont plus rien à faire, et la danse les empoigne dans ce grand tourbillonnement qui va durer des heures mais dont plus personne ne va avoir conscience de la durée. Une fois que le corps se révèle à lui-même et aux autres, quelle importance la durée pourrait-elle bien avoir? Elle n'est rien de plus que de l'émotion toute nue, c'est-à-dire ce qu'il y a de meilleur dans la sensualité, cette pureté qu'il y a dans les muscles, cette pureté qu'il y a dans la vie quand elle n'a plus à se jouer.

Un moment, Junior pense à comment c'était quand Virginie et Xavier désertaient la maison du Deuxième Rang, assis dans cette grosse Roadmaster aux yeux de crapaud qui allait les emmener aux confins mêmes des Trois-Pistoles, là où le vieux pont de fer de Tobin marquait le partage des eaux, la fin du pays connu et le commencement des contrées étrangères. Lui et Julie restaient seuls, comme abandonnés dans la vaste maison du Deuxième Rang, avec cette petite guitare sèche qui allait ramener le monde du bon côté des choses, Junior en pinçant les cordes maladroitement tandis que Julie, debout sur la petite table, se déshabillait amoureusement pour lui.

Quel plaisir c'est que de retrouver tout cela, bien qu'autrement! Quel plaisir c'est que celui de la nudité! Ces trois corps que le soleil a bronzés, ces trois corps que la musique a lâchés dans leur grand fou lousse! Ces trois corps que la fatigue va faire tomber sur le lit, et qui vont se régénérer l'un de l'autre, amoureux et jouissifs!

Ils sont là tous les deux, Philippe Couture assis à côté de la vieille pompe à essence devant le cabanon tout au fond du corridor, revêtu de sa chienne de garagiste, calotté de cette visière verte qui paraît lui couper le front en deux, et Edgar Rousseau qui n'a même pas eu besoin de sonner à la porte parce que cette dernière n'était pas barrée. Sur les genoux de Philippe Couture, cet exemplaire des *Petits chevals amoureux*, illisible désormais parce qu'il a trop pleuré dessus.

Mal à l'aise, Edgar Rousseau n'en regarde pas moins. Dès qu'il a vu la vieille pompe à essence devant le cabanon, Edgar Rousseau a tout compris car cette vieille pompe à essence, c'est celle-là même qu'il y avait devant son garage quand Philippe Couture travaillait pour lui. Un poète qui croyait que la poésie lui était refusée et qui perdait sa vie à faire le plein d'essence pour les autres! Quel âge avait-on à cette époque? Trente ans peut-être, et encore n'était-ce que de l'âge incapable de se reconnaître dans ce qu'il aurait pu devenir!

Edgar Rousseau s'assoit à côté de Philippe Couture. Après ce qu'il a entendu chez Miriam au sujet d'Albertine, il sait à qui Philippe Couture doit son œil amoché. Mais comme il n'ose pas encore lui en parler, il remonte dans le temps, interrogeant cette veine noire de la destinée si chère à Philippe Couture qu'il revoit à cette vieille pompe à essence qu'il y avait devant son garage où, tous les matins, Berthold Mâchefer venait faire le plein de sa grosse Lincoln Continental Mark IV. Quel fabuleux olibrius c'était encore que celui-là, en réalité le grand magnat de toute la presse jaune du Québec, l'éditeur de *La pie*, du *Chameau* et du *Bardache*, petits journaux à sensations qui se vendaient à des milliers d'exemplaires parce que le peuple est ainsi, raffolant des cancans et du potinage, en particulier ceux concernant les politiciens et les artistes. C'était du moins ce que prétendait Berthold Mâchefer quand, devant la vieille pompe à essence, il conversait avec Philippe Couture. Il y prenait tant de plaisir qu'un jour, il avait invité le pompiste-poète à aller le voir à ses bureaux de Ville d'Anjou. Berthold Mâchefer avait alors proposé à Philippe Couture de devenir journaliste et celui-ci avait accepté sans vraiment savoir ce qu'on attendait de lui. Edgar Rousseau n'oubliera jamais cette première fois où il s'était retrouvé avec Philippe Couture dans le minable sous-sol de Ville d'Anjou où il pratiquait un bien curieux journalisme. Portant toujours sa chienne de garagiste mais calotté désormais d'une visière verte qui paraissait lui couper le front en deux, Philippe Couture tenait à la main cette perceuse électrique qu'on avait trafiquée en gomme à effacer. Et c'était avec ce bizarre outil qu'il s'acharnait à dessiner des soutiens-gorge et des cache-sexe aux filles dénudées dont il découpait les photos dans des magazines pornographiques américains! Et sous chacune des photos ainsi rhabillées, des bouts de poèmes de Baudelaire, de Rimbaud, de Gaston Miron et d'Alain Grandbois en guise de légendes! Combien de seins et de vulves Philippe Couture avait-il ainsi gommés avant de devenir chroniqueur littéraire au *Petit Journal*?

À trop songer ainsi, Edgar Rousseau finirait par oublier pourquoi il est là, assis à côté de Philippe Couture et de cet exemplaire des *Petits chevals amoureux* qu'il tient sur ses genoux. Il se dérhume donc et, tout en faisant ce petit geste de la main vers l'œil au beurre noir de Philippe Couture, il dit:

— Si tu me racontais comment c'est arrivé?

— Il ne s'agit rien de plus que de la veine noire de la destinée. Et c'est sans intérêt pour toi.

— Sans doute. Mais cette veine noire de la destinée, est-ce que par hasard elle ne s'appellerait pas Albertine?

— Albertine? Comment peux-tu savoir?

Et Edgar Rousseau de raconter à Philippe Couture que c'est en rendant visite à Miriam qu'il a tout appris. Quand il ajoute que Miriam a accepté d'héberger Albertine pour la nuit, Philippe Couture se lève et, laissant derrière lui Edgar Rousseau et la vieille pompe à essence, il traverse le corridor et se retrouve devant cette toile qui représente Cacouna avec, derrière le petit village, une goélette que les fortes vagues vont bientôt engloutir tant le fleuve est démonté. Qu'Albertine soit à Montréal, Philippe Couture n'ose pas y croire. Ce qu'elle et lui ont vécu dans la vieille cabane de pêcheur de la grève du cap au Marteau était quelque chose de si absolu que, maintenant, il ne saurait plus qu'en rester de l'anecdote sinon de la nostalgie. On ne recommence jamais. Recommencer, ce n'est que croire au quotidien des choses, aussi bien dire à l'établissement définitif de soi-même dans sa propre médiocrité.

À ce discours que lui tient Philippe Couture, que pourrait bien répondre Edgar Rousseau?

— Si t'avais raison de penser ce que tu penses, ton Albertine serait restée aux Trois-Pistoles, finit-il par argumenter. Vous vous seriez écrit quelques lettres avant que le silence ne vienne mettre fin à tout ça. Faut croire que ton Albertine t'aime pas mal pour qu'elle ait déjà senti le besoin, en dépit du temps qu'il fait aujourd'hui, de se retrouver loin de toi.

— Je ne crois pas que cela ait quelque chose à voir avec l'idée totalisante que je me fais de l'amour.

— C'est possible. Mais plutôt que de te gargariser avec des mots qui sans doute ne veulent rien dire, prends le téléphone et appelle Albertine.

— Et si cela ne faisait que provoquer l'anecdote, au détriment de l'amour même?

— Tu peux pas savoir à l'avance, surtout pas ça.

Après avoir tapoté l'épaule de Philippe Couture, Edgar Rousseau s'en va, le laissant devant cette toile qui représente Cacouna avec, derrière le petit village, une goélette que les fortes vagues vont bientôt emporter tant le fleuve est démonté. Mais ce sont *Les petits chevals amoureux* qui trottent encore dans la tête de Philippe Couture, faisant basculer la goélette:

*La neige où je suis dans l'univers indifférent je jongle à l'ordre des saisons je plonge encore dans le plaisir de naïveté en goûtant la tempête sur mes dents et je me murmure dans le frimas et je garde dans un gros silo de silence ébloui la lumière de ses cheveux noirs comme l'échec.*

Laissant la toile, Philippe Couture va s'asseoir dans ce fauteuil qu'il y a près du téléphone. Son œil amoché lui fait mal maintenant, comme si toute sa vie y battait par grandes secousses. Edgar Rousseau n'aurait pas dû lui dire pour Albertine, il n'aurait pas dû lui faire comprendre que la princesse malécite a eu, pareil à lui, tellement honte de ce qui est survenu dans la vieille cabane de pêcheur de la grève du cap au Marteau qu'elle a dû fuir les Trois-Pistoles pour ne pas avoir à en vivre le remords. Ah! l'exil! Ah! cet exil qui constitue le fond de toute chose! Pourtant, Philippe Couture décroche le téléphone et compose ce numéro. Ne serait-ce qu'un moment, entendre la chaude voix d'Albertine! Et lui demander pardon pour tout le mal qu'il lui a fait! Et sentir dans la chaude voix cet amour dont, malgré tout, il a tant besoin!

Mais dès la première sonnerie, Philippe Couture raccroche. Il n'a pas le droit de téléphoner à Albertine; et s'il le faisait, ce serait bien suffisant pour faire éclater à tout jamais la veine noire de la destinée.

Aussi Philippe Couture va-t-il passer toute la nuit à se morfondre dans ce fauteuil qu'il y a près du téléphone, son œil amoché battant comme un cœur dans son visage, et *Les petits chevals amoureux* de Michel Garneau caracolant vertigineusement dans sa tête, toute leur tendreté et toute leur chaleur comme virées à l'envers pour ensanglanter la neigeante neige.

# 3

Comme l'avait prévu Xavier, la tempête a duré trois jours et trois nuits. Sous trois pieds de neige, le pays en est tout blanchi. Sous trois pieds de neige, le pays en est tout gelé, le grand vent qui souffle toujours de la Mer océane dénaturant même le monde des fenêtres derrière lesquelles il n'y a plus rien à voir que ce froid qui a pris possession de tout et dont l'entêtement est si grand qu'il va perdurer pendant six mois. De ses ongles, Xavier racle tout ce qui a gelé dans les vitres. Hier, c'était dimanche et il a vécu toute cette journée-là tout fin seul dans sa chambre-bureau à lire la Bible, sans manger parce qu'on ne mange pas le dimanche: le dimanche n'existe que pour que le corps se retrouve dans ce qu'il est profondément, c'est-à-dire cet acharnement que malgré tout on met dans le simple fait de vivre. Et s'acharner, à quoi bon quand on n'a plus rien à obtenir ni de soi ni des autres?

Alors qu'il fait les cent pas dans la cuisine, Xavier songe que c'est lundi aujourd'hui. Après ces trois jours et ces trois nuits durant lesquels il n'a pas dormi, attendant ce signe qui n'est pas venu, pas plus de Julie que de Junior, pas plus de Miville que de Gabriel, Xavier se sent haineux. Il n'a pas vraiment l'envie d'aller bûcher avec Delphis Cayouette dans les écores du cap au Marteau, amont le fleuve. Il n'a pas vraiment l'envie de s'éprouver encore aussi dérisoirement dans son corps, hache et sciotte dans les mains, la moitié de son corps enfoncée dans la neige. Pourtant, il faudra bien qu'il y aille dans les écores du cap au Marteau, amont le fleuve: quand les signes ne viennent pas, il n'appartient qu'à soi d'être à la hauteur même de ce qui ne représente pourtant que de l'absurdité.

Après avoir enfilé son grand parka, Xavier se rend à l'écurie. Le vent est si froid que la neige se trouve comme à être prise dans du pain. De tout son corps, il faut battre le chemin, comme a dû le faire le chien de Junior quand, égaré dans la tempête, il n'a pu que se retrouver devant la vieille cabane de pêcheur de la grève du cap au Marteau, gelé dur, une patte en l'air, sa langue rose lui pendant entre les babines.

Mais Xavier n'est pas un chien: il s'entête donc, fâché que la neige s'interpose entre lui et l'écurie. Sa besogne, il ne mettra pas de temps à l'accomplir ce matin. La jument tavelée le sent, flaire du bout de ses naseaux l'avoine que Xavier lui offre, mais n'en mange pas. Elle va faire pareil avec le foin: les odeurs de Xavier ne sont plus les mêmes aujourd'hui, il y a comme de l'angoisse dedans. Même si, par trois fois, la jument tavelée hennit, Xavier fait comme s'il ne l'entendait pas. Il est devant l'établi, passe ses doigts sur les dents de la sciotte et sur le tranchant de cette grosse hache dont il ne s'est pas servi depuis des années. Va-t-il être en mesure de leur résister après tout ce temps où il les a laissées à elles-mêmes, suspendues à ce mur devant la vieille pompe à eau?

Après avoir passé trois jours et trois nuits à y penser, Xavier l'ignore encore, ce qui ne fait que décupler la colère qui l'habite. Laissant l'établi, il donne cette taloche sur le chanfrein de la jument tavelée avant de sortir de l'écurie. Il dépose la sciotte et la grosse hache devant la porte, grimpe sur le tracteur, le met en marche et, ramenant le levier de commande vers lui, abaisse la pelle qui est devant. Ça ne prendra pas goût de tinette que tous les abords de l'écurie et de la maison vont être déneigés. Après n'importe quelle tempête de neige, c'est là habituellement la job de Junior. Mais Junior est à

Montréal et risque d'y rester un bon moment. Il n'y a rien à attendre des autres même si c'est en eux qu'on met toute sa complaisance: ce n'est jamais que pour soi qu'on doit faire ce qui demande à l'être, même si c'est aussi loin que dans la cour de Gabriel, qui, par incompétence toujours, serait bien capable de laisser l'hiver s'y embourber à jamais.

Une fois que Xavier a tout déblayé, il abandonne le tracteur près de l'écurie, récupère sa sciotte et sa grosse hache, puis rentre à la maison. Comme Delphis Cayouette ne mettra plus de temps à survenir maintenant, on est aussi bien de préparer ce lunch dont, à midi, on va avoir besoin pour ne pas sombrer avant la fin du jour dans le fin fond des écores du cap au Marteau, amont le fleuve.

Xavier fait donc bouillir ces œufs qu'il a rapportés de l'écurie, puis tartine ces tranches de pain, puis découpe dans la pièce de viande qu'il a prise dans le réfrigérateur ces morceaux de lard que, par petits paquets, il met dans la boîte à lunch. D'ici ce soir, on verra bien qui va tomber le premier dans la fardoche enneigée! D'ici ce soir, on verra bien ce dont la Loi est capable quand le guerrier qui en est la justification, loin de capituler, prouvera au reste du monde qu'il ne peut être que glorieux!

De son sofa et du bric-à-brac, il a bien fallu que l'homme-cheval en remonte. Jamais Gabriel n'a été aussi courbaturé de toute sa vie, son corps écrianché et raide, à croire que le sang s'est figé dans ses veines. Debout près du sofa, il s'esbroue, piaffe et renâcle, comme si ces gestes trop simples pouvaient suffire à lui redonner formance d'homme. Quand Gabriel le comprend, il va vers la porte du tambour qu'il ouvre. De ses mains ouvertes, il prend toute la neige qu'il peut et s'en frotte le visage. S'il n'était pas si fourbu, il se rendrait jusqu'à la remise, s'attellerait au bobsleigh et partirait à la fine épouvante dans le Deuxième Rang, non pas pour affronter la neige et le froid comme il l'a toujours fait victorieusement, mais pour épuiser ce qui reste à l'être dans son corps. Comme ça serait bon de se laisser ensevelir vivant, sans plus rien à penser vraiment parce que tout serait gelé à jamais!

Mais Gabriel n'a pas le courage de cette lâcheté-là. Aussi referme-t-il la porte du tambour et, quittant le bric-à-brac, monte-t-il ces marches qui mènent à la cuisine. Nathalie Bérubé s'affaire devant la cuisinière tandis que Miville, assis à la table, écrit avec application sur un grand papier parcheminé, sa langue sortie de la bouche.

— Tu composes quoi? demande Gabriel en s'assoyant à la table.

Miville ne lève même pas les yeux, trop préoccupé par ses écritures. Gabriel jette un coup d'œil vers le corridor. Quand, tout au fond, il voit la porte de la chambre d'Albertine placardée, les cheveux se remettent à lui faire mal. Rien de pis que de sombrer dans la déliquescence et d'en revenir car le trou noir que votre mémoire a été tout ce temps-là représente bien davantage qu'une mise en accusation: il devient la condamnation même de tout ce que vous êtes parce que ça s'est mal vécu. Détournant le regard, Gabriel dit à Nathalie Bérubé qui lui apporte un café:

— M'est avis que j'en ai perdu de grands bouts depuis hier, tabarnance!

— Depuis trois jours, mononque! rectifie Nathalie Bérubé. Mais c'est du passé, tout ça. Maintenant, c'est à l'avenir qu'il faut penser. Miville et moi, on va vous en parler aussitôt que vous aurez mangé.

— J'ai pas faim.

Miville, qui a fini d'écrire sur son grand papier parcheminé, dépose sa plume. Pour lui même, il relit ce qu'il a mis tant de temps à composer et tant de temps aussi à calligraphier en grosses lettres carrées. Puis, se passant la langue sur les lèvres, il dit:

— Mononque, je suis content de voir que vous êtes revenu à vous-même. Tout le temps que vous avez dormi dans le bric-à-brac, Nathalie et moi on a pas cessé de veiller sur vous. On va d'ailleurs continuer de le faire tant et aussi longtemps que ça sera nécessaire.

— J'ai pas besoin de personne, tabarnance!

— Vous avez aussi besoin de Nathalie et de moi que nous autres on a besoin de vous.

— Je vois pas pourquoi!

— Je vais vous expliquer.

En attendant que Gabriel remonte de son sofa et du bric-à-brac, Miville a eu tout le temps qu'il lui fallait pour penser à cette guerre qui le met aux prises avec Xavier. Il a eu tout le temps aussi pour trouver comment il devait passer à l'attaque, victorieusement cette fois. Et c'est cela même qu'il a écrit sur la grande feuille parcheminée, dont il va faire prendre connaissance à Gabriel. Plus Miville lit et plus Gabriel a l'air estomaqué.

— Mais je peux pas te servir de père pour ton mariage à toi et à Nathalie! proteste-t-il. Ça serait dénaturer toutes les traditions familiales! Même moi, quand j'ai épousé Albertine à l'église catholique, c'est mon père qui était à côté de moi même s'il admettait pas que, de protestant, je devienne un renégat. C'est donc Xavier qui doit te servir de père, pas moi.

Miville a prévu tous ces arguments que Gabriel pourrait bien avancer. L'un après l'autre, il les vide de toute leur substance afin de mieux porter le combat là où il doit l'être, c'est-à-dire contre Xavier. Si Gabriel finit par flancher, c'est qu'il trouve malgré tout que la stratégie de Miville a du bon: poussé dans ses derniers retranchements, Xavier ne pourra finalement que répondre à la loi familiale et donner à Miville ce que l'aîné est en droit d'attendre de son père. Gabriel dit:

— Si je devais accepter, ça serait que pour cette raison-là. Autrement, je pourrais pas.

Miville exulte. Il fait ce rouleau avec la grande feuille parcheminée, se lève, enfile sa bougrine et dit:

— Je m'en vais voir le père. Je veux qu'il sache ce que j'ai écrit sur mon papier avant qu'il s'en aille bûcher avec Delphis Cayouette dans les écores du cap au Marteau, amont le fleuve.

Une fois Miville parti, Gabriel se dit qu'il n'aurait pas dû accepter. Ses cheveux lui font encore trop mal pour qu'il soit en mesure de réflexionner vraiment, encore moins sur quelque chose d'aussi important que le mariage de Miville et de Nathalie Bérubé. Il aimerait mieux se retrouver dans la remise et s'atteler à ce bobsleigh dont il a patiné les lames tout l'été, et se jeter dans tout son corps perdu dans le paysage, vers le territoire giboyeux des Magouas, au-delà des Portes de l'Enfer, tout au bout de la seigneurie des Tobi. Au moins cette mort qu'il vit depuis le départ d'Albertine lui ressemblerait-elle, par ce qui de tout compromis se résorberait dedans, même la jument tavelée de Xavier et sa grande vulve rose, pareille à un soleil. Ah! mourir à son côté, tous les muscles de son corps enfin relâchés, sous six pieds de neige!

— Mononque, il y a quelque chose qui va pas? demande Nathalie Bérubé quand elle voit tous ces efforts que Gabriel fait pour ne pas vomir.

Pour toute réponse, l'homme-cheval court vers la salle de bains. Sa tête au-dessus de l'évier, il laisse les nausées s'emparer de lui et gicler enfin sans retenue. C'est verdâtre, et puis tout jaune; c'est brunâtre, et puis tout rouge. Ça ressemble à cet épais cauchemar que Gabriel vit depuis trois jours et qu'il ne peut plus faire autrement que d'évacuer. L'évier va en être plein tantôt: ces grumeaux malodorants qui sortent de l'homme-cheval et se décomposent dans l'évier, ces grumeaux malodorants qui sont aussi bien Albertine que Stépha-nie, aussi bien l'homme-cheval que la jument tavelée de Xavier, aussi bien Gabriel que cette multitude matachée qui, tous ensemble, forment le monde même qu'il y a au-delà des Portes de l'Enfer, dans le territoire jus-qu'alors giboyeux des Magouas, tout au bout de la sei-gneurie des Tobi.

Les jarrets de l'homme-cheval plient. Et l'homme-cheval se retrouve par terre, ahanant, la bouche ouverte pour que tout ce qui lui reste encore de crapauds gluants dans le corps le quitte, par grandes coulées obscènes sur le plancher. Même Nathalie Bérubé n'osera pas in-tervenir, le cœur lui levant sur le seuil de la porte de la salle de bains.

Une fois que s'est remplie la boîte à lunch et qu'on s'est bien sustenté, personne n'est très doué pour l'attente. C'est ce qui explique que, revêtu de son grand parka, son crémeur sur la tête, Xavier fait les cent pas dans la cuisine, attendant impatiemment que Delphis Cayouette arrive enfin. Lorsqu'un guerrier est prêt pour le combat, ce n'est pas le moment de le faire lanterner!

De son poing, Xavier frappe dans la porte de la chambre des maîtres. C'est tout ce qu'il a trouvé pour passer sa rage. Derrière cette porte sur laquelle le poing de Xavier s'abat, sa femme Virginie a passé quinze ans coupée du monde, à ne faire rien d'autre que de cultiver toutes ces fleurs qui sentaient la mort à plein nez dès qu'on entrait dans la maison. Dans cette fureur où l'impatience le met, Xavier serait bien capable de démolir la porte de la chambre de Virginie, il serait bien capable de tout défaire ce qu'il y a derrière, comme ça lui est arrivé d'en rêver parfois quand, au volant de la grosse Roadmaster aux yeux de crapaud, il revenait des États-Unis où ses chevaux avaient triomphé. Pourquoi Virginie restait-elle encabanée dans cette chambre, à tourner en rond dans sa schizophrénie, tout le monde comme délavure pour elle? Pour la première fois de sa vie, Xavier aimerait bien le savoir ce matin. Mais quand il lève le pied pour défoncer la porte de la chambre de Virginie, Delphis Cayouette entre enfin dans la cuisine, tous les poils de sa moustache frimassés.

— Je m'excuse, dit-il. Mais du village jusqu'ici, c'est pas une sinécure pour passer au travers. La route est boulante sans bon sens. M'est avis que pour se rendre dans les écores du cap au Marteau, amont le fleuve, on pourrait au moins attendre que le vent tombe.

— C'est pas ce que je pense! rétorque Xavier en prenant la boîte à lunch sur le comptoir, puis sa sciotte et la grosse hache qui sont près de la porte.

Delphis Cayouette fait de grands yeux égarouillés. La vieille sciotte et la grosse hache qu'empoigne Xavier, ce n'est pas avec des outils pareils qu'on bûche dans les écores du cap au Marteau, amont le fleuve.

— Ça, ça regarde seulement moi! réplique Xavier quand Delphis Cayouette le lui dit. Ça regarde seulement moi et mon père qui a jamais bûché avec autre chose dans les mains! Si c'était de profit pour son époque, je vois pas pourquoi ça devrait être différent pour la mienne!

C'est alors que Miville entre, brandissant tout de suite sour le nez de Xavier le rouleau qu'il a fait avec la grande feuille parcheminée. Il dit:

— Le père, j'ai quelque chose à t'annoncer!

— Plus tard! Delphis et moi, on s'en va dans les écores du cap au Marteau, amont le fleuve. Tu repasseras donc pour ce que t'as à cabotiner dessus!

— Non! Écoute ça d'abord! insiste Miville.

Il déplie la grande feuille parcheminée et lit, en appuyant sur chacun des mots, ce qu'il a mis tant d'heures à rédiger. Il s'agit d'une manière de proclamation par laquelle Miville annonce que samedi en huit, il va se marier avec Nathalie Bérubé et que si Xavier refuse toujours de lui servir de père, c'est Gabriel qui va s'en charger. Xavier n'attendra pas la fin de la lecture de la proclamation de Miville pour réagir. Il s'est délesté de sa boîte à lunch, de la sciotte et de la grosse hache, met la main sur la grande feuille parcheminée de Miville, la froisse et la lui jette dans la face:

— Tu resteras bien toujours l'épais que t'es! tonne-t-il. Mais tu vas le rester pour rien parce que jamais je vais te servir de père même si je devais vivre encore neuf vies! Passe-toi ça entre les dents et brosse fort!

Il reprend la boîte à lunch, la sciotte et la grosse hache, pousse Delphis Cayouette vers la porte et sort. La dérisoire intervention de Miville a gonflé Xavier à bloc: il lance la boîte à lunch, la sciotte et la grosse hache dans le panel de Delphis Cayouette et saute comme un enragé sur son tracteur, le menant à ce train d'enfer sur le chemin à Firmin, la pelle abaissée pour renvoyer dans les ourlets le trop-plein de neige qu'il y a sur la route. Même rendu dans les écores du cap au Marteau, amont le fleuve, Xavier ne dérage pas, jouant tantôt de la sciotte et tantôt de la grosse hache contre toutes ces épinettes noires qu'il rencontre sur son chemin et qu'il abat sans même prendre le temps de souffler jamais. Au rythme où il va, il se rendra pas jusqu'à midi, pense Delphis Cayouette en faisant vrombir le moteur de sa tronçonneuse. Si c'est pas de la petite misère que de voir quelqu'un s'entêter de même!

Midi arrive pourtant et Xavier, loin de relâcher la cadence, ne fait que l'augmenter encore. Ça prend tout son petit change à Delphis Cayouette pour convaincre Xavier de déposer sa grosse hache, au moins le temps qu'il faudra pour casser la croûte.

— J'ai toujours mon petit campe face au fleuve, dit-il à Xavier. En allumant la truie, on va être bien pour manger.

— C'est pas la peine. Quand mon père bûchait, il avait pas besoin de s'enfermer dans un campe pour manger le midi. Il s'assoyait plus simplement sur une souche et contentait son estomac. Il y a pas de raison pour que j'agisse autrement que lui.

Delphis Cayouette comprend que ça ne lui donnerait rien d'insister. Il s'assoit sur cette autre souche, face à Xavier, ouvre sa boîte à lunch et se met à manger. Xavier l'imite, les yeux dans le vague. Il pense à comment ça se passait quand, enfant, il revenait de l'école le midi et chaussait ses raquettes afin d'aller rejoindre son père qui bûchait lui aussi dans les écores du cap au Marteau, amont le fleuve, sur cette terre attenante à celle de Delphis Cayouette. Ça se passait souvent par des journées de grand vent comme aujourd'hui et lui, le petit Xavier, il luttait contre la neige et le froid, la boîte à lunch de son père attachée à sa ceinture. Cette poudrerie qui abolissait tout le monde connu, qui vous rendait extrêmement vulnérable puisque désorienté. S'en allait-on vraiment vers les écores du cap au Marteau, amont le fleuve, ou n'allait-on pas plutôt se retrouver de l'autre bord des choses, les pieds gelés dur dans les robeurs, et perdu à jamais dans le territoire inamical des Magouas? Pourtant, le petit Xavier n'arrêtait pas de courir malgré la peur qui l'habitait, et cela même s'il savait que son père le chicanerait dès qu'il l'apercevrait. «T'as pris assez de temps pour t'en venir que tout ce qu'il y a dans la boîte à lunch doit être refroidi astheure! Que c'est que t'as à lambiner comme ça en chemin?» lui demanderait son père. Même aujourd'hui, Xavier pense encore que c'était son père qui avait raison: il y a toujours moyen d'aller plus vite. Sinon, la vie ne serait que du malentendu.

Xavier dépose sa boîte à lunch sur cette souche qui fume à cause de la chaleur de son corps, puis il se saisit de sa grosse hache et recommence à varger à tour de bras sur toutes les épinettes noires qui se mettent en travers de son chemin. La sueur lui coule du front par grosses gouttes. Ça ruisselle sur ses joues, s'agrippe aux poils de sa barbe, s'y agglutine et devient cette infinité de bulles de verre qui, douloureusement picotantes, pénètrent dans la chair. Ce ne sont plus les épinettes noires que natche la grosse hache et que coupe la vieille sciotte: ce sont les muscles mêmes de Xavier. Mais pas question d'abandonner! Un corps, surtout s'il est vieux, ça n'existe que pour qu'on le mette à sa main!

Lorsque la brunante tombe, Delphis Cayouette remet la tronçonneuse dans son étui. Il est vanné comme ça ne lui est pas arrivé souvent dans sa vie. Il y a de quoi! Rien qu'à suivre Xavier, c'est bien assez pour que n'importe quel chrétien, absolument décati dans son corps, ait toutes les difficultés du monde à seulement marcher sous les épinettes noires vers le panel et le tracteur de Xavier.

— Laisse ta machine ici, dit Delphis Cayouette une fois qu'on arrive enfin à l'orée des écores. Je vais te ramener chez toi.

— Je suis venu avec mon tracteur, bougonne Xavier. Quand je vais quelque part avec mes morceaux, je m'en retourne avec.

Il monte sur le tracteur et s'enfonce dans le chemin à Firmin, trop moulu dans son corps pour penser à quoi que ce soit, sinon que la jument tavelée l'attend dans l'écurie et qu'il doit y arriver avant que la fatigue n'ait tout à fait raison de lui. C'est déjà la nuit, le ciel plein de tous ces clous givrés que le froid fait éclater dans la ténèbre.

Xavier arrête le tracteur devant la porte de l'écurie. Il entre, va directement vers la vieille pompe, enlève son crémeur et plonge sa tête dans le seau d'eau. Rien de pire que de revenir à la chaleur quand on a passé la journée dans les écores du cap au Marteau, amont le fleuve. On a plus de jambes, aussi bien dire plus de tête pour les obliger à fonctionner encore. À grands coups de poing, Xavier se martèle la poitrine. Son cœur bat fort et lui fait mal comme si une multitude d'aiguilles s'y enfonçaient.

— Non! dit Xavier. La journée est pas finie encore. Et tant que ça sera pas le cas, ça va se passer comme je l'ai décidé!

Il se traîne jusqu'à la jument tavelée. Mais l'étrille lui tombe des mains aussitôt qu'il vient pour la passer dans les poils. Ahanant, Xavier se laisse tomber sur une botte de foin. Sans doute finirait-il par s'endormir dans l'écurie si la porte ne s'ouvrait pas sur Julie. Pendant deux jours, elle et Ti-Bob Cayouette ont attendu dans l'appartement de Miriam que Junior sorte de l'univers enfumé des *Foufounes électriques* et reprenne enfin avec eux la route vers les Trois-Pistoles. Mais Junior ne se manifestant pas, Julie en a eu assez et est revenue dans le Deuxième Rang sans lui. Quand elle l'apprend à Xavier, celui-ci hausse les épaules: qu'est-ce que ça peut bien lui faire ce que Junior brette à Montréal?

— Tu me demandes pas des nouvelles de Miriam? questionne Julie.

— Quand je voudrai des nouvelles de Miriam, je serai bien capable par moi-même de les obtenir! maugrée Xavier. Pour le moment, la journée que j'ai dans le corps me suffit. Comme ça risque d'être pareil demain, j'ai pas le cœur au bavassage.

Et Xavier de sortir de l'écurie en refermant lourdement la porte sur lui. Julie reste là, une main sur la croupe de la jument tavelée, si fatiguée elle-même que, n'était de ce qu'elle sent qui va mal chez Xavier, elle n'aurait pas le courage de se rendre jusqu'à la maison. Quoi de plus normal quand on a fait ce voyage blanc à cause de la folie de Junior?

Julie éteint la lumière et sort de l'écurie à son tour. La jument tavelée hennit, rien que trois petites notes tristes qui vont se perdre dans l'espace et le froid de la nuit.

*Deuxième tempête*

# 1

Le temps n'existe pas quand on s'appelle Junior, qu'il y a le grand Montréal, la rue Saint-Denis, les *Fou-founes électriques*, la musique, la bière qu'on boit, les joints qu'on fume et tous ces corps de femmes qui viennent vers vous seulement parce que ça demande à être touché, palpé. Non, le temps n'existe pas quand on s'appelle Junior et que le plaisir qu'on a est sans limites, même dans cette bouche de métro où, quelques fois, il s'est rendu avec Judith et Aurise afin de jouer de la guitare, l'étui ouvert à ses pieds pour que les passants y jettent leur monnaie.

Mais ne serait-ce que pour faire le point, il faut bien qu'un jour on revienne sur terre. Allongé entre Judith et Aurise sur cette espèce de paillasse qui fait office de lit, Junior rouvre donc les yeux. Rien qu'à en juger par la pénombre qu'il y a dans le loft, c'est le petit matin. Il neige dans la gueule grande ouverte du rhinocéros qui, sur ce mur, fait office de fenêtre. Junior se tourne d'abord vers Aurise parce qu'elle a entremêlé ses jambes aux siennes, que c'est chaud et pareil à du satin. Après une semaine, Junior a encore le goût de ce corps que la musique rend si fabuleusement électrique. Il y promène lentement la main, caressant les petits seins, le ventre plat et cette chatte toute bombée qui semble battre comme un cœur entre les jambes. Quelle fascination que ces lèvres pulpeuses et humides sentant la framboise! Quand il y goûte, Junior a l'impression de se retrouver en plein été avec Julie dans cette clairière qu'il y a sur la grève du cap au Marteau, aux Trois-Pistoles. C'est bien assez pour que le désir se réveille, autant en lui qu'en Aurise. Elle fait ce mouvement sur la paillasse et offre ses fesses à Junior. Tandis qu'il lui mordille l'oreille, il la pénètre lentement, par petits coups de boutoir. Aurise se met à geindre et cela aussi rappelle à Junior comment ça se passait entre lui et Julie quand, dans cette clairière qu'il y a sur la grève du cap au Marteau, aux Trois-Pistoles, ils se catinaient l'un et l'autre avec douceur.

Les geignements d'Aurise finissent par réveiller Judith.

— Junior, t'es vraiment pas raisonnable! dit-elle en se collant contre lui. Et puis, je commence à être jalouse, moi. On dirait que t'en as que pour Aurise.

— Ben non. Mais comme c'est aujourd'hui qu'il faut que je m'en aille, voilà ma façon à moi de faire mes adieux.

Un bon moment encore, ils vont se colletailler tous les trois sur la paillasse ainsi qu'ils le font depuis une semaine. Puis Aurise va se lever et se promener toute nue dans le loft, sous le prétexte qu'elle doit faire du café et que le café est meilleur quand on le prépare avec rien sur soi.

— J'ai rien contre, dit Junior. Mais après?

— Après, j'ai mon cours de musique à Vincent-d'Indy, répond Aurise. Toi et Judith, vous allez donc pouvoir vous minoucher tant que vous voudrez. Je serai plus là pour vous embêter.

Même si elle ne s'est pas privée du corps de Junior, Aurise sait bien que c'est Judith qu'il préfère, peut-être parce qu'elle ne ressemble à aucune des filles qu'il a déjà connues et qu'elle symbolise pour lui tout ce qui l'attire dans le grand Montréal. Comme l'a dit lui-même Junior, c'est une question d'odeurs: il a reconnu toutes celles d'Aurise qui est née à la campagne dans la région de Sainte-Émélie-de-l'Énergie. Mais pour Judith, Junior ne sait pas encore: son corps sent la ville, et rien d'autre.

— Le contraire serait surprenant, a dit Judith une fois Aurise en allée. J'ai jamais habité ailleurs que dans des villes. Même à seize ans, quand j'ai fait ma première fugue, j'ai pas pu faire autrement que de me retrouver à Calgary et à Vancouver.

— Calgary et Vancouver? Pourquoi là plutôt qu'ailleurs?

— Me semblait que c'étaient des beaux noms pour des villes. Il y a aussi le fait qu'il y a seulement dans les villes que je me sens bien. Moi, j'aime les trottoirs, j'aime les gratte-ciel, j'aime le smog, j'aime les néons, j'aime tout ce qui se met à vivre la nuit, aussi bien dans les cafés qu'ailleurs. T'es comme perdu là-dedans mais, en même temps, t'as l'impression que tout peut t'arriver même quand il se passe rien.

— Tes parents, eux autres?

— Quand j'ai compris que sa vraie famille, on a le droit de la choisir, j'ai coupé tous les ponts avec eux. Mais je pense pas que mes parents sont à la veille de prendre le métro, par exemple! Ils auraient bien trop peur d'être obligés de passer devant moi en train de jouer de la guitare. Jouer de la guitare dans une bouche de métro, c'est pas tout à fait l'avenir que mes parents voyaient pour moi!

Ils sont allongés l'un près de l'autre sur la paillasse, Judith affublée du grand chapeau de cow-boy de Junior, et lui buvant lentement cette bière qu'elle lui a apportée. Junior voudrait ne pas avoir à s'en aller. Maintenant qu'il est vraiment seul avec Judith, il aimerait tout savoir de ces odeurs qui lui sont encore étrangères malgré la semaine qu'il vient de passer sans même s'en rendre compte, son corps trop éclaté par les bières bues, les joints fumés, la musique entendue et jouée, pour saisir ce qu'il y a de profond dans la réalité. Quand on vit enfin, on ne réfléchit pas sur ce qu'on vit: on en profite tout simplement. Le questionnement vient après, une fois que le corps s'est délesté de sa fureur d'être. Et refoulé loin en soi, le quotidien des choses remonte à la surface comme de lui-même, de quoi expliquer que même si Judith lui parle de son enfance, Junior n'écoute que, distraitement comme il ne fait plus aussi que caresser distraitement son corps qui s'est collé au sien. C'est que, pour la première fois depuis une semaine, Junior pense vraiment à Julie qu'il a abandonnée chez Miriam. Y est-elle toujours ou s'en est-elle retournée aux Trois-Pistoles avec Ti-Bob Cayouette? Mais peu importe que l'une ou l'autre des possibilités soit la vraie: Junior sait déjà que Julie doit lui en vouloir à mort et qu'elle va mettre tout son temps avant de lui pardonner sa voyagerie dans le grand Montréal.

À cause de Judith qui de la main lui catine tout le bas du corps, Junior voudrait bien oublier Julie. Mais les bières bues et les joints fumés n'ont plus aucun effet sur lui. Il regarde Judith et dit:

— Faut que je m'en aille maintenant.

— C'est comme tu veux, Junior. Mais moi, quand je fais connaissance avec quelqu'un et que, après, je sais qu'il n'y aura plus rien, eh bien! vois-tu je voudrais retenir ça le plus longtemps possible.

— Je comprends, sauf que c'est plus possible pour moi.

Pourtant, Junior ne résistera pas longtemps à tout ce qui du corps de Judith le provoque encore. Ah! cette ville amoureuse dont la bouche de Judith est pleine, tout autant que ces seins aux larges aréoles, tout autant que ce ventre, tout autant que ce pubis dont la blondeur des poils est comme une mer éperdue de blés, tout autant que ces fesses pareilles à ce qu'il y a de doux quand, dans le foisonnement de la musique, on fume un joint aux *Foufounes électriques,* tout autant que ces fortes cuisses entre lesquelles il fait si bon de se jeter dans toute sa tête pour humer l'odeur des deux gratte-ciel qui y sont tatoués tout en couleurs nyctalopes! Ah! quelques minutes encore! Ah! quelques minutes encore, qui vont donner au rêve du grand Montréal tout son sens!

Dans cette dernière étreinte, Junior met tout ce qu'il y a de générosité en lui et tout ce qu'il y a de beauté et de tendresse. Judith le sent et répond de même façon, de sorte que bientôt il n'y a plus sur la paillasse que deux enfants mouillés tout partout dans leurs corps.

— Je pense que je t'aime, dit Judith.

— Moi non plus, plaisante Junior.

Il va avoir du mal à s'arracher de cette paillasse et de ce corps qui lui a donné autant de plaisir. Peut-être est-ce pour cela d'ailleurs qu'il a l'impression que Julie va lui en vouloir profondément jusqu'à la fin de ses jours. Aussi Junior se redresse-t-il malgré Judith dont les mains, extrêmement habiles, voudraient le retenir encore.

— Prenons au moins une douche ensemble avant que tu partes! proteste-t-elle.

— Non, dit Junior. Tes odeurs, je veux qu'elles me suivent jusqu'aux Trois-Pistoles. Une fois rendu là-bas, je vais en avoir besoin pour pas déprimer.

Junior s'habille le plus rapidement qu'il peut, content que Judith en fasse autant. Si elle restait nue devant lui, jamais il n'aurait le courage de partir maintenant qu'il commence à comprendre les odeurs qui l'habitent. Judith dit:

— J'appelle un taxi et je vais avec toi te reconduire chez ta sœur.

Junior aimerait mieux pas mais Judith insiste tellement qu'il ne peut que se rendre à son désir. Ils montent donc tous les deux dans ce taxi qui va traverser la ville, bateau fantôme dans cette neige qui tombe toujours comme si on était encore dans l'an premier du monde. Tout au long du trajet, Junior et Judith ne font que se caresser férocement, tellement que le chauffeur doit klaxonner une fois qu'on se retrouve dans la rue Bellerive devant l'appartement de Miriam. Lorsque Junior met la main dans la poche de son grand manteau, espérant y trouver son portefeuille, il ne rencontre que de l'air.

— Ça se peut pas, esti toasté des deux bords! Ça se peut pas que j'aie perdu mon portefeuille!

— Moi, ça m'étonnerait pas, dit Judith. Hier soir, quand on est sortis des *Foufounes électriques*, tu jetais dans la rue Sainte-Catherine tout ce que t'avais dans tes poches. Ton portefeuille a dû y passer comme le reste. Je vais payer le taxi. Pour le reste, tu pourras t'arranger?

— Va bien falloir. Que c'est que tu veux que je fasse d'autre, esti!

— Rien, je pense. Sauf que le coup du portefeuille perdu et du taxi qu'on s'arrange pour que les autres le paient, ça arrive parfois que c'est moi qui l'organise.

— En ce qui me concerne, c'était pas prévu, tu peux me croire. Comme c'était pas prévu que je resterais aussi longtemps chez toi.

— Tu le regrettes?

— Le regret, je suis pas doué pour. Mais si par hasard tu devais remettre la main sur mon portefeuille...

— Je te l'apporte tusuite aux Trois-Pistoles. D'accord?

— J'y compte bien.

Une dernière fois, Junior embrasse Judith. Puis il descend du taxi et se dirige vers l'appartement de Miriam. Judith demande au chauffeur d'attendre un peu, le temps que la porte s'ouvre sur Junior et qu'il disparaisse derrière celle-ci.

— On retourne d'où on vient, dit Judith. Le party est terminé, en tout cas pour le moment.

Alors que le taxi s'ébranle dans la rue Bellerive, Judith regarde dans ce sac qu'elle tient sur ses genoux, en extirpe le portefeuille de Junior et l'ouvre. Elle tombe sur cette photographie de Junior et de Julie s'embrassant tendrement sous de grandes épinettes noires, à côté d'une vieille barque de pêche, avec le fleuve qui avale tout le reste du paysage. Judith sourit même si elle ne sait rien de Julie. Junior l'a tellement excitée qu'elle sait déjà qu'un jour prochain, elle va se retrouver aux Trois-Pistoles, non pas pour rapporter à Junior son portefeuille qu'elle lui a subtilisé mais pour le prendre, lui, et si totalement qu'il ne pourra plus jamais échapper aux griffes du grand Montréal.

Depuis quelques jours, rien que de la mauvaise vie. Il y a d'abord le rêve de ces chevaux qui, devenus fous, vous désarçonnent et vous poursuivent jusque dans la maison, leurs gueules belliqueuses grandes ouvertes, leurs corps comme reluisants de haine. Il y a ce rêve du pont Champlain sur lequel trotte la grande jument rousse, et c'est une traversée dont Miriam ne viendra jamais à bout, le pont paraissant s'entortiller sur lui-même tandis que du fleuve jaillissent ces trombes d'eau qui vont tout engloutir. Il y a encore cet autre rêve dont le lieu est le centre équestre de Carignan: plutôt que de mettre bas, les juments rappellent à elles leurs poulains, elles les forcent à reprendre la place qu'ils avaient dans leurs ventres. Tant de corps déformés, tant de pattes et de têtes qui vont rester prises entre les prodigieuses cuisses ouvertes!

Parce qu'ils viennent la hanter depuis quelques jours, ces rêves énervent Miriam. Elle n'a pas l'habitude de se souvenir des cauchemars qu'elle fait. Si cela lui arrive maintenant, quel signe devrait-elle y voir? C'est pour y songer que, pour la première fois depuis quatorze ans, elle ne s'est pas rendue à Médiatexte ce matin, préférant s'asseoir sur ce sofa dans le salon et écouter la musique de Richard Wagner. Les chevaux qui cavalcadent entre les notes pourront-ils l'aider à faire le point? Après tout, que s'est-il passé depuis une semaine? Bien sûr, il y a eu l'arrivée inattendue d'Albertine et les deux jours durant lesquels il a bien fallu consentir à l'héberger en attendant qu'elle trouve, rue Notre-Dame, cette petite chambre où se loger. Malgré le dérangement que la fugitive Albertine a pu constituer, aucune raison là-dedans pour cauchemarder. On ne cauchemarde pas quand les choses sont claires comme ça a été le cas entre Miriam et Albertine. Alors, à quoi donc attribuer tous ces rêves? La cause en serait-elle Edgar Rousseau et l'insistance qu'il met à poursuivre Miriam bien qu'elle ne veuille rien savoir de lui et le lui dise, de plus en plus bêtement d'ailleurs? Miriam sait bien que non: quel rapport pourrait-il bien y avoir entre Edgar Rousseau et tous ces chevaux dénaturés qui l'obsèdent? Aucun, c'est l'évidence même.

Miriam a fermé les yeux, le temps de laisser aux chevaux de ses rêves le temps de remonter à la surface de sa mémoire. Et il lui semble enfin que, de tous ces broncos sauvages qui s'ébranlent dans sa tête, elle en reconnaît enfin un. Il a la tête d'Éric Wisecomm et c'est lui qui la poursuit, sa gueule belliqueuse grande ouverte, son corps comme reluisant de haine. D'avoir enfin trouvé rassure Miriam. Pourquoi n'y a-t-elle pas pensé avant? En acccptant d'aller rencontrer Éric Wisecomm dans sa chambre du pensionnat de Contrecœur, Miriam aurait dû se douter déjà que ce ne serait pas sans conséquence, ni pour elle ni pour Maxime. Elle avait dû se déchausser avant d'entrer dans la chambre, et s'asseoir par terre devant Éric Wisecomm, et étouffer ces éternuements qui lui venaient à cause du carré d'encens brûlant dans la pièce devant un énorme bouddha tout blanc. Rien que du blanc partout, d'ailleurs, comme si l'hiver s'était emparé aussi bien des murs que des meubles. Même la voix d'Éric Wisecomm ressemblait au monde dénudé de la chambre, comme si elle ne venait pas de son corps mais d'ailleurs, sans doute de sa Belgique natale, et de l'Abyssinie où il avait enseigné, et de tous ces livres sur le zen qu'il avait lus et auxquels, même sans s'en rendre compte, il n'arrêtait pas de faire allusion. Mais qu'a-t-il dit exactement? De son discours qui n'en finissait plus, Miriam a retenu qu'Éric Wisecomm s'était attaché à Maxime plus qu'il ne voulait se l'avouer à lui-même et plus que n'importe quel professeur n'a le droit de le faire avec n'importe quel élève. Cela entendu, Miriam a facilement compris le reste, surtout ce qui a changé en Maxime depuis quelque temps, notamment ce désir nouveau qui lui est venu de connaître enfin sa famille. Éric Wisecomm a dit:

— J'ignore la raison qui pourrait justifier le fait que vous ne voulez pas en parler à Maxime. J'imagine bien qu'elle doit être sérieuse. Mais Maxime a besoin de connaître ses origines, peu importe ce qu'elles peuvent être. Mon avis est que plus rapidement il saura, mieux cela vaudra pour lui. Maxime est un garçon de qualité et il est toujours dommage qu'à cause d'un malentendu qui perdure, les garçons de cette qualité finissent par se retourner contre eux-mêmes. Je suis certain que vous ne le souhaitez pas, tout comme moi d'ailleurs. Aussi, si je peux vous aider d'une façon comme d'une autre, croyez bien que ce sera avec plaisir que je le ferai. Mais le voulez-vous vraiment?

Miriam n'avait pas répondu, peut-être simplement à cause de cette voix qui semblait ne pas appartenir au corps lui faisant face. Elle en a été assez troublée qu'elle ne s'est pas emportée comme elle se le promettait, se contentant de balbutier qu'elle penserait à tout ce qu'Éric Wisecomm lui avait dit. Il l'avait raccompagnée jusqu'à sa voiture, lui avait gentiment ouvert la portière et lui avait dit avant qu'elle ne s'en aille:

— Vous êtes aussi une femme de grande qualité, Miriam. J'espère que bientôt, nous aurons encore le plaisir de converser et que cette fois-là, c'est moi qui me contenterai de vous écouter.

Miriam rouvre les yeux. Arrivée au bout de tout ce qu'elle avait à dire, la musique de Richard Wagner s'est tue. Ne restent que ces chevaux dénaturés qui courent encore dans le paysage de la mémoire, pareils à ceux qui, tout bronzés sur la table à côté du système de son, font ces rondes endiablées dès qu'on met le mécanisme du manège en marche. Miriam se lève, va vers le rassemblement des chevaux et les effleure de ses doigts. C'est aussi froid que pouvait l'être le corps d'Éric Wisecomm quand elle s'est assise devant lui dans sa chambre. Une froideur qui l'a atteinte dans la sienne et dont elle ne sait pas encore ce qu'elle va en faire, à cause de Maxime.

Laissant les chevaux, Miriam vient pour remettre cet autre disque de Richard Wagner sur la table tournante quand, levant les yeux, elle voit Junior qui, appuyé à l'embrasure de la porte du salon, est en train d'allumer un cigare.

— Que c'est que tu viens faire ici? demande Miriam.

— Je voulais d'abord vérifier pour Julie et Ti-Bob, mais j'ai déjà compris qu'ils m'ont pas attendu pour retourner aux Trois-Pistoles.

— Après une semaine, le contraire serait surprenant!

— Y a rien de surprenant dans le temps: l'important, c'est comment on l'emploie, l'esti!

— C'est ton problème, Junior. Pas le mien.

— Ben sûr, dit Junior en allant vers la cuisine avant de se laisser tomber sur une chaise. Mais le problème, c'est justement que mon problème risque de devenir le tien avant longtemps.

— De quoi tu parles?

— Imagine-toi donc qu'entre ici et les *Foufounes électriques*, j'ai perdu mon portefeuille. Sans argent, ça va être difficile pour moi de retourner aux Trois-Pistoles. Même si les trains fonctionnent tout croche, le crédit c'est pas encore leur fort.

— Ôte-toi de l'idée que je vais te prêter de l'argent. T'avais qu'à prendre soin du tien. Maintenant que tu le sais, je pense qu'il te reste plus rien qu'à faire de l'air.

— Je peux comprendre que tu me dises ça. Mais avant de déguédiner, je boirais une petite bière.

— Tu le sais qu'il y en a pas ici!

— N'importe quoi d'autre, ça va faire l'affaire pareil. Stéphanie boit un verre de scotch de temps en temps. C'est comme rien: il doit bien rester un fond de bouteille quelque part.

Miriam hausse les épaules. Elle va vers l'armoire de pin clair, ouvre un panneau, prend ce verre et cette bouteille à moitié vide et les apporte à Junior.

— Si ça peut te contenter, tu peux boire tout ce qu'il y a là-dedans. Mais après, tu claires la place parce que moi, j'ai autre chose à faire que de te voir bibe-ronner!

— You bet! esti, que t'as autre chose à faire. Comme de te préparer un simple petit café pour que t'entendes mieux ce que j'ai à te parler de.

— Je suis pas intéressée.

— D'abord, un scotch pour moi et un café pour toi. Le reste va venir de lui-même après.

Miriam aimerait bien mettre Junior à la porte comme elle a fait avec Albertine. Mais elle se méfie des odeurs de Junior parce qu'elle se reconnaît trop en elles, par l'outrance qui les détermine et qui n'est rien de plus que ce qu'on retrouve dans n'importe quelle famille quand ça n'a plus besoin de se dire pour se comprendre, à cause de cette sensibilité particulière qui provient de ce que, même malgré soi, le même sang parle le même langage. Miriam disparaît dans la cuisinette et Junior se verse ce grand verre de scotch qu'il va boire cul sec. Après cette semaine orgiaque qu'il a passée avec Aurise et Judith dans la musique exacerbée des *Foufounes électriques*, Junior sent Miriam dans tout ce qu'elle est, comme s'il avait passé des heures et des heures à côté d'elle, à ne faire que promener sa main sur son corps dénudé. Regardant Miriam qui s'est appuyée contre le comptoir de la cuisinette, il dit:

— Miriam, il y a plein de flashes qui me viennent.

— Tes flashes, je veux pas les entendre.

— Je vais te les dire pareil. Je vais te les dire pareil parce que ton problème avec le père, je veux pas vraiment le savoir: ça m'intéresse pas. Ça m'intéresse pas parce que si je sais pas ce que c'est devenu, je sais comment ça a commencé. Le rêve du père, c'était de devenir jockey. Mais il était trop grand et trop gros pour ça. Et quand on voudrait être jockey, qu'on est trop grand et trop gros pour ça, à quoi ça te mène? À mettre des enfants au monde en espérant que lorsqu'ils vont être assez grands pour marcher sur leurs jambes, ça va suffire de les faire monter sur un cheval pour qu'ils deviennent jockeys.

— Tu déparles, Junior.

— Ça se peut. Sauf que quand on déparle, il y a toujours une raison qui barbote par en dessous. Rappelle-toi z'en, Miriam. Rappelle-toi de ça, esti! Miville se traînait pas encore que le père l'a mis sur un cheval. Miville a pas fait dix pas avant de tomber parce qu'il a eu peur. Moi-même, je me suis pas rendu beaucoup plus loin quand ça m'est arrivé, pas parce que j'ai eu peur mais parce que le père a fouetté le cheval juste ce qu'il fallait pour qu'il parte à la fine épouvante. Pour le père, il y a seulement toi qui as passé l'épreuve; il y a seulement toi qui t'es pas laissée désarçonner. Tu veux que je te rappelle pourquoi ou tu préfères me prêter l'argent qu'il me faut pour que je prenne mon train?

— Tu m'auras pas, Junior.

Elle passe devant lui et va s'asseoir sur le sofa dans le salon. Junior se lève, s'appuie à l'embrasure de la porte, rallume le mégot de son cigare et dit:

— Miriam, je le sais ce qui s'est passé entre le père et toi. Je le sais que vous vous aimiez. Je le sais que...

Il n'achève pas sa phrase, non pas parce qu'il ne le pourrait pas mais parce qu'il n'a pas l'intention de blesser Miriam, son affection pour elle le lui interdisant. Et puis, il y a aussi le fait que Junior ne voit rien de répréhensible dans ce qui s'est passé entre Miriam et Xavier, sauf peut-être cette douleur qu'en a eue Virginie et au beau mitan de laquelle elle est morte, claque-murée dans sa chambre, les fleurs qu'elle cultivait devenues son ultime consolation.

— Continue! dit Miriam qui s'est redressée et fait face à Junior.

— Non, répond-il. Même si je sais ce que t'as vécu avec le père, c'est pas à moi d'en parler. Ça t'appartient et que ça t'appartienne, je le respecte. Même que si je m'écoutais, je m'excuserais par-devers toi d'avoir abordé ce sujet-là.

L'un devant l'autre, ils se regardent et se sentent dans tout leur corps. Au coin des lèvres, Junior a ce même petit rictus ironique qu'il arborait, il y a quatorze ans, en regardant Miriam sortir de la maison du Deuxième Rang, sa petite valise de carton et ses souliers dans les mains. Miriam voudrait savoir si Junior a tout compris comme il le prétend: sait-il pour Maxime ou ne fait-il qu'aller à la pêche?

— Maintenant que t'as commencé, finis de vider ton sac! insiste Miriam.

— Non, dit encore Junior. Parce que, peu importe ce qui s'est passé entre le père et toi, ça change rien pour ce que je pense: je te trouve bien correcte comme t'es. Le reste a pas d'importance, même pas l'argent que tu veux pas me prêter pour que je m'en aille aux Trois-Pistoles. Le grand Montréal est assez grand pour que je trouve quelqu'un à plumer quelque part.

Il lui sourit, puis l'embrasse à la façon des Galarneau, sur le front d'abord, sur les joues ensuite.

— À-Dieu-vat, Miriam! dit-il en s'en allant vers la porte.

Avant même qu'elle n'ait le temps de réagir, Junior est déjà sorti. De la fenêtre, Miriam le regarde marcher à grands pas dans la neige qui tombe, sa main gauche retenant son grand chapeau de cow-boy à cause du vent soufflant dans la rue Bellerive. Quand Junior disparaît sous les arbres décharnés du parc, Miriam va s'asseoir sur le sofa dans le salon. Elle ne s'est jamais sentie aussi démunie qu'aujourd'hui et redoute tous ces chevaux dénaturés qui se réveillent déjà en elle, martelant de leurs sabots ce ventre qui lui fait mal à cause de la main de Xavier. Cette main, elle est si totalement imprégnée dans sa peau que les larmes se mettent à couler des yeux de Miriam. Pour la première fois depuis quatorze ans, elle va les laisser ruisseler sur ses joues. Peut-être les larmes deviendront-elles enfin ce fleuve qui va déferler vers son ventre et noyer à jamais la main de Xavier qui s'y trouve.

Pour que cela arrive, il suffirait d'un peu de temps et, aussi, que Miriam se permette enfin cet apitoiement sur elle-même. Mais elle n'a pas vécu quatorze ans de sécheresse pour perdre la maîtrise d'elle-même. Aussi refoule-t-elle ces larmes qui ne demanderaient pas mieux que de continuer à jaillir, enfile-t-elle ses bottes et son manteau et se retrouve-t-elle bientôt sous les arbres décharnés du parc de la rue Bellerive. Avant qu'elle n'atteigne le seuil de Médiatexte, ce froid qu'il y a dans l'air aura eu raison aussi bien des chevaux dénaturés de ses rêves que de la conversation qu'elle vient d'avoir avec Junior. Il n'y aura plus que cette table de travail pleine de paperasses, ces symboles de tout ce qu'il y a de quotidien dans les choses quand le désir se ratatine en soi.

C'est une maison de rapport comme il en existe tant d'autres quand on laisse derrière soi les beaux quartiers qui bordent le fleuve et qu'on remonte vers le ventre de la ville, jusqu'à la rue Notre-Dame qui reste grise même en hiver, les devantures de ses maisons toutes pareilles les unes aux autres et comme enfumées à cause de toute cette pollution que crachent les grandes cheminées des raffineries de l'est de la ville. En fait, on dirait l'envers même du Deuxième Rang des Trois-Pistoles par tout ce qui de l'espace a été mangé et rendu malpropre, comme si la pauvreté ne pouvait plus qu'être laide et même honteuse.

Pourtant, c'est dans l'une de ces maisons-là de rapport qu'Albertine a loué cette chambre minable qui communique comme toutes les autres avec une cuisinette tout aussi minable tant le mobilier est écrianché. Des chaises bancales, une table au chrome si terni qu'il en est presque obscène, et un réfrigérateur tout déglingué dont il faut ouvrir la porte avec attention si on ne veut pas que ce qu'il y a dedans s'épaille bruyamment sur le plancher.

Quand elle a vu le vieux lit de fer dans la chambre d'Albertine, la commode au miroir aveugle, la petite table de travail pleine d'inscriptions pornographiques gravées au couteau dans les blessures du bois, Stéphanie a été catastrophée, s'écriant:

— Mam, tu peux pas vivre là-dedans, c'est impossible. Tu te rends compte: il y a même un palmier en plastique avec un singe accroché dans les branches! Et c'est grand comme ma main en plus. Moi qui comptais venir rester avec toi, je me demande bien où je pourrais seulement coucher!

Tout en défaisant ses valises, débris du grand naufrage des Trois-Pistoles, Albertine a répondu:

— Je trouve la chambre correcte comme elle est. J'ai pas besoin ni de plus grand ni de plus beau. Et comme je t'ai dit plusieurs fois qu'il était pas question qu'on habite ensemble, me semble que les choses sont claires.

Stéphanie n'a pas compris, de sorte que, depuis une semaine, elle ne fait plus que la navette entre Médiatexte et la chambre d'Albertine, y dormant même quand, épuisée de parlementer, elle se retrouve à court de mots et sombre dans le sommeil. Albertine s'assoit alors devant la petite table de travail et y passe la nuit, à lire ces ouvrages qui l'ont suivie des Trois-Pistoles à Montréal, et qu'elle relit en croyant les découvrir vraiment car c'est de la ville qu'ils parlent tous et du monde des femmes qui l'habitent. Les mots de ça vont de Doris Lessing à Simone de Beauvoir, de Marie Cardinal à Louise Colet, d'Anaïs Nin à Pearl Buck, et ça se passe souvent dans des petites chambres aussi minables que celle de la rue Notre-Dame. Dès qu'une phrase la touche par sa singularité, Albertine la note dans ce petit cahier noir d'écolière qui lui rappelle ce temps où, dans le Deuxième Rang, Moïse Abraham faisait l'école. Et quand les clous se mettent à cogner trop fort dans la tête d'Albertine, elle lève les yeux et se rend compte que la nuit s'en est allée, laissant toute la place à cette lumière que la neige rend aveuglante.

Alors Albertine baisse le store de la fenêtre, quitte la petite table et se rend compte que Stéphanie dort toujours dans la couchette de fer même si, depuis longtemps déjà, elle devrait être derrière son pupitre de secrétaire à Médiatexte. Mais Albertine ne réveillera pas Stéphanie tout de suite. Elle pousse la porte de sa chambre et se retrouve devant la cuisinette où, dans cette petite marmite qu'il y a sur la cuisinière, elle va faire bouillir cette eau avant de se préparer un café. Puis l'esprit encore tout plein de Doris Lessing, elle regagne sa chambre, se rassoit à sa petite table de travail et lit:

«Il me faut du vent. Un bon vent fort. L'air stagne. Le courant doit talonner à bonne allure. Oui, mais je ne le sens pas. Où est ma boussole? Il me faut du vent, un bon vent fort. Un vent d'est, bien fort dans mon dos, oui. Peut-être suis-je encore trop près du rivage?»

Elle s'arrête longuement sur ces courtes phrases, cherchant à comprendre entre les mots ce que Doris Lessing a inscrit sur la page, et dont elle ne saisit pas bien le sens, sans doute parce que la mémoire qui lui reste encore du Deuxième Rang s'interpose entre elle et le roman et complique tout.

Par trois fois, Albertine note ce qu'elle vient de lire dans son petit calepin noir d'écolière. Puis elle laboure encore quelques lignes du texte de Doris Lessing, qu'elle voudrait transcrire avant que Stéphanie ne se réveille. Mais elle n'en aura pas le temps. Toute bâillante et se redressant dans la couchette de fer, Stéphanie dit:

— T'as encore lu toute la nuit, Mam. T'es pas raisonnable.

— C'est pas pour l'être que j'ai décidé de rester à Montréal. Et puis, comme tu t'es endormie dans mon lit, que voulais-tu que je fasse d'autre?

— Je voulais pas te laisser toute seule. C'est pour ça que je suis restée. J'ai pas fait ça pour mal faire. J'ai connu moi aussi ce que tu dois vivre quand je me suis retrouvée toute seule à Montréal pour la première fois.

— T'avais vingt ans, Stéphanie. Et moi, j'en ai plus de cinquante. Tout ce que je veux depuis une semaine, c'est justement ça: passer enfin toute une première nuit seule avec moi-même. Pourquoi tu me le refuses?

— J'ai peur que ça soit trop dur pour toi.

— Faut que tu comprennes: ce dont j'ai besoin, c'est de quelque chose que même toi, tu peux pas me donner. J'ai besoin de quelque chose que peut-être moi-même, je peux pas me donner. J'ai besoin de savoir qui

je suis pour moi-même, par pur égoïsme, pour la
première fois de ma vie. Pour savoir non pas seulement
ce que je pourrais faire, mais si au fond j'existe.

— Tu me fais peur, Mam.

— Simone de Beauvoir parle de ça, elle dit...

— Encore Simone de Beauvoir! Mais elle a jamais
eu d'enfant, Simone de Beauvoir! Mam, t'es plus dans le
Deuxième Rang: t'es à Montréal maintenant et c'est
bien différent que les rêves que tu t'en faisais. Quand
est-ce que tu vas le comprendre? Et quand est-ce que tu
vas comprendre aussi que tout ce que je veux, c'est de
t'aider?

— Peut-être que ça s'aide pas, peut-être qu'il faut
juste que ça vienne de soi-même pour soi-même.

Elle tourne la tête. De voir toute cette tristesse dans
les yeux de Stéphanie l'épuise bien autrement que la
nuit blanche qu'elle vient de passer. Elle s'assoit sur le lit
et passe son bras sur l'épaule de Stéphanie. Elle se sent
si vulnérable tout à coup que, pour un peu, elle revien-
drait sur elle-même et accepterait ce que Stéphanie lui
propose depuis une semaine. Ah! revoir enfin Philippe
Couture et sombrer au beau mitan de cet amour qu'il
lui a fait connaître dans la vieille cabane de pêcheur de
la grève du cap au Marteau! Ce serait si facile même
pour la princesse malécite déchue qu'Albertine croit
être devenue. Mais il n'y aurait plus de fierté et cela
serait bien pis que la mort même. Malgré qu'elle sache
que Stéphanie ne comprendra pas, Albertine le lui
explique une autre fois encore, insistant particulièrement sur le fait qu'elle ne veut pas que Philippe
Couture apprenne où elle reste ni ce qu'elle y vit.

— Mais pourquoi, Mam?

— Parce que c'est ce que j'ai décidé pour le moment. Tout ce que je te demande, c'est de me faire
confiance et d'accepter que la confiance constitue
parfois un sentiment à fond perdu. Quand j'aurai fait
mon choix, tu seras la première prévenue. On s'entend
là-dessus?

Que pourrait bien répondre Stéphanie? Elle se jette dans les bras d'Albertine et la catine avec affection. Quand les larmes lui viennent aux yeux, elle se redresse et sort de la chambre. Un long moment, Albertine reste là, assise sur le bord du lit, assaillie par tant de pensées fugitives qu'elle a l'impression qu'une infinité de petites bouches lui mordent tout le corps. Elle se sent tirée vers le passé lointain, en ce temps où elle n'était qu'une petite fille et qu'elle vivait avec son père dans le Petit-Canada, en bordure de la rivière Trois-Pistoles et du vieux pont de fer de Tobin. Elle avait deux poules et un petit mouton qui la suivaient partout, la protégeant de la blancheur dont étaient enveloppées toutes les choses. Levant les yeux, Albertine voit cette photo d'elle-même qu'elle a mise sur sa petite table de travail. Elle voit aussi cette photo de son père, et qui le montre dans le temps de toutes ses splendeurs. Cet œil vif et narquois, ces pommettes de joues saillantes, ces lèvres pulpeuses et comme pleines de vie. Pourquoi tout cela s'était-il en allé dans le suicide, au beau milieu de la jeunesse? Et pourquoi Albertine a-t-elle dû venir à Montréal pour que ces images, pourtant refoulées en elle depuis quarante ans, remontent comme d'elles-mêmes à la surface?

À trop y penser, Albertine en oublierait Simone de Beauvoir, Doris Lessing et le journal *La Presse* qu'elle doit aller acheter à cette tabagie qu'il y a juste à côté de la maison de rapport. Même une chambre minable, on ne peut pas l'habiter longtemps si on n'a pas l'argent pour payer le loyer. Aussi Albertine s'habille-t-elle et se retrouve-t-elle bientôt dans la rue Notre-Dame. À marcher ainsi vers cette tabagie où elle achètera *La Presse*, les pensées fugitives qui lui sont venues de son passé lointain vont s'estomper, de même que ces bribes de phrases de Simone de Beauvoir et de Doris Lessing qui l'ont habitée toute la nuit. Quand il n'en restera véritablement plus rien, c'est que le jour aura pris le dessus et qu'il sera devenu ces centaines de petits rectangles faisant tout un cahier de *La Presse* et dans chacun desquels, libellée en style télégraphique, n'importe quelle offre d'emploi ressemble à un appel. Montréal est si grand et tant de gens ont besoin de gens! Pourquoi Albertine n'y trouverait-elle pas son fond de penouil? Elle n'est pas encore sortie de la tabagie qu'elle a déjà repéré le cahier des annonces qu'elle se met à consulter tout en s'en retournant vers la maison de rapport et la minable chambre qu'elle y habite.

# 2

**B**ien que les grands vents soufflant de la Mer océane se soient enfin apaisés, le froid demeure si vif dans le Deuxième Rang que Julie a déménagé sa machine à coudre du grenier à la cuisine. Dos tourné au gros poêle à deux ponts, qu'elle a d'abord bourré de croûtes avant d'y mettre les pesantes bûches d'érable, elle essaie tant bien que mal de travailler, patrons, morceaux de tissus, fils et aiguilles étalés devant elle sur la table. Ses doigts sont gourds, tout autant que son esprit. C'est que, après une semaine, le quotidien des choses ne peut que reprendre le dessus, même sur cette colère que Julie nourrit pourtant contre Junior qui, de Montréal, ne lui a toujours pas donné signe de vie. À quelle déliquescence s'est-il livré corps et âme, au point d'en oublier ce pacte qui le lie à Julie et qui veut qu'aucune journée ne se passe sans qu'ils ne s'en rendent témoignage l'un et l'autre? Ce premier accroc dans un rituel auquel Julie tient plus que tout, voilà bien ce qui la tourmente. Et quand, l'espace de quelques coups de ciseau donnés négligemment dans un morceau de tissu, Julie arrive enfin à oublier Junior, il y a encore quelque chose de bien pis qui vient la tarauder: c'est cette image de Xavier qui, dès son petit déjeuner terminé, se revêt de son grand parka et de son crémeur, prend sciotte et grosse hache et s'en va bûcher avec Delphis Cayouette dans les écores du cap au Marteau, amont le fleuve. Delphis Cayouette a mis Julie au courant de la manière que Xavier travaille. Il a dit:

— M'est avis qu'il court après sa mort. Je vois que ça pour expliquer son acharnement. Du train que c'est mené, je donne pas grand-temps encore à Xavier pour qu'il se retrouve les quatre fers en l'air, amanché d'une crise cardiaque dont il remontera jamais. Qu'est-ce qui le pousse à être dur de même avec son corps? M'est avis encore que dans le fin fond de l'air, il s'agit pas seulement du mariage prochain de Miville.

Malgré l'insistance pourtant peu coutumière de Delphis Cayouette, Julie est restée sur son quant-à-soi. Les secrets de famille ne se partagent pas même si on y pense pour rien par-devers soi-même. Depuis une semaine, c'est tout ce que fait Julie. Même si elle sait bien que le mariage prochain de Miville tracasse Xavier, son ennui de Miriam le trouble bien autrement. Ce n'est pas pour rien si Xavier monte sur ses grands chevaux toutes les fois que Julie essaie d'en amener le sujet sur le tapis. De l'appartement de Miriam, Xavier n'a voulu rien savoir, pas plus que de son travail d'ailleurs. Il n'est même pas descendu de ses grands chevaux quand Julie lui a appris que Miriam n'avait pas tout oublié de son passé étant donné que toutes les fins de semaine, elle s'adonnait à l'équitation. Quant aux photos de Miriam que Stéphanie a remises à Julie, Xavier a refusé de les regarder. Les photos sont restées sur la table, Julie s'obstinant malgré le désir exprimé par Xavier à ne pas les ranger ailleurs. Elle aurait pu les glisser sous la porte de la chambre-bureau comme ça lui est déjà arrivé de le faire, mais elle s'en est empêchée: pour Julie, quel plaisir ça serait si Xavier regardait enfin avec elle les photos de Miriam! Tous les matins, elle le rappelle à Xavier, et tous les matins Xavier répond de la même façon:

— Quand t'es revenue de Montréal, me semble t'avoir dit que lorsque je voudrais des nouvelles de Miriam, je verrais par moi-même à les obtenir. C'est pareil pour les portraits. Tu perds donc ton temps à radoter là-dessus.

— Mais pourquoi, Pa?

— Parce que c'est de même, c'est tout!

— Pourtant, tu t'ennuies de Miriam.

— De ça aussi, je t'en ai déjà parlé: l'ennuyance, c'est bon pour les enfants. Je suis plus d'un âge pour.

La porte a claqué sur Xavier et Julie n'a rien fait d'autre de toute la journée que de tisser inutilement la corde à virer le vent, songeant parfois à Junior, et songeant parfois aussi à Miriam à qui elle n'a pu parler vraiment le temps qu'elle est restée à Montréal. Le matin, Miriam prétextait qu'elle était en retard pour se rendre au bureau. Et le soir, elle s'enfermait dans sa chambre et n'en sortait pas avant l'aube, toujours sous le prétexte de son travail à Médiatexte. Les quelques fois que Julie avait insisté, Miriam lui avait répondu aussi bêtement que Xavier le fait, tout son corps dressé par le refus. Et quel triste matin ça a été celui-là où Julie s'est décidée de revenir aux Trois-Pistoles, Miriam s'arrangeant pour quitter l'appartement avec la levée du jour pour ne pas avoir à vivre ces adieux dont la veille elle avait dit n'avoir rien à faire! Nous sommes pourtant de la même famille, pense Julie. Nous avons pourtant vécu le même passé. Est-ce que tout cela n'a été qu'un rêve? Est-ce que l'enfance qu'on a passée ensemble ne représente plus rien?

Du bout de la main, Julie écarte patrons, morceaux de tissus, fils et aiguilles qui sont étalés sur la table. Elle ramène devant elle ces photos de Miriam dont Xavier n'a pas voulu, et les regarde. Malgré la dureté des traits, il y a quelque chose de souriant dans ces portraits, à cause peut-être de cette force qu'on y reconnaît toujours. Ça existait aussi dans la petite enfance: ce même corps, ce même visage, ces mêmes grands yeux qui, aussi bleus que le bleu du ciel, voyaient tout, cette même longue chevelure blonde enflammant le paysage dès que Miriam se retrouvait sur le dos de la petite pouliche tavelée et que ça se mettait à galoper dans les champs de blés, vers le fleuve. Miriam n'était qu'une petite fille comme les autres en ce temps-là, à peine plus grande que Julie. Delphis Cayouette les entraînait toutes les deux sur le vieux rond de course des Trois-Pistoles afin qu'elles deviennent l'une et l'autre ces deux jockeys victorieux dont Xavier prétendait avoir besoin pour gagner cette grande guerre de chevaux qu'il menait aussi bien aux Trois-Pistoles qu'à Squatec, aussi bien à Québec qu'à Montréal, aussi bien à Boston qu'à Chicago et Detroit. Pourquoi Julie a-t-elle abandonné? Elle était capable de tenir son bout contre Miriam, il n'y avait rien de joué à l'avance quand les deux se retrouvaient sur le vieux rond de course des Trois-Pistoles: parfois c'était Miriam qui gagnait, et parfois c'était Julie, ce que Delphis Cayouette aimait bien car, disait-il à Xavier, ta fille cadette a tout ce qu'il faut pour devenir un vrai jockey: elle a la taille, elle a le poids, elle a la compréhension qu'on doit avoir des chevaux, c'est-à-dire tout juste ce qu'il faut de douceur et de fermeté pour que les bêtes, même malgré elles, fassent corps avec vous. Mais malgré ce talent qu'avait Julie comme jockey, pourquoi a-t-elle cessé de combattre? Est-ce seulement parce qu'elle avait compris que ce serait toujours en Miriam que Xavier mettrait toute sa complaisance, et non en elle, la fille cadette? Cela avait pesé lourd, bien sûr, mais pas autant que l'enfermement volontaire de Virginie dans la chambre des maîtres une fois que Miriam avait fui la maison. Tant de solitude entêtée! Et tant de souffrance muette! Il fallait bien que quelqu'un y accompagne Virginie pour que la mort ne jaillisse pas brutalement de la chambre et emporte tout avec elle, aussi bien la maison du Deuxième Rang que ses abords et ses débords, aussi bien Xavier que tout le reste de la famille.

Des photos de Miriam, Julie détourne les yeux. Elle se lève, va vers la porte de la chambre des maîtres que Xavier a condamnée le matin même des funérailles de Virginie. Comme Julie aurait le goût d'y entrer aujourd'hui! Peut-être Virginie n'est-elle pas morte après tout, peut-être cultive-t-elle toujours ces fleurs sauvages dont la chambre était pleine, peut-être s'ennuie-t-elle à force d'être seule et peut-être attend-elle que Julie cogne à la porte. Habillée de cette longue robe fleurie qu'elle avait confectionnée elle-même et dont elle ne changerait plus jusqu'à sa mort, Virginie s'allongerait dans le lit et demanderait à Julie de s'étendre aussi à côté d'elle. Puis Virginie collerait tout son corps contre celui de Julie et, par petites phrases syncopées, lui parlerait de la musique, de cette musique exclusive qu'il y a dans les fleurs quand on ne fait plus que les caresser du bout des doigts et que cela dessine partout de prodigieux éclats de lumière.

Julie a mis la main sur la poignée de la porte de la chambre des maîtres et la sonde mais vainement: la porcelaine de la poignée est froide et ne bouge pas. Tout ce mystère qu'il y a de l'autre côté et tout ce mystère qu'il y a aussi de ce bord-ci des choses! Comment en venir à bout et conjurer la folie? Sentant sa main inefficace, Julie l'enlève de la poignée de la porte. Elle fait ces quelques pas vers la fenêtre et regarde dehors. Ce blanc-mange qui a recouvert toute chose lui fait mal dans tout le corps. Elle aurait tant besoin de Junior pour que Xavier ne se tue pas à bûcher dans les écores du cap au Marteau, amont le fleuve! Ah! Junior! Comme Julie l'aguit aujourd'hui! Elle l'aguit presque autant que Ti-Bob Cayouette qui continue à lui mentir toutes les fois qu'il vient dans le Deuxième Rang prendre des nouvelles de Junior qu'il prétend toujours avoir laissé dans la rue Saint-Denis en compagnie de deux musiciens.

— Sans doute que Junior fait du bruit avec eux autres depuis ce temps-là, persiste à dire Ti-Bob Cayouette.

— Me prends-tu pour une folle? Dès que t'es revenu de la rue Saint-Denis, je t'ai senti. Tes vêtements avaient rien à voir avec des odeurs d'homme. Il y avait trop de douceur dedans pour ça.

Et parce qu'elle a senti toutes ces odeurs dans les vêtements de Ti-Bob Cayouette, Julie est inquiète. S'il fallait que Junior ne revienne pas de Montréal, que pourrait bien devenir Xavier? Tout autant que Julie, Xavier a besoin de la complicité, même agressante, de Junior. Il en a besoin pour que sa douleur de Miriam ne se retourne pas définitivement contre lui. Il en a besoin pour que la haine qu'il éprouve envers Miville ne l'emporte pas à tout jamais dans la tourmente. Si Junior était là, Xavier ne s'épuiserait pas à bûcher dans les écores du cap au Marteau, amont le fleuve, avec comme seules armes sa vieille sciotte et sa grosse hache.

De peur de voir apparaître la vieille Buick de Ti-Bob Cayouette dans le Deuxième Rang, Julie laisse la fenêtre et va vers le comptoir. Elle n'a encore rien ramassé de tous les débris du matin, ces croûtons de pain, ces écailles d'œufs, ces écrianchures de lard que Xavier a laissés de côté parce que Delphis Cayouette est arrivé plus tôt que prévu, porteur d'une nouvelle qu'il n'a pas voulu annoncer quand il a vu Xavier aussi bourru devant le comptoir. Mais Xavier a dit:

— Quand on fait le Paquet-Pollus, on se débande pas en chemin. Aussi, ça serait mieux que t'accouches, Delphis! Que c'est que t'as à raconter?

— J'ai appris par Maggie que Miville a réservé la grande salle de l'*Hôtel de la Gare* pour ses noces de samedi prochain.

— Que c'est que tu veux que ça me fasse?

— Je sais bien que c'est pas ça qui va te défriser dans ton poil de jambe, mais il y a autre chose.

— Quoi?

— La cérémonie de mariage va aussi avoir lieu à l'*Hôtel de la Gare* parce que, vois-tu mon Xavier, Miville a décidé de se marier en protestant. Y semble même que c'est le pasteur GrandMaison qui va venir d'aussi loin que de Boston pour officier tout le temps de la cérémonie.

— Le pasteur GrandMaison! a rugi Xavier. Si c'est pas que du racontar, laissez-moi vous dire que Miville l'emportera pas en paradis! Ça, je vous le garantis!

Et furieux, Xavier a empoigné sa boîte à lunch, sa sciotte et sa grosse hache, et s'en est allé bûcher dans les écores du cap au Marteau, amont le fleuve.

Tout en mettant de l'ordre sur le comptoir, Julie se demande pourquoi Xavier a pris ainsi le mors aux dents rien qu'à entendre le nom du pasteur GrandMaison. Le pasteur GrandMaison ne fait-il pas depuis toujours partie de la famille? N'est-ce pas à lui que Xavier a fait appel pour les funérailles de Virginie? Julie s'en souvient encore très bien. Bien que malade, le pasteur GrandMaison avait quitté Boston et entrepris ce long voyage en train vers les Trois-Pistoles, juste pour faire plaisir à Xavier, au nom de cette amitié dont personne dans la famille ne savait comment elle avait commencé. Du mystère encore! Jamais rien d'autre que du mystère avec Xavier! Et Miville qui jette toute cette huile sur le feu en demandant au pasteur GrandMaison de laisser une autre fois Boston pour venir aux Trois-Pistoles bénir à la protestante son mariage avec Nathalie Bérubé! J'aurais dû rester à Montréal, pense Julie. Même si Junior s'y épivarde, ça serait moins pire de me retrouver avec lui que de jongler ici, sans savoir comment agir.

Sans doute n'est-ce que l'hiver en train de s'installer qui tombe sur les nerfs de Julie. Ça dure tellement longtemps et c'est si peu de profit pour personne contrairement à l'été! Des mois et des mois à ne faire que se colletailler avec toute cette blancheur inamicale parce que souveraine. Des mois et des mois à rester sur son quant-à-soi, à regarder dans la fenêtre ces bancs de neige qui se forment et se déforment selon le caprice des grands vents soufflant de la Mer océane. Des mois et des mois à ne plus pouvoir se rendre à la vieille cabane de pêcheur sur le bord du fleuve. Des mois et des mois encore avant que la grosse barque radoubée du grand-père Maxime ne reprenne le large, avec Julie et Junior couchés tout au fond, leurs corps nus revigorés par le soleil.

Ces chaudes images assaillant Julie finiraient par la rendre tout à fait désenchantée si elle ne réagissait pas. Plutôt que de passer tout l'avant-midi à déprimer, elle est aussi bien d'aller rejoindre Nathalie Bérubé et Miville chez l'oncle Gabriel. Au moins Julie saura-t-elle tout au sujet de ce mariage qui a rendu Xavier aussi furieux.

Sa canadienne enfilée, Julie vient donc pour sortir lorsque la porte de la cuisine s'ouvre sur Xavier dont un pansement de fortune recouvre la main gauche. Xavier va tout droit vers l'évier, défait le pansement et met sa main ensanglantée sous l'eau du robinet.

— Ça s'est passé comment? demande Julie.

— Me semble que c'est facile à voir! bougonne Xavier. Je me suis un peu déchiré la main en butant sur un rondin qui avait pas d'affaire là. Ça serait pas arrivé si Gabriel, plutôt que de babouner dans son bric-à-brac, était venu les corder, ces sacrés rondins, comme c'était pourtant entendu entre lui, Delphis et moi!

Julie regarde la main de Xavier. Le sang coule toujours de la paume, par petits jets saccadés. Ça ne ressemble pas du tout à cette inoffensive déchirure dont a parlé Xavier: les dents de la sciotte sont entrées profondément dans la peau, ouvrant la paume sur toute sa longueur.

— Je vais t'emmener à l'hôpital, dit Julie. Ça serait mieux que l'infection se mette pas là-dedans.

— Aller à l'hôpital pour une simple déchirure! Je suis pas du genre à déranger le monde pour rien! Va donc plutôt me chercher un pansement dans la chambre de bains!

Quand elle en revient et veut aider Xavier, celui-ci refuse:

— C'est pas le premier pansement que je me fais!

Une fois que la longue bande de tissu est bien enroulée sur sa main, c'est à peine s'il permet à Julie d'y coller dessus ce sparadrap pour que le pansement reste bien en place. Après, Xavier remet son crémeur et reboutonne son grand parka. Regardant Delphis Cayouette qui s'est assis dans la berçante, il dit:

— Si tu restes avachi là, ça va être difficile de s'en retourner bûcher!

— Avec une main débiscaillée de même, t'as quand même pas dessein de reprendre la sciotte aujourd'hui! proteste Delphis Cayouette.

— Ça s'adonne que c'est ce que je vais faire!

— Voyons, Pa! proteste Julie à son tour.

— Il y a pas de voyons, Pa! Tout ce qu'il y a, c'est le bois qui reste encore à bûcher dans les écores du cap au Marteau, amont le fleuve! Le reste, faites-en ce que vous voulez: je m'en balance pas mal!

— C'est insensé! dit Julie à Delphis Cayouette.

— Je le sais autant que toi. Mais comme je t'ai déjà dit, ce que je crois c'est que Xavier fait pas autre chose que de courir au-devant de sa mort. M'est avis que le mariage béni par le pasteur GrandMaison compte plus que pour la peine là-dedans.

Dehors, Xavier s'impatiente. Ça klaxonne avec fureur et tant que Delphis Cayouette ne sort pas de la maison. De la galerie, Julie regarde le panel de Delphis Cayouette disparaître à toute vitesse dans le chemin à Firmin, vers les écores du cap au Marteau, amont le fleuve. Julie n'aime pas ce qu'elle sent dans le fond de l'air. Elle n'aime pas ce qu'elle voit dans toute cette neige que les grands vents qui se sont remis à souffler de la Mer océane font tourbillonner. C'est d'un blanc si aveuglant que ça s'ensanglante dès qu'on ferme les yeux, pareil à la main gauche de Xavier lorsque l'eau du robinet coulait dessus.

Appuyé à l'établi tout au fond du bric-à-brac, Gabriel préférerait ne pas voir ce qu'il voit. Que vient faire Blanche qui, habillée comme la chienne à Jacques, est arrivée pareille à une survenante, tenant d'une main cette bouteille de gros gin remplie d'eau bénite tandis que, de l'autre, c'est le poignet du petit Jean-Marie Soucy qu'elle ne lâche pas?

Gabriel souhaiterait n'en rien savoir. Il se méfie de la folie de Blanche qui, tous les soirs, s'agenouille sur la galerie devant sa maison, une bouteille de gros gin remplie d'eau bénite entre les jambes. Les yeux tournés vers le ciel, Blanche jappe à la lune au moyen de cette musique à bouche dont elle ne sait pourtant pas jouer et dont les sons stridents vont se perdre dans la nuit. Quand la musique à bouche s'épuise, Blanche la laisse tomber, s'empare de la bouteille de gros gin remplie d'eau bénite et se met à en asperger le monde entier, par grands cercles.

— Le soleil est tombé dans la mer! chiale-t-elle. Le soleil est tombé dans la mer et c'est juste moi qui peux l'en faire remonter!

Une fois la bouteille de gros gin vidée de toute son eau bénite, Blanche se met à courir autour de la maison, à la recherche de ces lapins qui n'existent pourtant que dans sa tête fêlée.

Seulement à penser à toute cette souffrance qui habite Blanche, Gabriel en oublie même l'homme-cheval qui est en lui. Pour se débarrasser de Blanche, ça serait si simple pourtant! L'homme-cheval n'aurait qu'à piaffer, qu'à renâcler, qu'à s'esbrouer et qu'à hennir car la folie de Blanche ne craint qu'une chose: que n'importe quel cheval, arrivant soudainement de nulle part, se jette sur elle et, de ses grands sabots ferrés, la déchiquette dans tout son corps.

C'est d'ailleurs ce qui est arrivé à Blanche quand elle n'était encore que cette belle grande jeune femme après qui tous les hommes couraient, fascinés par ce corps si sensuel qu'il était impossible de lui dire non. À moins, bien sûr, de s'appeler Xavier. Emportée par tout cet amour qu'elle lui portait, Blanche l'avait poursuivi pendant de longs mois. Quand elle apprenait que Xavier s'en revenait des États-Unis, elle allait l'attendre sur le vieux pont de fer de Tobin, son corps tout moulé dans cette robe fleurie comme Xavier les aimait tant. Et Blanche restait là, tenant à la main son grand chapeau, tant que la grosse Roadmaster n'apparaissait pas au sommet de la côte. Quel spectacle c'était que de revoir enfin Xavier au volant de cette grosse Roadmaster qu'il avait achetée à Detroit! Cette masse impressionnante de fer aux marchepieds nickelés, munie de deux gros yeux de crapaud et de cette capote de toile qui disparaissait sous le siège arrière quand il faisait beau! Xavier avait fière allure sur la banquette avant où, assis bien droit, ses yeux recouverts de grosses lunettes jaunes, ses mains gantées de peau de chevreau, il ressemblait à un chevalier teutonique dans sa forteresse roulante. Xavier faisait pourtant semblant de ne pas voir Blanche qui l'attendait sur le vieux pont de fer de Tobin. Malgré les signes qu'elle lui faisait, Xavier continuait sa route vers l'*Hôtel de la Gare* parce que c'était Albertine qu'il avait choisie entre toutes. Un jour, Blanche avait bien été obligée de s'en rendre compte, ce qui ne lui avait plus donné que le désespoir à vivre, si absolu qu'elle avait même voulu mettre le feu à l'écurie de Xavier. Mais la jument tavelée de Xavier ne l'avait pas laissée faire. Avant même que la première étincelle ne jaillisse des bottes de foin souillées par un plein gallon d'essence, la jument tavelée avait si bien piétiné Blanche qu'il ne restait plus grand-chose d'elle quand on l'avait retrouvée dans le boxon, plus morte que vivante. Si Blanche a pu s'en réchapper malgré tout, c'est à cause de cette bouteille de gros gin remplie d'eau bénite, c'est à cause de sa musique à bouche, c'est à cause de tous ces sparages qu'elle fait sur la galerie devant sa maison, c'est à cause de tous ces lapins qui n'en finissent plus de sortir de sa tête fêlée.

Parce qu'il connaît Blanche, Gabriel aimerait mieux ne pas aller au-devant des coups: dès que ça se met à parlementer, il vaut mieux ne pas penser au temps car celui-ci n'existe plus. Ne reste que Blanche et les discours incompréhensibles qu'elle tient tout en aspergeant le monde d'eau bénite.

Mais sa bouteille de gros gin remplie d'eau bénite dans une main et tenant de l'autre le poignet du petit Jean-Marie Soucy, Blanche garde le silence comme si le simple fait d'être là dans la porte du tambour lui suffisait. Seuls ses grands yeux bleus, extraordinairement mobiles, jettent des éclairs partout. Gabriel a l'impression qu'il va en être déshabillé s'il ne réagit pas. Il demande:

— Blanche, que c'est que tu viens faire ici, avec Jean-Marie en plus?

— Il y a plus de lapins autour de ma maison! dit-elle. Ils sont tous rendus ici maintenant parce qu'ils ont faim. Regarde, Gabriel. Ça sera pas long que les lapins vont avoir mangé tous les choux que t'as empilés sous l'escalier.

Gabriel tourne la tête vers le carré de choux. De n'y voir aucun lapin le rassure. Mais avec Blanche, c'est toujours mieux de faire semblant. Il dit:

— Blanche, t'as plus à te préoccuper des lapins. Maintenant qu'ils ont envahi mon bric-à-brac, c'est à moi que ça revient de les soigner comme du monde. Je te donne ma parole que je les malmènerai pas.

— Je le sais. Mais tout seul, c'est impossible que t'en viennes à bout: ces lapins-là sont des bêtes plutôt malcommodes. Sans eau bénite, penses-tu vraiment que tu vas passer au travers?

Elle débouchonne la bouteille de gros gin, va vers le carré de choux, sa main toujours fermée sur le poignet du petit Jean-Marie Soucy.

— Ma musique à bouche, lui dit-elle.

Bien qu'il aimerait mieux ne pas le faire, le petit Jean-Marie Soucy fouille dans cette défroque qui recouvre le corps de Blanche. Tout au fond de cette grande poche bourrée de papiers, d'épingles à linge, de boutons et de morceaux de sucre, ses doigts repèrent enfin la musique à bouche. C'est tout rouillé pour avoir trempé trop longtemps dans l'eau bénite. Blanche desserre les dents quand le petit Jean Marie Soucy lui offre la musique à bouche. Elle va se mettre aussitôt à en jouer tout en aspergeant d'eau bénite le carré de choux. Ce n'est rien de plus que de la discordance, si outrée que vos oreilles et tout votre corps s'en trouvent comme démanchés. Gabriel regarde et entend pourtant, tout comme le petit Jean-Marie Soucy que Blanche entraîne avec elle aux quatre coins du carré de choux, y vidant toute l'eau bénite de la bouteille de gros gin, y vidant aussi tous ces sons que son corps, par la musique à bouche rouillée, fait venir. Elle y met tant d'application et tant de fureur, elle est emportée si loin dans le monde de la magie, que même Gabriel finit par voir tous ces lapins qui, sortis de la tête fêlée de Blanche, sautillent dans le carré de choux.

Plus une goutte d'eau bénite ne restant dans la bouteille de gros gin, Blanche cesse de jouer. Mais quand le petit Jean-Marie Soucy vient pour remettre la musique à bouche dans la grande poche de sa défroque, Blanche s'insurge:

— Tu comprends pas, Jean-Marie! Tu comprends pas que je viens d'abolir tout ce qu'il y avait de malicieux dans les lapins. Mais on abolit rien très longtemps, à moins d'avoir la patience de recommencer. Voilà pourquoi je te fais don de la musique à bouche. Et voilà aussi pourquoi je te fais don de la bouteille de gros gin. C'est maintenant à ton tour de veiller sur les lapins et de faire en sorte que Gabriel en prenne pas désavantage.

Et se tournant vers Gabriel, ses terribles grands yeux bleus se vrillant dans les siens, elle ajoute:

— J'ai de la peine pour toi, Gabriel. Je sais qu'Albertine t'a abandonné. Je le sais parce que les lapins qui couraient autour de ma maison me l'ont dit. Je le sais parce qu'ils ont pas pu faire autrement que de venir envahir ton carré de choux. Et parce que je le sais, il faut bien que j'agisse en conséquence... en te donnant Jean-Marie. À compter de maintenant, c'est avec toi que Jean-Marie va habiter. Sinon, les lapins vont prendre toute la place et ils vont te gruger tout partout. Je t'aime trop pour pas t'aider.

Elle pousse Jean-Marie vers Gabriel, puis sort du bric-à-brac. La magie l'a tellement épuisée qu'elle ne voit même pas Julie, contre qui elle bute sur le seuil de la porte du tambour. Blanche va maintenant se retrouver dans le Deuxième Rang, tout son corps avalé par la blancheur, ses terribles grands yeux bleus fixés sur le clocher de l'église des Trois-Pistoles où elle va se rendre rien que pour demander au bedeau qu'il lui trouve une autre bouteille de gros gin et la lui remplisse d'eau bénite. S'il fallait que les lapins changent d'idée! Et s'il fallait qu'une autre fois le ciel tombe dans la mer! Comment Gabriel en remonterait-il, même avec l'aide de Jean-Marie qu'elle vient de lui donner?

Bien qu'habitué à la folie de Blanche, Gabriel ne sait plus très bien où il se trouve, le petit Jean-Marie Soucy dans ses jambes et Julie qui est là devant lui, pas plus avenante qu'il ne faut. Julie dit:

— Mononque, j'irai pas par quatre chemins. À cause de ce qui s'est passé entre vous et matante Albertine, vous vous entêtez à rester ici dans votre bric-à-brac. Pendant ce temps-là, Pa bûche avec Delphis Cayouette dans les écores du cap au Marteau, amont le fleuve. Il est en train de se tuer à la tâche parce que vous allez servir de père à Miville pour son mariage. Tantôt, Pa est revenu à la maison, la main tout ensanglantée. Il a pas voulu que je l'emmène à l'hôpital. Il est retourné bûcher et comme je sais que la journée finira pas sans que le pire arrive, je vous demande juste d'aller faire un tour par là.

Elle n'attend pas la réponse de Gabriel et disparaît dans l'escalier du bric-à-brac. Partagé entre les lapins que Blanche vient d'exorciser dans le carré de choux et cette main ensanglantée de Xavier dont vient de lui parler Julie, Gabriel ne trouve rien de mieux à faire que d'avaler quelques gorgées de brandy.

— Est-ce que je vais chercher mes bagages? demande le petit Jean-Marie Soucy.

— Tes bagages? En quel honneur?

— Parce que Blanche m'a donné à toi et que c'est maintenant ici que je vais rester. C'est normal que j'apporte mon butin avec moi, non? En me servant du bobsleigh qui est dans le hangar, ça prendra pas goût de tinette qu'il restera plus rien de moi chez Blanche.

— Pense pas plus au bobsleigh qu'à ton déménagement, Jean-Marie. Tu le sais comme moi que Blanche a la tête fêlée. Et quand on a la tête fêlée à ce point-là, le seul parent qui vous reste a pas le droit de faire faux bond. Pour le bobsleigh, c'est le temps que je m'y attelle afin d'aller me rendre compte par moi-même de ce qui se passe dans les écores du cap au Marteau, amont le fleuve.

— J'y vais avec toi!

— Tu peux mais c'est en autant que tu me reparles pas avant ce soir ni de Blanche ni du reste.

— On tope là-dessus! dit le petit Jean-Marie Soucy en mettant la bouteille de gros gin et la musique à bouche toute rouillée sur l'établi.

Que Gabriel accepte de l'emmener avec lui dans les écores du cap au Marteau, amont le fleuve, le petit Jean-Marie Soucy n'en demande pas plus pour le moment. Ça fait des jours qu'il attend que Gabriel redevienne enfin l'homme-cheval qu'il admire et dont il va prendre la place un jour! Le petit Jean-Marie Soucy court dans la neige jusqu'au hangar et en ouvre la porte. L'impressionnant bobsleigh aux lames patinées par Gabriel est là, éclatant dans sa peinture rouge et tous ces anneaux, ces chaînes et ces grelots dorés qui le décorent comme un arbre de Noël. Pendant que Gabriel s'attelle au bobsleigh, le petit Jean-Marie Soucy s'assoit sur le sac d'avoine, les cordeaux bien en main. Il va attendre que l'homme-cheval se soit esbroué, qu'il ait piaffé, renâclé et henni tout son content avant de faire claquer les cordeaux et de crier:

— Guedoppe, Ilio-Spinal!... Guedoppe, Splénius et Complexus!... Guedoppe, Biceps et Scalène!...

Le bobsleigh s'ébranle, l'homme-cheval heureux de se retrouver enfin dans tous ses jarrets. Comme ça fait du bien de courser ainsi contre les grands vents soufflant de la Mer océane, sans penser à rien d'autre qu'à ce chemin à Firmin qui mène dans les écores du cap au Marteau, amont le fleuve! Comme ça fait du bien d'être sorti de l'encabanement, de la trahison et du mensonge! Rien que cette blancheur avec, tout aux confins du monde, ce qui reste de la grosse veine bleue non gelée encore du fleuve!

— Guedoppe! crie encore le petit Jean-Marie Soucy. Guedoppe, tabarnance!

Et ça file ventre à terre dans le chemin à Firmin et dans la musique à nulle autre pareille des anneaux, des chaînes et des grelots dorés qui décorent le bobsleigh comme un arbre de Noël.

Xavier veut rien entendre. Depuis qu'il s'est remis à bûcher dans les écores du cap au Marteau, amont le fleuve, sa grosse hache est pareille à un sabre: ça s'abat dans tous les bords et tous les débords de la colère de Xavier malgré la coupure qu'il s'est infligée à la main et qui bat comme un cœur dans la mitaine. Le sang coule aussi et bien davantage que Xavier lui-même n'aurait pu le croire. Quelques bons coups encore avec la grosse hache et l'extérieur même de la mitaine va s'en trouver tout maculé.

Manœuvrant la tronçonneuse entre les crans, Delphis Cayouette est songeur. La rage de Xavier a quelque chose d'obscène, comme sont obscènes les chevaux vicieux qui n'en font qu'à leur tête, pour ne pas dire à leur corps. Et ça se jette souvent contre un mur, au risque de s'y casser le cou plutôt que de répondre à ce qu'il y a de raisonnable en soi!

Delphis Cayouette a essayé plusieurs fois d'intervenir. Il a mis sa tronçonneuse de côté, ouvert la bouteille thermos et offert à Xavier de boire un peu de café. Xavier s'est contenté de hausser les épaules avant de planter sa grosse hache dans une souche pour prendre sa vieille sciotte et s'attaquer à une autre épinette noire. Quel entêtement que celui de cette famille Galarneau! Même s'il aimerait mieux ne pas y penser par respect pour son vieux compagnon de route, Delphis Cayouette se rappelle comment était Maxime, le père même de Xavier. Tout le pays a déjà su ce que Maxime Galarneau avait fait avant de se tirer cette balle dans la tête sur le fenil de sa grange. Il avait mis enceinte Mélina la Bossue, la fille du coiffeur Barbare Morency qu'il emmenait pêcher dans sa vieille barque au large de la grève du cap au Marteau. Engrosser une handicapée comme Mélina la Bossue! Il n'y avait bien qu'un protestant de Galarneau pour aller aussi loin dans la perversité! Mais personne n'avait eu le temps de le faire assavoir à Maxime Galarneau. Il était soudainement apparu à l'*Hôtel de la Gare*, avait commandé cette pinte de whisky qu'il avait bue sur le seuil du fenil de sa grange. Après, il avait fracassé la bouteille sur cette poutre et, avec ce qui lui était resté dans la main, il s'était émasculé avant de se flamber la cervelle.

C'est avec soulagement que Delphis Cayouette accueille l'arrivée de l'homme-cheval qui, attelé au bobsleigh, dévale cette pente à toute vitesse avant de s'arrêter à quelques pieds de Xavier, s'esbrouant, renâclant et piaffant parce qu'il est content d'avoir couru aussi longtemps sans même s'être fatigué.

— Une fois dételé, crains pas, mon Xavier: je vais t'enlever du chemin tous ces tabarnance de rondins qui t'ont coupaillé la membrure! Avec moi dans le paysage, ça va se corder que ça sera pas longuette! Fie-toi à moi!

— Se fier à toi, c'est comme se fier à un pendu que la boisson a tombé dedans! rétorque Xavier.

Ses œillères enlevées, de même que le mors qui lui sciait la bouche, l'homme-cheval vient pour prendre la grosse hache que Xavier a plantée dans une souche.

— T'avise pas de toucher à mon butin!

— Je veux seulement t'aider! Si t'es blessé à la main autant que Julie le prétend, c'est bien le moins que j'agisse comme je le fais, tabarnance!

— Réserve plutôt tes forces pour samedi prochain! Tu vas en avoir besoin pour servir de père à Miville!

Et Xavier de s'emparer de la grosse hache. Qu'elle va tomber vite l'épinette noire qu'il y a devant lui! Le temps de le dire, elle va être natchée comme il faut et la vieille sciotte n'aura plus qu'à s'y enfoncer comme dans du beurre! Mais Gabriel pose la main sur le bout de la vieille sciotte:

— Si, avant de débiscailler l'épinette, tu me montrais ce qui s'est coupaillé dans ta mitaine?

— Enlève-toi de mon chemin! Sinon, t'auras plus jamais besoin de pesées aux chevilles pour que le vent t'emporte dans le diable du vau-vert!

Gabriel ne peut pas faire autrement que de retraiter. Il va retrouver Delphis Cayouette qui s'en est allé aux confins des écores parce qu'il ne voulait pas intervenir entre Xavier et l'homme-cheval.

— On peut pas le laisser besogner de même! dit Gabriel tout en regardant Xavier sciotter férocement. C'est du vrai péché, tabarnance!

— M'est avis que t'as raison sauf que, quand Xavier veut rien savoir, c'est de la dépense inutile que d'essayer de le convaincre de quoi que ce soit. Tu serais aussi bien de faire comme moi et de te remettre à l'ouvrage.

Ils n'auront pas le temps d'aller très loin: la grande épinette noire sur laquelle s'acharne Xavier tombe dans un grand fracas en même temps qu'il échappe la sciotte qu'il tenait dans les mains. Xavier porte les mains à sa tête, vire par trois fois sur lui-même et s'écroule dans la neige. Le petit Jean-Marie Soucy, Delphis Cayouette et Gabriel courent vers lui. Ses yeux fermés et la bouche entrouverte, Xavier a perdu connaissance.

— Je le savais! Que je le savais donc! dit Gabriel en s'agenouillant à côté de Xavier.

Il lui ôte la mitaine de la main, regarde tout ce sang qui imbibe le pansement.

— Faut l'emmener à l'hôpital! Ça presse en tabarnance!

Par petites tapes sur les joues de Xavier, Gabriel essaie de le ranimer. Mais Xavier ne réagissant pas, on va le prendre dans ses dessous de bras et le traîner jusqu'au bobsleigh.

— Pour traverser les écores, ça va être plus vite fait! dit Gabriel. Une fois dans l'orée du bois, on fera le reste du chemin dans ta camionnette.

L'homme-cheval s'attelle au bobsleigh. Comme jamais encore, il va courir dans la trail qui serpente entre les grandes épinettes noires. Derrière, le petit Jean-Marie Soucy et Delphis Cayouette ont de la difficulté à suivre tant l'homme-cheval galope avec énergie. Si Xavier devait être vraiment malade! S'il fallait qu'on n'arrive pas à temps à l'hôpital! Gabriel s'en voudrait à mort d'être resté encabané dans son bric-à-brac plutôt que d'être venu corder le bois de chauffage dans les écores du cap au Marteau, amont le fleuve. Aussi redouble-t-il d'ardeur, tout son corps passé dans ses jarrets.

C'est donc avec soulagement qu'on voit enfin la camionnette parquée au bout de la trail. L'homme-cheval laisse tomber les menoires du bobsleigh. Ça ne sera pas long que Delphis Cayouette et lui vont asseoir Xavier dans la camionnette.

— Ramène le bobsleigh dans le Deuxième Rang! dit Gabriel au petit Jean-Marie Soucy. Préviens Julie aussi! Nous autres, on file tout droit à l'hôpital!

— Non, balbutie Xavier en ouvrant les yeux. Je veux qu'on me conduise à la maison… pas ailleurs.

— C'est urgent qu'on te porte chez le médecin: tu m'as l'air d'en avoir besoin en tabarnance!

— Non, insiste encore Xavier en enveloppant de sa main le poignet de Gabriel. C'est à la maison, seulement à la maison que je veux me retrouver.

— D'accord. On va faire ce que tu demandes, Xavier.

Et la camionnette de Delphis Cayouette de foncer dans le chemin à Firmin vers le Deuxième Rang. Xavier a appuyé sa tête sur l'épaule de Gabriel et geint avec application. Gabriel passe sa main sous le parka de Xavier et écoute le cœur battre dans la poitrine.

— On dirait que ça va pas trop mal de ce côté-là, dit-il à Delphis Cayouette.

— J'aimerais mieux que ça soit un docteur qui me le confirme, sauf le respect que je te dois!

Le chemin à Firmin et le Deuxième Rang traversés, on se retrouve enfin devant la maison de Xavier. Il se laisse descendre de la camionnette, soutenu par Gabriel et Delphis Cayouette, et manque perdre pied dans l'escalier, ses jambes ne le supportant plus. Aussitôt entré dans la cuisine, il se laisse tomber sur cette chaise et ahane sourdement.

— Que c'est que t'attends? dit Delphis Cayouette à Gabriel. Appelle un docteur, mon helldebranche!

— Je veux pas de docteur, murmure Xavier, la bave lui coulant sur le menton. C'est Isidore Lhebreu qu'il faut faire venir, personne d'autre.

Julie descendant de l'escalier, il ajoute:

— Emmenez-moi dans ma chambre astheure. Faut que je me repose.

C'est en vain que Julie questionne Xavier sur ce qui lui est arrivé. Gabriel dit:

— Téléphone plutôt à Isidore Lhebreu. Pour ce qui est survenu dans les écores, on t'expliquera après.

Julie décroche le téléphone tandis que Delphis Cayouette et Gabriel transportent Xavier dans la chambre-bureau où il s'étend sur le sofa après qu'on lui ait enlevé son grand parka.

— Delphis, j'apprécie tout ce que tu fais pour moi, dit Xavier. Mais, d'ici l'arrivée d'Isidore, j'aimerais rester seul avec Gabriel.

Dès que Delphis Cayouette sort, Xavier grimace et fait aller péniblement les doigts de sa main blessée.

— Ça va mieux? demande Gabriel.

— C'est comme si j'avais plus de corde à mon violon. Tout tourne, même que je sens plus ma main. On dirait que je m'en vais par en bas, que c'est pareil à un remous qui m'avale.

— Isidore va arriver, ça sera pas long. Je peux faire quelque chose en attendant?

— Non, c'est trop tard. Quand le moment est venu de débouler de son billot, on peut rien faire de contre.

C'est pour ça que je t'ai demandé de rester avec moi. Même si je le voulais, je pourrais plus servir de père à Miville pour son mariage samedi prochain. Je suis trop attaqué dans tout mon corps pour ça. Pourtant, j'avais changé d'idée en bûchant avec Delphis Cayouette. Après tout, Miville est mon fils aîné, il a maintenant trente-cinq ans, c'est le temps que je lui passe la main comme le veulent nos traditions.

— Il doit sûrement y avoir moyen d'arranger ça, je peux pas croire!

— Je te l'ai dit, Gabriel: c'est trop tard. Mais je suis content que ce soit toi qui serves de père à Miville. Je sais que tu vas faire ça comme il faut.

Il tend la main. Gabriel la prend et la serre dans la sienne.

— Ça tourne, dit Xavier. Ça tourne tellement!

Il ferme les yeux et se remet à geindre, sa tête allant d'un bord et de l'autre sur la taie d'oreiller. Gabriel se sent tout honteux. Pourquoi n'est-il pas allé avant dans les écores du cap au Marteau, amont le fleuve? Il est certain qu'il aurait pu éviter le pire pour Xavier si seulement il avait pu lui parler du mariage de Miville, quitte à revenir sur sa promesse de lui servir de père. Comme la vie est parfois mal amanchée! Gabriel se met à tapoter l'épaule de Xavier: que peut-il faire d'autre en attendant l'arrivée d'Isidore Lhebreu?

Quand celui-ci survient enfin, il a l'air aussi égaré que d'habitude, à cause de sa femme qui l'a abandonné, lui préférant ce joueur de piano électrique qui l'a mise dans ses bagages à l'*Hôtel de la Gare* avant de disparaître avec elle des Trois-Pistoles, ce qui explique que, malgré l'hiver, Isidore Lhebreu ne sort encore que revêtu de ce trench-coat qu'il portait à ses noces, de même que de cet habit de qualité, de cette chemise blanche, de cette cravate bleue et de ces souliers italiens aux bouts pointus. Il dépose son portuna sur la berçante et ne s'approche de Xavier qu'une fois que Gabriel a quitté la chambre-bureau. Isidore Lhebreu s'accroupit et examine la main de Xavier. C'est une vilaine coupure, bien sûr. Mais Isidore Lhebreu en a vu d'autres, tout comme Xavier d'ailleurs. Ça ne saigne même déjà plus. Suffit de remplacer le pansement et, dans quelques jours, il n'y aura plus qu'une banale cicatrice qui viendra s'ajouter à toutes les autres. Quand c'est fait, Isidore Lhebreu dit:

— Je pense que ça va aller, en tout cas pour la coupure parce que, pour le reste, je suis davantage habitué à soigner les grosses bêtes que du monde comme toi.

— T'as pas besoin d'avoir peur des mots! réplique Xavier. Je suis une grosse bête. Sinon, pourquoi tu penses que je t'aurais demandé de venir?

— J'imagine que je vais l'apprendre étant donné que je crois pas que ta blessure à la main peut justifier tous les sparages que t'as faits. Avec une grosse bête de ton genre, si une simple coupure comme celle que je viens de panser vous fait tomber dans les pommes, ça doit être que la santé va pas bien pantoute.

— Ma santé va bien. Elle va d'ailleurs aller bien tant que je déciderai pas qu'elle s'en aille toute croche.

— T'as quand même perdu connaissance.

— J'ai pas perdu connaissance: j'ai fait semblant, c'est pas pareil.

— Je suis seulement vétérinaire: je peux pas comprendre ça.

— T'as pas besoin de le comprendre. Je le vis, c'est bien assez.

— C'est-à-dire?

Xavier fait ce geste vers la porte de la chambre-bureau. Il explique:

— Ils doivent déjà tous être là de l'autre bord, à pas comprendre eux autres aussi, surtout Miville. Je voudrais juste que t'ailles les voir, que tu leur dises que, ce qui m'arrive, c'est pas si grave que ça mais que, des fois, on sait jamais, que peut-être…

— Pourquoi je ferais ça?

— Parce que t'es vétérinaire, qu'on a brassé toutes nos affaires ensemble depuis des années et que ça me ferait plaisir que tu me rendes ce service-là.

— Ouais. Je pense vraiment que t'es la plus grosse bête que je soignerai jamais. T'es la plus grosse bête que j'achèverai jamais non plus. Même vétérinaire, on peut pas tout faire.

— Ben sûr.

Isidore Lhebreu ramasse son portuna et sort. Tout souriant, Xavier pense: *Miville, tu vas voir qu'une grosse bête, ça se laisse pas avoir de même. T'as besoin d'en gosser encore pas mal des petits morceaux de bois pour comprendre au moins ça!* Car, autant pour la coupure qu'il s'est délibérément infligée à la main que pour tout le reste, Xavier n'a pas agi autrement qu'en fonction du guerrier qu'il est toujours et qui se sent capable de toutes les simagrées et de toutes les grimaceries rien que pour triompher. C'est dans cette urgence-là qu'on est rendu maintenant, Xavier ne doutant pas qu'il va remporter cette guerre qu'il livre à Miville depuis sa naissance. Tout compte fait, ce n'est certes pas l'homme-cheval qui va faire une grande différence dans ce combat dont il ne comprend même pas encore la signification. Et ce n'est pas Julie non plus: sans Junior à ses côtés, Julie ne sera toujours que cette beauté toute nue et cette générosité qui ne peut que se perdre en elle-même parce que déshabitée de toute malice. Junior a dû enfin le comprendre, ce qui explique qu'il soit resté à Montréal pour que n'importe quelle femme le désabrille de la fureur qui l'habite, comme elle habitait le grand-père Maxime et comme elle l'habite toujours, lui Xavier. En battant les cartes comme il les bat, tout ce que souhaite Xavier, c'est que Junior ne revienne pas dans le Deuxième Rang avant que toutes les figures du jeu n'aient dit ce qu'elles ont à dire. Car Junior est un cadet; et les cadets, qui ne sont que ce qu'il y a en surnombre dans toute famille, peuvent mêler le jeu, sinon le pervertir.

Voilà pourquoi Xavier, bien que content de sa journée, est malgré tout un peu inquiet. Voilà pourquoi aussi il espère que la femme qui a enfirouapé Junior à Montréal ait le corps qu'il faut pour le retenir là tout le temps dont il va avoir besoin, lui Xavier, pour que la Loi ne devienne pas ce simulacre dont Miville ne sera toute sa vie que la caricaturale représentation.

# 3

L'Océan Limité, ce train jadis si célèbre, ressemble maintenant à l'image même qu'on peut se faire de ce pays inachevé parce que étouffé par sa médiocrité. Aussi ne roule-t-il plus que dans le cahin-caha de ses rails avec, de-ci de-là, ces poussées de fièvre qui lui redonnent l'illusion de sa fierté d'antan alors que tout était fébrile, comme ce paysage dans lequel on s'enfonçait avec espoir, son corps aussi bandé que les grosses roues de métal martelant l'espace. Cette fébrilité atteignait à son paroxysme dès qu'apparaissaient les hauteurs de Lévis, lieu de partage des pays d'en bas et des pays d'en haut, ces contrées sauvages qui redonnaient à la liberté sa vraie qualité.

Mais, vite défloré par la spéculation et l'indigence des gouvernements, le rêve a fait comme le serpent et s'est mordu la queue: la luxuriance des pays d'en haut est devenue cette pauvreté dont L'Océan Limité est le symbole. Ces vieux wagons aux sièges avachis, ces vitres qui ferment mal, ces distributrices automatiques dont les vagins ne crachent plus que de minables sandwiches, ces vétustes toilettes avec, clouées sur les portes, ces listes de règlements qui datent du début du siècle.

Tout cela ne serait encore qu'un moindre mal si L'Océan Limité était resté ce cheval-vapeur si fiable qu'une seule minute de retard entre Montréal et les Trois-Pistoles aurait été perçue comme une trahison. Maintenant, le voyageur se considère chanceux s'il arrive à destination dans la même journée car tantôt, c'est une locomotive qui défaille, et tantôt ce sont les essieux d'un wagon qui rendent l'âme, entre Saint-Jean-Port-Joli et Rivière-du-Loup. Mais qu'importe! Il n'y a plus de presse nulle part dans les pays d'en haut depuis que l'exode rural, le chômage et la mort sont en train de tout avaler. Le cheval-vapeur mythique peut donc faire le petit chien et pisser à tous les poteaux, il n'y a pas beaucoup de monde que ça va déranger, même pas Junior.

Son grand chapeau de cow-boy lui cachant le visage, Junior n'a pas bougé de son siège tout le temps qu'a duré le voyage. Il a somnolé, son corps engourdi, trop fatigué par sa folle virée dans le grand Montréal pour même se rendre compte que, travesti en vieille picouille, L'Océan Limité n'a fait que tressaillir de froid sur les rails, ahanant dans les montées et retenant son souffle dans les descentes. À Rivière-du-Loup, le gros engin servant de moteur a flanché et il a fallu attendre deux heures sur l'une des voies d'aiguillage avant qu'on puisse radouber la machine. De sorte que, lorsque apparaissent la rivière Trois-Pistoles et le vieux pont de fer de Tobin, il ne reste plus du jour que sa falle basse et sombre.

Junior se déplie dans tous ses morceaux, quitte le wagon et se retrouve sur le quai de la gare. Le froid lui picosse la peau alors qu'il attend que L'Océan Limité s'ébranle enfin vers Mont-Joli pour traverser la voie ferrée et se rendre à l'*Hôtel de la Gare* qui est juste de l'autre côté. D'avoir somnolé toute la journée et de nâvrer ainsi dans le froid assoiffent Junior. Une bonne bière, que ça va être bon de s'en noyer l'alouette!

— Tiens, notre grand Dieu des routes qui ressoud! dit Ti-Bob Cayouette dès qu'il aperçoit Junior. T'as l'air magané sans bon sens, à croire que courir le billet doux, ça fait pas autre chose que de déconcrisser son homme! Où c'est que t'étais passé, mon mye mye?

— Commence d'abord par me donner une bière. Tu me la dois bien pour m'avoir laissé tomber en plein milieu de la rue Saint-Denis!

— On t'a attendu deux jours chez Miriam. Avant que les fusibles sautent entre elle et Julie, que c'est que tu penses qu'on avait de mieux à faire?

Junior a pris la bouteille de bière que lui offre Ti-Bob Cayouette et la vide de moitié d'une seule lampée. Ça descend comme une rivière dans l'estomac et ça réchauffe. Une autre gorgée encore pour que Junior se sente d'attaque. La bouteille vide, il la dépose sur le comptoir et dit:

— Astheure, mets-moi donc au courant sur les niaiseries que t'as dû raconter à Julie sur mon compte. Ça doit être beau en esti toasté des deux bords: je me fie à toi là-dessus!

— Junior, tu me prends pour qui? Tu sauras que je t'ai couvert, comme d'habitude. J'ai donc pas dit à Julie que tu t'es retrouvé non pas seulement avec une fille, mais deux! Je lui ai juste fait accroire que tu tripais avec deux supposés musiciens. Ça fait que chante-moi pas de bêtises. J'en ai eu mon voyage avec Julie. T'aurais pu au moins me téléphoner, mon mye mye!

— Franchement, Ti-Bob, j'ai eu bien autre chose à faire que de te téléphoner!

— On sait bien: avec tes deux greluches, t'as pas dû avoir de temps de reste. Ça s'est passé comment avec elles?

— Comme ça se passe dans ces affaires-là. Deux filles ou seulement une, ça fait pas une grosse différence. Des cuisses, c'est des cuisses. Des fesses, c'est des fesses. Des tétons, c'est des tétons. Ça dure le temps que ça dure, c'est tout. Veux-tu savoir autre chose?

En servant une autre bière à Junior, Ti-Bob Cayouette fait la moue. Il dit:

— Une fille, je dis pas. Mais deux, mon mye mye! Moi, je serais pas capable.

— Ça, ça m'étonne pas de toi. Mais tu sauras jamais ce que t'as manqué. Tant pis pour toi, mon Ti-Bob! Astheure, il te reste plus rien qu'à sortir ta vieille Buick de son banc de neige et qu'à venir me reconduire dans le Deuxième Rang.

— Je peux pas: je suis tout seul à l'hôtel. Maggie est allée à Québec acheter tout ce qu'on va avoir besoin samedi prochain. Mais t'es pas au courant, c'est vrai.

— Au courant de quoi?

— Que Miville se marie samedi prochain et que c'est ici que les noces vont avoir lieu.

— Comme gag, j'en ai déjà entendu de meilleurs.

— Parce que tu sais pas encore que c'est ton oncle Gabriel qui va servir de témoin à Miville. Apparence que ton père l'a plutôt mal pris. En fait, ça l'a tellement enragé que, après-midi, il s'est coupaillé la main en bûchant dans les écores du cap au Marteau, amont le fleuve. Quand j'ai appelé Julie tantôt, elle m'a dit que Xavier était sur le dos et qu'il en menait pas large dans sa chambre-bureau. Oh mye mye! Elle était à prendre avec des pincettes, la Julie! Mais, comme tu vois, il s'en est passé pas mal de choses dans le Deuxième Rang pendant que tu foirais avec tes deux greluches à Montréal. T'avais rien qu'à téléphoner aussi: comme ça, t'aurais pas eu rien que de la méchante surprise pour ton retour.

— J'aurais dû téléphoner en effet, dit Junior après avoir sifflé ce qui restait de bière dans sa bouteille. Si je l'avais fait, je m'aurais évité un voyage bien plate en train parce que je serais resté à Montréal, esti toasté des deux bords oui!

— Maintenant que t'es là, tu vas faire quoi?

— Passe-moi les clés de ta vieille Buick. Je te la ramènerai demain matin. Là, on va aller faire un petit tour dans le Deuxième Rang rien que pour voir le monde délirer un peu.

— Ça va te changer de tes deux greluches, mon mye mye!

— You bet, esti!

Julie en a eu finalement assez de tourner en rond dans la cuisine et de servir le café à Gabriel, Delphis Cayouette, Isidore Lhebreu, Miville et Nathalie Bérubé qui n'ont pas quitté la maison depuis que Xavier est revenu blessé des écores du cap au Marteau, amont le fleuve. Assis en rang d'oignons devant le gros poêle à deux ponts, ils ont l'air de charognards qui attendent le pire en croassant comme des perdus. On dirait une veillée au corps, comme lorsque Virginie est morte et que, pendant trois jours, ça n'avait pas dérougi de monde dans la maison. Ces corps tout crêpés de noir, et ces monotones discours, et ces flopées de farces grivoises dites rien que pour que le temps passe, et cette nourriture que tout un chacun avait apportée parce que, trois jours à veiller au corps, c'est long et ça creuse l'appétit. De seulement y penser, Julie en a été si écœurée qu'elle a enfilé sa canadienne et est sortie prendre l'air dans le Deuxième Rang. Depuis longtemps, le jour a vacillé. À cause de la lune toute ronde dans le ciel, l'espace est blafard et comme saupoudré de petites étoiles faisant autant de trouées dans la ténèbre. La neige crisse sous les pas, le monde devenu ce gigantesque bloc de glace figé dans l'inertie.

Comme elle n'a pas le goût de se retrouver dans la cuisine, Julie se rend jusqu'à l'écurie et y entre. Au plafond, l'ampoule ressemble à un petit œil de verre qui éclaire à peine la jument tavelée cognant des clous dans son boxon. Julie lui caresse le chanfrein. Le râtelier est plein de foin, les grains débordent de l'auge et le seau d'eau est rempli à ras bord. La jument tavelée n'a touché à rien depuis que Xavier l'a nourrie ce matin.

— Faut que tu manges, dit Julie. Ça serait pas une solution si, toi aussi, tu tombais malade.

Elle tend cette poignée de foin à la jument tavelée, qui y promène ses babines mais sans rien avaler. Julie remet le foin dans le râtelier puis, laissant le boxon, elle va vers l'établi qu'il y a tout au fond de l'écurie. Dans les cages, les poules dorment, leur bec enfoncé dans les plumes. La canisse est pleine d'œufs sur l'établi. Julie les frôle de la main et fait ces quelques pas encore. La vieille sciotte et la grosse hache sont là, le petit Jean-Marie Soucy ayant été les chercher dans les écores du cap au Marteau, amont le fleuve. Sur les dents de la vieille sciotte et sur le manche de la grosse hache, ces gouttes de sang déjà séchées et noirâtres. Julie actionne la pompe à eau et fait tremper dans la bassine la vieille sciotte et la grosse hache. Du bout des doigts, elle fait disparaître les taches de sang, puis essuie les dents de la vieille sciotte et le double tranchant de la grosse hache avant de les remettre à leur place sur le mur de l'écurie. Puis elle reste là, appuyée contre l'établi, à regarder la jument tavelée qui, de ses mâchoires, ronge le bois du râtelier. Il n'y a que ce bruit qui peuple l'espace de l'écurie. Julie respire fort. Les odeurs encore chaudes du crottin ont quelque chose de pacifiant. Quand la fenêtre de l'écurie s'éclaire brusquement, Julie s'y rend et regarde dehors. La vieille Buick de Ti-Bob Cayouette s'arrête dans l'entrée.

— Pas encore ce fatiquant-là! maugrée Julie avant de se rendre compte que ce n'est pas Ti-Bob Cayouette qui en est le chauffeur mais Junior qui, sorti de la voiture, prend le frais et allume un cigare.

Tout ce qu'espère Julie, c'est que Junior ne s'apercevra pas que l'ampoule est allumée dans l'écurie, signe que quelqu'un s'y trouve. Quand Junior s'en va vers la maison, Julie pousse un soupir. Elle n'a pas plus le goût de parler avec Junior qu'elle n'avait envie de rester dans la cuisine avec les charognards qui s'y berçaient. Mais, au lieu de monter les marches de la galerie, Junior se retourne brusquement et revient sur ses pas: l'ampoule allumée, il l'a vue maintenant, de sorte qu'il marche à grands pas vers l'écurie en tirant sur son petit cigare.

— Rien qu'à te voir, ça se devine tusuite que c'est pas l'enthousiasme qui te revire à l'envers dans ta canadienne. T'es pas contente de me revoir? dit Junior dès qu'il entre dans l'écurie.

— J'ai rien à te dire, Junior. Fiche-moi la paix.

Il s'est avancé vers elle et veut l'embrasser à la façon des Galarneau, sur le front d'abord, puis sur les joues. Julie refuse:

— Tes simagrées, garde-les pour toi. Moi, j'en ai rien à faire.

— Bon, dit Junior. Raconte-moi donc plutôt pourquoi tu m'en veux.

— Tu le sais. Pas la peine d'ergoter pour rien là-dessus.

— Je suis bien d'accord parce que si le simple fait que je sois resté une semaine à Montréal te rend agressive de même, c'est que ça va pas là-dedans.

De la main, il fait ce geste non équivoque vers la tête de Julie qui recule vers l'établi. Elle a l'air d'un chat arquant les reins, en attente de la proie sur laquelle il va sauter. C'est la première fois que, après une virée, Julie l'accueille ainsi. Malgré lui, Junior en a de la peine et sent le besoin de se justifier. Il parle donc de la rue Saint-Denis, des *Foufounes électriques* et de ces deux musiciens qu'il prétend y avoir rencontrés.

— Me prends-tu pour une dinde? l'interrompt Julie. Les nouvelles odeurs que t'as emmenées jusqu'ici, ça sent la femme à plein nez. Tu perds ton temps si tu penses pouvoir me tromper là-dessus.

— Que tu me croies ou pas, je m'en esti pas mal. Parce que sais-tu ce que m'a dit un des musiciens avec qui j'ai foiré à Montréal?

— Ça m'intéresse pas de le savoir.

— Y m'a dit que sa vraie famille, on a le droit de la choisir. J'ai rien contre la famille que toi, t'as choisie, mais laisse-moi trouver la mienne.

— J'ai pas l'intention de t'en empêcher non plus, tu sauras!

Julie a ouvert la porte de l'écurie et est sortie. De la fenêtre, Junior la regarde s'en aller vers la maison par grandes enjambées. Pourquoi ne court-il pas vers elle et ne se jette-t-il pas dans ses bras, ce qui serait sans doute bien suffisant pour que la colère de Julie contre lui se défasse et qu'on en revienne à l'an premier des choses, à cette simple complicité qu'il y a toujours eu entre elle et lui? Même si Junior sait qu'il n'y aurait pas autre chose à faire, il attend que Julie soit entrée dans la maison avant de sortir de l'écurie à son tour. On verra demain comment faire la paix avec Julie. Peut-être même que tout s'apaisera de lui-même car les odeurs ramenées de Montréal se seront évaporées. Il n'en restera plus qu'un peu de nostalgie, aussi bien dire rien.

Junior écrase sous son pied le mégot de son petit cigare. Le temps est venu maintenant qu'il s'occupe des affaires de son père. Junior éteint la lumière et quitte l'écurie, la jument tavelée poussant ce faible hennissement avant de se remettre à ronger le bois du râtelier. Quatre à quatre, Junior monte les marches de la galerie, puis entre dans la cuisine. Les charognards sont toujours assis dans les berçantes devant le gros poêle à bois.

— Belle assemblée! ironise Junior en suspendant son manteau et son grand chapeau à l'un des crochets qu'il y a à côté de la porte.

Et, se plantant devant eux, il ajoute:

— Le bonhomme est pas encore mort dans son coqueron?

— Junior, c'est pas le temps de faire des farces plates! proteste Miville en se levant. Pas quand le père est malade, gonnebitche! Et surtout pas quand c'est toi qui en es responsable!

— Moi responsable?

— Oui, toi! Si, au lieu d'aller courir la galipote à Montréal, t'avais respecté ton contrat en bûchant avec Delphis Cayouette, le père se serait pas blessé à la main comme c'est le cas!

— Ce qui arrive, ça devrait pourtant faire ton affaire: le père malade, tu l'auras pas dans les jambes pour ton esti de mariage! Que c'est que tu veux de plus?

— On rit pas avec la maladie, Junior. Et d'autant moins que tu sais comme moi que le père va s'en servir comme excuse pour pas assister à mes noces.

— Ça, on verra. Pour le moment, je vais d'abord commencer par aller voir le père.

Traversant le corridor, Junior se rend à la chambre-bureau et frappe par trois fois dans la porte. N'obtenant pas de réponse, il ouvre la porte. Allongé sur son sofa, Xavier a les yeux fermés. Enveloppée dans le panse-ment, sa main gauche pend du sofa, juste au-dessus de la grosse Bible ouverte au livre des *Proverbes*. Junior se penche et suit des yeux le pouce de Xavier qui s'arrête sur ce passage:

«Et maintenant, fils, écoute-moi. Heureux ceux qui gardent mes voies! Heureux l'homme qui m'écoute, veillant tous les jours à ma porte, maintenant la garde à mon seuil! Mais celui qui m'offense se blesse lui-même. Tous ceux qui me haïssent aiment la mort.»

Le pouce de Xavier laisse la page de la grosse Bible que Junior referme et dépose sur le secrétaire avant de s'asseoir dans le fauteuil de Xavier. Il dit:

— Le père, j'en ai pas grand-chose à faire de ce qu'il y a dans ton esti de Bible. Ce que je veux savoir, c'est comment tu vas.

— Ça va comme tu vois.

Du bout des doigts, Junior touche le pansement qui recouvre la main gauche de Xavier. Il dit:

— Le père, t'es gaucher pareil à moi. Et mon petit doigt me fait soupçonner que tu t'es pas blessé pour rien. Autrement dit, que c'est que tu manigances encore?

— Les manigances sont plutôt du bord de Miville. En demandant à Gabriel de lui servir de père, Miville a enfreint la Loi. Quand on l'attaque, la Loi se défend. C'est ce que je fais.

— T'oublies un petit détail: c'est d'abord toi qui as dit non à Miville et pour une raison qui a rien à voir avec la Loi parce que, Miville, tu l'aguis tout simplement. Après trente-cinq ans, je trouve que ça serait le temps de passer à autre chose.

— T'as le droit de te ranger de son bord.

— Je suis ni du bord de Miville ni du tien.

— Dans ce cas-là, vois à tes affaires. Moi, je vais me charger des miennes.

Junior hoche la tête. Il se doutait bien de ce qui l'attendait en venant dans la chambre-bureau de Xavier. Ces vieilles histoires de famille, comme il en a plein le dos! Sa maison, ses bâtiments et ses terres, que Xavier les donne donc à Miville et qu'on en parle plus! Après tout, ça n'intéresse personne d'autre, surtout pas Junior depuis qu'il a découvert le grand Montréal et l'immensité de sa musique. Il dit:

— Le père, on va mettre ça clair entre toi et moi. T'as jusqu'à samedi prochain pour te décider à servir de père à Miville. Après, ton ticket sera plus valable en ce qui me concerne parce que je vais crisser mon camp à Montréal, et pour tout de bon cette fois-là. Comme Julie va venir avec moi, tu vas te retrouver tout seul, avec ta grosse Bible, ta Loi et tout le reste du bataclan. Que c'est que tu réponds à ça?

— Rien, sinon que Julie t'accompagnera peut-être pas aussi loin, surtout si elle sait renifler l'odeur des grébiches que t'as connues à Montréal et dont tout ton linge est encore plein. La prochaine fois, passe chez le Chinois avant de t'en revenir de Montréal: comme ça, tu pourras peut-être faire encore illusion au monde.

— On verra bien samedi prochain qui, de toi ou de moi, va chanter la plus belle chanson.

— Ben sûr, dit simplement Xavier.

Junior s'est levé, a repoussé le fauteuil de Xavier vers le secrétaire, sort un petit cigare de l'une de ses poches et l'allume malgré que Xavier lui a toujours interdit de le faire dans la chambre-bureau.

— Va boucaner ailleurs, Junior!

Xavier attend que la porte de la chambre-bureau se referme sur Junior, puis il se lève, s'assoit dans son fauteuil et tire la grosse Bible vers lui. Par-devers le mariage de Miville, le retour de Junior risque de mêler les cartes comme l'avait prévu Xavier. Mais comme c'est là le rôle que la Loi définit pour les cadets, ça ne représente pas une grande menace, et d'autant moins qu'on a encore tous ces jours devant soi pour voir comment y faire échec. La ruse n'aura qu'à se montrer plus raffinée, voilà tout! La grosse Bible ne manque pas d'exemples fort inspirants à ce sujet-là. Suffit de l'ouvrir à l'aveugle n'importe où et de lire, ce que fait Xavier, heureux de tomber dans le hasard de ces mots:

«En ce jour-là, je rassemblerai ce qui boite, je réunirai ce qui est dispersé, ce que j'ai maltraité. De ce qui boite, je ferai un reste; de ce qui est éloigné, une nation puissante. Sur la montagne de Sion, le Seigneur sera leur roi dès maintenant et à jamais. Et toi, tour du troupeau, hauteur de la fille de Sion, vers toi fera retour la souveraineté d'antan, la royauté qui revient à la fille de Jérusalem.»

Il se fait tard dans la soirée quand Gabriel retrouve enfin son bric-à-brac. Mais il ne s'attendait pas à y voir le petit Jean-Marie Soucy, pas davantage d'ailleurs qu'il ne s'attendait à y voir le bobsleigh qui a pris la place de la petite voiture rouge. Une valise sous la tête et une autre sous les pieds, le petit Jean-Marie Soucy dort dans le bobsleigh, son visage illuminé par un grand sourire.

— Tabarnance, je l'avais oublié celui-là! se dit Gabriel. Que c'est que je vais faire avec lui maintenant?

Il va vers l'établi, débouchonne le fiasque de brandy qu'il avait caché dans la boîte à pain et en boit quelques généreuses gorgées. Ça fait du bien après tout ce temps que Gabriel a passé avec Delphis Cayouette, Isidore Lhebreu, Nathalie Bérubé et Miville, à attendre chez Xavier d'être rassuré comme il faut sur lui avant de se résoudre à s'en aller. Ce sont surtout les paroles qu'a dites Isidore Lhebreu en sortant de la chambre-bureau qui le chicotent jusque dans le bric-à-brac: par peur que Xavier ne se remette pas de la blessure qu'il s'est infligée à la main, Gabriel n'a plus du tout envie de servir de père à Miville pour son mariage. Il s'en veut d'avoir accepté et se demande maintenant comment il pourrait bien manœuvrer par-devers Miville pour reprendre sa parole.

Mais le petit Jean-Marie Soucy qui dort dans le bobsleigh court-circuite l'homme-cheval dans toute sa jarnigoine. Ce qu'il revoit, c'est Blanche et ses terribles yeux bleus; ce qu'il revoit, c'est la bouteille de gros gin remplie d'eau bénite et les salamalecs que Blanche a dessinés au-dessus du carré de choux en jouant énergiquement sur sa vieille musique à bouche. Gabriel pense aussitôt qu'il s'agirait d'une hérésie s'il permettait au petit Jean-Marie Soucy de s'établir chez lui ainsi qu'il semble l'avoir déjà fait. Le mal ne pourra qu'entrer partout dans le bric-à-brac, avec cette fureur qu'on reconnaît quand les grands vents se mettent à souffler de la Mer océane. Le territoire giboyeux des Magouas ne pourra que quitter ses amarres au beau mitan de la seigneurie des Tobi et, descendant en tourneboulant vers le Deuxième Rang, il deviendra cet encerclement au centre duquel il n'y aura plus seulement l'obsédante vulve rose de la jument tavelée de Xavier mais aussi cet orphelin qui, au lieu de dormir, la tête appuyée sur sa valise dans le bobsleigh, va se laisser aller à tous les jeux pervers.

Laissant le fiasque de brandy, Gabriel va vers le petit Jean-Marie Soucy. Dès qu'il lui passe la main dans les cheveux, il en oublie toutefois les Magouas, tout autant que l'obsédante vulve rose de la jument tavelée de Xavier. Il y a tant de douceur dans les cheveux d'un enfant! Et tant de douceur aussi quand la main, lentement, se met à descendre, le bout des doigts effleurant le front, le nez, la bouche, le menton puis la poitrine et ce ventre qui se lève et s'abaisse au rythme même de ce qui respire dans le petit Jean-Marie Soucy!

Le corps de l'homme-cheval en devient si chaud qu'il ramène sa main vers lui et la frotte contre sa cuisse. Entre les jambes, c'est devenu affreusement douloureux, comme si une bête monstrueuse s'y était installée, y suçant tout le reste du corps. Comme l'homme-cheval aurait besoin d'avoir ses pesées aux chevilles pour ne pas partir en peur dans le monde affolant de l'obscénité! Mais quand un tel désir vous advient, c'est plus fort que tout, de sorte que l'homme-cheval s'accroupit auprès du petit Jean-Marie Soucy et s'onanise sans retenue, les yeux à l'envers et poussant tous ces petits hennissements de joie. Quand le blanc-mange jaillit, l'homme-cheval tombe raide mort entre les jambes de Gabriel et il ne reste plus que du désespoir, celui qui va plus loin que tout ce qu'on peut être tant il est vrai que le désir, surtout assouvi, ce n'est jamais rien de plus que ce qui se retourne contre soi.

Gabriel se relève donc, retourne à l'établi, s'empare du petit fiasque de brandy et boit un grand coup, de quoi calmer l'homme-cheval en lui. Lorsqu'il ne tremble plus nulle part dans son corps, il revient vers le petit Jean-Marie Soucy qu'il réveille:

— Jean-Marie, je pense pas que je t'ai donné la permission de dormir là, mon tabarnance!

Ouvrant les yeux, le petit Jean-Marie Soucy bâille:

— Où aurais-tu voulu que je dorme, Gabriel? C'est normal que ce soit ici, dans le bobsleigh, maintenant que Blanche m'a donné à toi.

— Non, proteste Gabriel. Et je te l'ai dit dès ce matin: quand on a seulement un parent comme c'est ton cas avec Blanche, il y a pas plus grand devoir que celui d'en prendre soin. Ça fait que tu prends tes deux valises et je te ramène chez Blanche tusuite, tabarnance!

Malgré les protestations du petit Jean-Marie Soucy, Gabriel ne démord pas de son idée. Après l'outrance à laquelle l'homme-cheval vient de se livrer, Gabriel ne pourrait plus se regarder dans un miroir s'il agissait autrement. Tout ce qu'il va accepter du petit Jean-Marie Soucy, ça va être de s'atteler au bobsleigh pour aller le reconduire chez Blanche. La nuit est pareille à de l'encre de Chine, sans lune et sans étoiles. La neige crisse sous les pieds de l'homme-cheval qui court dans son ventre à terre en regardant droit devant lui. S'il fallait que, au lieu de se rendre chez Blanche, on s'en aille plutôt à la rencontre des Magouas, au-delà des Portes de l'Enfer, au fronteau même de la seigneurie des Tobi! L'homme-cheval accélère la cadence. Quelques prodigieuses enjambées encore et on va se retrouver enfin devant la maison de Blanche.

Celle-ci est éclairée de partout comme pour une noce et la porte d'en avant est grande ouverte malgré le froid de la nuit. Dans le banc de neige qui ceinture la galerie, cet amoncellement de cossins que Blanche a sortis de la maison. Tout en se défaisant de son attelage, l'homme-cheval regarde: il y a plein de vieux encadrements, de vieilles chaises, de vieux bidons de lait, de vieux montants de lit, de vieux matelas et de vieilles lampes. Pourquoi Blanche, qui n'a pas voulu le vendre à Gabriel, jette-t-elle tout son butin dehors? Le petit Jean-Marie Soucy répond:

— Tu l'as dit toi-même que Blanche a la tête fêlée. Quand quelqu'un a la tête fêlée comme ça, ça donne rien de chercher à comprendre. On serait bien mieux de retourner dans le bric-à-brac. Tu penses pas?

Gabriel n'a pas attendu la fin de ce que lui a dit le petit Jean-Marie Soucy: il monte les marches de l'escalier, puis entre dans la maison. Dans la cuisine, Blanche force fort pour pousser vers la porte ce gros buffet de pin dont elle ne veut plus comme du reste. C'est ce qu'elle dit à Gabriel quand il lui demande ce qui lui prend de varnousser comme elle le fait en plein cœur de la nuit.

— Explique encore, insiste Gabriel. Parce que moi, je comprends rien pantoute à ton barda!

C'est pourtant simple, répond Blanche. As-tu déjà oublié ce que j'ai fait pour toi, tout autant d'ailleurs que pour Jean-Marie? J'ai mis fin au monde des lapins, comme j'ai mis fin à celui de la bouteille de gros gin remplie d'eau bénite, comme j'ai mis fin à la vieille musique à bouche. Quand j'étais dans le bric-à-brac, je pouvais pas encore le réaliser vraiment. Il a fallu que je me retrouve dans l'église des Trois-Pistoles pour tout comprendre.

— C'est-à-dire? demande Gabriel.

Il ne se fait aucune illusion sur ce que va lui raconter Blanche: ce ne sera rien de plus qu'une autre de ces histoires tout alambiquées dont elle a le secret. Pourtant, Gabriel écoute pareil. Il y a trop de malheur dans cette femme qui est là devant lui pour qu'il n'essaie pas au moins de la comprendre. Cette épiphanie que Blanche prétend avoir vécue dans l'église des Trois-Pistoles devant le Christ crucifié, qu'est-ce que ça représente au fond?

— J'ai vu en même temps toutes mes vies antérieures, dit Blanche. J'ai d'abord été un serpent, puis un crocodile, puis une grenouille, puis une baleine à bosse. Après la baleine à bosse, c'est dans un cheval que je me suis réincarnée. On l'avait dressé pour la guerre et c'est comme ça que j'ai vécu toute cette vie-là, à foncer sur le pauvre monde pour le marteler à mort de mes sabots. Quand c'est arrivé exactement, je l'ignore. Tout ce que je sais, c'est qu'il fallait que, après tant d'injustice, j'expie. Je suis donc née une autre fois dans ce corps que tu connais, dans ce corps qui autrefois a été très beau rien que pour Xavier. Mais je n'avais pas droit au bonheur et c'est ce que m'a signifié la jument tavelée quand j'ai voulu mettre le feu à l'écurie. Je n'avais pas encore assez expié. C'est long quand il y a toutes ces fautes dans le passé et que le soleil lui-même n'a pas eu d'autre choix que de tomber dans la mer. C'est ce que m'a expliqué le Christ crucifié dans l'église des Trois-Pistoles. Il m'a dit aussi que, un jour, quelqu'un viendrait de très loin et que, monté sur un grand cheval fauve, il ferait remonter le soleil de la mer. Il m'a dit encore que je ne devais plus me préoccuper de ça, que le temps de la bouteille de gros gin remplie d'eau bénite, tout comme celui de la musique à bouche, était fini, ce que de toute façon je savais déjà étant donné que, chez toi, je me suis débarrassée et de l'une et de l'autre, en même temps que des lapins d'ailleurs. Maintenant, ma vraie vie commence.

— C'est-à-dire? demande encore Gabriel.

— Je vais d'abord sortir le buffet dehors. Après, je te ferai voir.

Et Blanche de se remettre à forcer, poussant de tout son corps afin que le buffet prenne le bord de la porte.

Bien qu'il ne sache toujours pas quoi penser, Gabriel intervient:

— Blanche, si tu tiens à tout prix à ce que le buffet disparaisse d'ici, je viendrai demain t'en débarrasser. Pour le moment, me semble que ça serait plus important qu'on parle de Jean-Marie. Tu sais bien que je peux pas le garder à la maison: le monde pourrait revirer à l'envers si je faisais ça.

— Je sais, dit Blanche. Le Christ crucifié m'en a aussi parlé dans l'église des Trois-Pistoles aujourd'hui. Il m'a dit que j'avais mal agi en te donnant Jean-Marie.

— Je suis content que tu l'avoues, tabarnance! Parce que, moi aussi, je pense la même chose. Sinon, pourquoi pourrais-tu croire que, malgré la journée que je viens de vivre, je suis venu le reconduire ici?

— Pour que, en attendant que le ciel remonte de la mer grâce au grand Dieu de toutes les routes qui va venir nous visiter de très loin, la vérité éclate enfin. Si Jean-Marie et toi, vous voulez vraiment en être convaincus, il va falloir que vous me laissiez un peu de temps. Je vais aller dans ma chambre et, quand je vais en revenir, tout sera plus simple.

— Blanche, ça peut attendre à demain si tu veux savoir tout ce que j'en pense.

— Non. Si c'était le cas, ça signifierait que le Christ crucifié m'a parlé pour rien aujourd'hui dans l'église des Trois-Pistoles.

Avec la folie, il n'y a pas grand-chose à faire parce que la folie ressemble à l'obscénité comme une goutte d'eau à une autre. Gabriel laisse donc Blanche s'en aller vers sa chambre. Et, se faisant aider du petit Jean-Marie Soucy, il remet à sa place le grand buffet de pin contre le mur, entre la porte et la fenêtre.

— Pourquoi on s'en va pas? demande le petit Jean-Marie Soucy.

— T'as la tête dure, mon tabarnance! répond Gabriel. Combien de fois il va falloir encore que je te répète que, quand on a un seul parent, c'est hors de question qu'on l'abandonne à son sort? Assis-toi plutôt et fais comme moi: attends!

L'attente va durer assez longtemps pour que Gabriel finisse par s'inquiéter. Si, en s'enfermant dans sa chambre, Blanche n'y avait trouvé que les odeurs malodorantes dans lesquelles elle vit depuis tant d'années et dont elle ne peut plus sortir? Le suicide, c'est quelque chose de bien pis encore que la folie et l'obscénité. Gabriel se lève, prêt à enfoncer s'il le faut la porte de la chambre de Blanche. Mais il n'aura pas le temps de se rendre jusque-là car Blanche apparaît enfin. Le petit Jean-Marie Soucy et Gabriel écarquillent les yeux: sur le seuil de la porte, Blanche est rayonnante de toute la beauté qu'il y avait autrefois dans cette grande belle jeune femme qui l'habitait. Blanche a dénoué sa longue chevelure blonde, maquillé ses yeux, mis ce rouge sur ses lèvres et enfilé la robe fleurie qu'elle mettait à cette époque où, sur le vieux pont de fer de Tobin, elle allait attendre le retour de Xavier fier comme un chevalier teutonique au volant de sa grosse Roadmaster aux yeux de crapaud. On ne dirait jamais que tant de temps s'est écoulé à cause de tout ce qui irradie du corps de Blanche. Elle dit:

— Gabriel, j'ai fini d'expier. Maintenant, je vais être heureuse avec Jean-Marie et toi.

Viré comme il l'est à l'envers dans tout l'homme-cheval qui le constitue, Gabriel est incapable de réagir même quand Blanche se jette dans ses bras et l'enlace de tout son corps. C'est chaud comme jamais Gabriel aurait pu penser que peut l'être une femme même dans ce qu'il y a de fêlé dans sa tête.

— Ma pauvre Blanche! balbutie-t-il. Ma pauvre Blanche!

Il la serre fort contre lui, les odeurs de la longue chevelure blonde de Blanche le débiscaillant dans tout ce qu'il est, tout autant d'ailleurs que ces larmes qui coulent des grands yeux bleus comme si la mer y était remontée soudainement et que ça devait se pleurer au moins toute la nuit.

— Ma pauvre Blanche! Ma pauvre Blanche! balbutie toujours Gabriel.

Appuyé contre le gros buffet de pin, le petit Jean-Marie Soucy regarde de tous ses grands yeux ouverts et ne comprend plus rien.

*Troisième tempête*

# 1

Une semaine, c'est parfois pareil à l'éternité: ça n'en finit plus de finir. On se retrouve là-dedans comme dans une fondrière, embourbé jusqu'à mi-corps, avec rien que du dérisoire en guise de paysage. Pour ne pas le voir, Xavier a vécu tout ce temps-là dans la pénombre, le store de la fenêtre de la chambre-bureau baissé parce qu'elle donne sur la maison de Gabriel et que, même ce matin, il ne veut pas savoir ce qui peut bien s'y passer. De toute façon, nul besoin d'être devin pour se faire une idée de ce qui doit se tramer dans l'ancienne école de Moïse Abraham. C'est aujourd'hui que Miville prend femme, et pas n'importe quelle: la plus pauvre de toutes les filles du clan des Bérubé, une sans-jarnigoine qui s'est collée contre Miville parce qu'elle espère partager avec lui l'héritage du Deuxième Rang.

Rien que d'y penser, Xavier aurait le goût d'aller chercher le vieux fusil de chasse de son père dans l'écurie et, après l'avoir armé, de courir à la maison de Gabriel et de le décharger sur celle qui se considère déjà comme sa bru. Comme ça serait bon de voir ça tomber pour ne plus se relever! Et comme ça serait bon aussi d'assister à la déconfiture ultime de Miville qui ose toujours le défier, lui Xavier, avec le support de Gabriel, de Junior, de Julie et du pasteur GrandMaison! Par trois fois, celui-ci est venu frapper à la porte de la chambre-bureau de Xavier, et par trois fois, Xavier a fait la sourde oreille: pas question de parlementer avec quelqu'un qui est venu d'aussi loin que de Boston pour officier à un mariage qui ne le concerne pas. Que le pasteur

GrandMaison reprenne L'Océan Limité et qu'il s'en retourne d'où il est venu! Sur un bout de papier, c'est là le message que Xavier lui a fait tenir par Maître Louiselle Saindon, son notaire. Le pasteur GrandMaison s'est fendu d'une longue épître que Xavier n'a pas voulu lire: il l'a déchirée avant d'y mettre le feu au moyen de ce cheval de bronze qui, sur la commode, a été trafiqué en briquet, sa gueule noire crachant loin les flammes de la colère.

Avec Xavier, Julie n'a pas eu plus de chance que le pasteur GrandMaison. Tous ces repas qu'elle est venue porter elle-même dans la chambre-bureau, Xavier ne les a pas touchés. Il s'est contenté de manger ces petits pains, ces morceaux de lard salé et ce fromage que tous les jours, depuis une semaine, Isidore Lhebreu a tenu à partager avec lui. Les deux faisaient pareil du temps de toute la splendeur de Xavier, sauf qu'alors, on se retrouvait à Squatec, ou sur le vieux rond de course des Trois-Pistoles, ou bien encore à Amqui ou à Rivière-du-Loup. C'était dans du temps où parler était encore possible parce qu'on avait tout à apprendre de la beauté des chevaux comme de la beauté qu'il y avait dans la vie, toute chaude, sans rien de malaccommodant en elle. Le grand tordeur de la désillusion amoureuse se tenait loin, au-delà des Portes de l'Enfer, aux confins mêmes du territoire giboyeux des Magouas où l'espace de la seigneurie des Tobi s'éperdait dans la luminosité de la Mer océane.

Tout en haussant les épaules, Xavier fait pivoter son fauteuil. Sur le secrétaire devant lui, ce qui reste du repas qu'hier soir, il a pris avec Isidore Lhebreu. Du plat de la main, Xavier fait cette petite montagne avec les miettes de pain, le lard ranci et le fromage séché puis, du bout des doigts, il s'acharne à petits coups de pichenette à les faire tomber dans la corbeille à papier. Il débarre ensuite le tiroir central du secrétaire, farfouille dedans, en retire la photographie de Miriam que, du bout des doigts encore, il caresse, mais sans la regarder. S'il le faisait, les signes se confondraient entre eux et ça deviendrait aussi brouillé que la Mer océane quand la bruine la décolore. Dedans, il n'y aurait plus que de l'é-jarrement, aussi bien dire ce qu'il y a de pire quand les sentiments contradictoires s'entremêlent pour mystifier le guerrier. Quand on est le père de toutes les batailles et que celle-ci vous attend dans le détour de la journée, ça serait de l'infamie que d'y succomber. Xavier remet donc dans le tiroir central du secrétaire la photographie de Miriam. Puis il glisse la clé dans la serrure et rebarre le tiroir central. Il se sent déjà mieux, c'est-à-dire aussi belliqueux que durant toute cette semaine qu'il a passée dans sa chambre-bureau, à n'y faire rien d'autre que d'appeler la grande tempête. Poussant son fauteuil vers la fenêtre, Xavier fait ce trou dans les languettes du store, et regarde. Attelé au bobsleigh, l'homme-cheval est pareil à un coup de vent: ça va et vient dans le Deuxième Rang, avec le petit Jean-Marie Soucy assis sur un sac d'avoine, un fouet brandi bien haut dans les airs pour que dedans y vire le vent de la turpitude. Xavier lâche les languettes du store et, du poing, se frappe la poitrine. Ce matin, il en veut encore plus à Gabriel qu'il n'en veut au pasteur GrandMaison, à Miville, à Junior ou bien à Julie. De Miville, Xavier n'attendait pas qu'il faiblisse: ça ne peut plus faiblir quand c'en est rendu dans les bas-fonds du rêve et que ça s'accroche, désespéré, à un droit d'aînes-se que ça ne mérite pas. Quant à Junior, à qui Xavier a permis d'entrer quand il le voulait dans la chambre-bureau, pas de surprise non plus à son sujet: le fils cadet n'est pas là pour étonner, mais pour s'inscrire en faux, aussi bien contre le père que contre le fils aîné puisque la guerre qu'il livre, et qu'il ne porte ni pour les autres ni pour lui-même, ne peut avoir de sens qu'ailleurs, au-delà de tout nouma familial, dans ce qui, de soi, se fond dans les nombres, même de la musique. Toutes les fois qu'il est entré dans la chambre-bureau et qu'il s'est assis sur le sofa de Xavier, Junior n'a pas dit autre chose, même s'il ne comprenait pas ce dont il parlait: les fils cadets ne font que rêver, et le rêve est à mille milles de tout nouma familial, parce qu'il en est en même temps l'envers et l'endroit, mais sans que ça ne puisse s'exprimer dans ce qui, de la réalité, n'est plus foisonnement, mais suspension — ce qu'il y a dans l'air lorsque dénote la note. C'est ce que Xavier a compris des discours que Junior lui a faits. Junior a dit:

— Je changerai pas d'idée, le père. Quand je suis revenu de Montréal, je t'ai dit que je m'en irais de la maison si tu refusais de servir de père à Miville. Et c'est ce que je vais faire en emmenant Julie avec moi. À Montréal, on va être bien tous les deux parce qu'on va faire rien d'autre que de vivre la musique qui nous porte tous les deux. Julie et moi partis, tu feras plus rien d'autre que de te décatir. Ça va être triste, mais c'est juste pour toi que ça va l'être.

En se rappelant les discours de Junior, Xavier sourit. Quelle innocence dans le fin fond de tout ça! Et que les fils cadets sont loin de toute cette ignominie qui fonde le monde! Plusieurs fois, Xavier a failli se fâcher contre Junior, rien que pour lui rappeler quelques vérités toutes simples, notamment pour ce qui concerne Julie. Jamais Julie ne va accompagner Junior à Montréal tant que lui, Xavier, va vivre. Julie a trop souffert à cause de l'encabanement de Virginie: dans de la mort lente, on souffre toujours trop, surtout quand on n'est encore que de la petite fleur d'enfance et que, depuis, on se retrouve toujours face à elle, mais sans pouvoir passer outre, parce que la porte de la chambre des maîtres est condamnée et ne se rouvrira qu'à la mort de celui qui l'a condamnée. Derrière, il y a ces meubles; derrière, il y a ces fleurs qui, bien malgré elles, ont séché dans ce retournement de la passion qu'est le froid; derrière, il y a ce coffre rempli à ras bord de toute la vie secrète de Virginie, et dont Xavier ne sait rien parce que ça ne pouvait pas appartenir à son monde même avant que le malentendu ne s'installe entre lui et Virginie. Tant et aussi longtemps que Julie ne forcera pas la porte de la chambre des maîtres pour y retrouver Virginie et l'inscription même de son corps, Junior va discourir pour rien et rêver pour rien par-devers Montréal et la musique: ça va rester en suspension dans l'air, comme ça arrive parfois au vent entre deux marées.

Ce n'est donc ni sur Miville, ni sur Junior, ni sur Julie que Xavier s'est trompé en restant claquemuré dans sa chambre-bureau depuis une semaine. C'est sur Gabriel et sur ce qu'il y a d'infamant dans l'homme-cheval qui le conditionne. Pour lui avoir passé le mors bien souvent, Xavier s'attendait à ce que l'homme-cheval, tout écumant, vienne s'ébrouer dans la chambre-bureau, et ce faisant, en perde toutes les pesées dont il s'alourdit parfois les chevilles. Mais ça n'est pas arrivé. Bien loin de venir frapper à la porte de la chambre-bureau, Gabriel a tourné en dérision l'enfermement de Xavier. Tous les matins et tous les soirs, il s'est amusé, attelé au bobsleigh, à virer devant l'écurie, tout l'homme-cheval démonté en lui, avec ces hennissements si dérisoires que même la jument tavelée les a entendus pour ce qu'ils étaient et n'y a pas répondu, sinon en grugeant de ses dents le bois de son boxon. Mais cela même, ça ne serait encore rien pour Xavier: depuis que la fugitive Albertine s'en est allée, Gabriel ne fait que s'adonner à la boisson. Et quand on s'adonne à ce point-là à la boisson, c'est normal que l'homme-cheval en soi délire. Ce qui est plus indéfendable toutefois, c'est que ça ramène Blanche dans le paysage et telle que, dans sa folie, elle s'est toujours perçue: cette belle grande jeune femme qui, habillée de sa robe fleurie, marchait du Deuxième Rang jusqu'au vieux pont de fer de Tobin pour y attendre le retour du chevalier teutonique bien arrimé au volant de sa grosse Roadmaster aux yeux de crapaud. Bien sûr, Xavier n'avait pas voulu d'elle, à cause d'Albertine en qui il ne songeait alors qu'à mettre toutes ses complaisances. Pourtant, Albertine s'en était allée vers l'homme-cheval, moins difficile à brider que le père victorieux de toutes les batailles de chevaux qu'il menait des Trois-Pistoles jusqu'à Québec, Montréal, Detroit et Boston. Et trente ans après tout ce travail fait à ameuter le triomphe, devant quoi Xavier se retrouve-t-il? Devant Gabriel plus homme-cheval que jamais, et devant Blanche qui, toutes ses bouteilles d'eau bénite vidées, et sans plus de lapins pour tourner autour, ne voit plus que Gabriel, ce soleil englouti dans la mer et dont elle veut, dans toute sa schizophrénie, le faire remonter.

Encore et toujours, Xavier se frappe la poitrine de son poing. Vivre, quelle souffrance, et quelle souffrance sans partage! Xavier allonge la main et prend la grosse Bible sur le sofa. Mais de l'ouvrir dans le hasard de n'importe quelle page, ça ne lui dit rien aujourd'hui. Lire les psaumes et le livre de Job, il n'a fait que cela depuis une semaine, pour gorger son corps de tout ce sang noir avec lequel sont écrites les imprécations des prophètes. Xavier remet donc la grosse Bible sur le sofa, puis se rapproche du store de la fenêtre, en écarte les languettes, et regarde. Au-delà du rideau des épinettes noires, le petit Jean-Marie Soucy a succédé à l'homme-cheval et court comme un bon, attelé au bobsleigh. La vieille Buick de Ti-Bob Cayouette est parquée devant la maison de Gabriel, et c'est comme un affront de plus pour Xavier. Comme il vient pour laisser les languettes du store, l'apparition de Blanche près de la vieille Buick de Ti-Bob Cayouette lui fait écarquiller les yeux. Malgré la neige et le froid, Blanche n'est habillée que de cette robe fleurie qu'elle portait jadis quand les limites du monde connu s'arrêtaient au vieux pont de fer de Tobin. Quand ça s'immobilise devant la galerie, c'est pareil à une injure dans le paysage. Que va donc faire Blanche chez Gabriel? Il doit pourtant y avoir là assez de folie sans qu'il n'y ait du grand besoin à en ajouter encore! D'un geste sec, Xavier laisse les languettes du store. La pénombre se reforme autour de lui. Xavier se sent déjà mieux, tout ce qu'il y a de belliqueux en lui reprenant ses droits. Peut-être bien que Miville va se marier aujourd'hui et faire fi de la loi familiale, mais Xavier n'a pas encore joué toutes les cartes de son jeu et, avant même la fin du jour, Miville saura sans doute ce qu'il en coûte toujours à celui qui transgresse les commandements du père. Xavier sourit, ferme les yeux et, de son poing fermé, se frappe la poitrine par petits coups.

Jamais Miville n'aurait pu croire qu'être heureux, ce peut être aussi simple que ce qu'il vit depuis quelques jours. Cette impression de flotter dans l'espace, radieux pareil à un soleil, tout le dedans du corps réconcilié, ce qui ne lui était pas encore arrivé depuis la petite enfance. Se sentir enfin comme le maître absolu de son destin et pouvoir en parler dans cette loquacité que les autres reconnaissent et respectent, il ne saurait exister de joie plus grande. C'est elle qui porte Miville ce matin malgré la nuit blanche qu'il a passée, trop excité pour que les clous se mettent à cogner en lui. Gabriel et Nathalie Bérubé l'ont accompagné dans sa veille, étonnés de découvrir un Miville aussi volubile. Mais qu'a donc dit Miville?

Il a raconté ce grand rêve d'enfance quand, pour la première fois, il a vu ce western dans la salle paroissiale des Trois-Pistoles. John Wayne en était, bien évidemment, la vedette. Chasseur de primes de son métier, John Wayne se retrouve un jour au beau mitan du grand désert américain. Il va y mourir quand un pasteur s'amène et, en lieu et place d'une gourde d'eau, lui fait don d'une petite Bible. À demi mort dans le sable, John Wayne la lit et comprend que sa vie, jusqu'alors, a été une erreur. L'acte très simple de l'aveu de sa faute rachète le désert, qui se transforme en cette petite ville grouillante de vie, au cœur du Far West. John Wayne en devient le pasteur-guerrier, si tributaire de la Loi que l'amour ne peut que lui advenir. Quand il se marie avec la plus belle fille du Far West, c'est dans le saloon de la ville que ça se passe, le haut lieu du mal métamorphosé en pétales de roses. Il n'y a plus alors ni chasseur de primes, ni cow-boy, ni pasteur-guerrier, mais ce grand amour qui vous porte quand les contradictions sont mortes en vous.

Gabriel et Nathalie Bérubé ont écouté pour ainsi dire religieusement le rêve d'enfance de Miville. Ils ont compris pourquoi Miville n'a pas voulu se marier à l'église catholique et pourquoi il a fait appel au pasteur GrandMaison. Ils ont compris pourquoi Miville s'est adressé à Maggie Cayouette et à l'*Hôtel de la Gare* pour la cérémonie de ses épousailles. Ils ont compris pourquoi encore Miville a fait appel à Thomas Raymond et à Jean-Claude Parent, les deux derniers grands hommes de chevaux des Trois-Pistoles. C'est que Xavier, le père honni, a besoin de cette grande leçon de choses. Par elle, Xavier va être obligé de comprendre que le fils aîné est devenu souverain et que, devant la souveraineté, même l'obsession du refus ne peut être que nulle et non avenue.

Devant le discours de Miville, seul le pasteur GrandMaison a montré de la réticence. Il aurait voulu que Miville lui permette de faire une dernière tentative auprès de Xavier. Mais Miville a refusé, disant:

— Tout ce qui pouvait être entrepris pour convaincre le père a été fait. Maintenant, c'est trop tard: je changerai rien à mon plan. Vous seriez mieux de raccompagner Nathalie chez elle: le jour qu'on se marie, c'est jamais de bon augure que l'homme et la femme se voient avant la cérémonie.

Nathalie Bérubé s'en est donc allée, en même temps que le pasteur GrandMaison. Miville est passé au salon où il s'est endimanché, tout fier du costume western qu'il a fait confectionner à Rivière-du-Loup selon les images qu'il a toujours gardées de John Wayne, son héros d'enfance. Ce complet tout brodé d'argent, cette chemise à frisons, cette cravate à double pointe, cette ceinture dont la boucle cuivrée représente un fer à cheval, ces bottes en cuir patin et ce grand chapeau texan, quel plaisir c'est que de les porter enfin! Dans le grand miroir du salon, Miville se regarde et sourit parce qu'il ne s'est jamais aimé comme c'est le cas aujourd'hui: jamais il n'a été aussi grand et aussi beau. De le voir revenir dans la cuisine ainsi habillé, Gabriel en reste estomaqué, son petit fiasque de brandy à la main. S'il est allé le quérir dans l'armoire, c'est que Gabriel vit brutalement un grand moment de déprime. Toute la semaine, il a laissé l'homme-cheval parler en lui. Il a été heureux de se venger ainsi de Xavier qui, par trois fois, a refusé de le laisser entrer dans sa chambre-bureau. Mais ce qui se passe aujourd'hui est d'une telle importance que l'homme-cheval ne peut que se ratatiner pour redonner toute sa place à Gabriel. Ça le rend extrêmement nostalgique, par-devers Albertine d'abord, dont les planches clouées dans la porte de sa chambre disent encore trop bien l'horrible fuite. Et puis, il y a Blanche désormais, qui s'est toute retournée dans sa folie, méconnaissable dans sa robe fleurie d'autrefois et cette longue chevelure qu'elle garde dénouée — coulée prodigieuse de lumière blonde. Blanche apparaît devant la maison de Gabriel revêtue simplement de sa robe fleurie, et sa longue chevelure blonde flottant dans le vent. Elle reste là tant que Gabriel ne la fait pas entrer dans la maison, insensible au froid et à la neige, sa jeunesse retrouvée lui tenant lieu de manteau, comme elle dit à Gabriel dès que celui-ci veut la convaincre de s'habiller mieux. Gabriel ne sait toujours pas comment réagir vis-à-vis de Blanche: il a peur de trop aimer ce que sent son corps, ces odeurs très animales qui ne sont pas sans lui faire penser à la grande vulve rose de la jument tavelée de Xavier quand il rêve à elle.

C'est ce qui, tantôt, l'a incité à aller quérir le petit fiasque de brandy dans l'armoire. Il ne voulait pas regarder dans la fenêtre de peur de voir Blanche devant la maison. Il ne saurait pas quoi lui dire aujourd'hui, à cause de l'homme-cheval qui s'est réfugié loin en lui pour laisser toute la place au mariage de Miville. De lui servir de père, c'est déjà là quelque chose d'assez compliqué pour Gabriel: usurper le rôle d'un autre, c'est faire venir la culpabilité en soi, c'est revenir à l'origine même des choses, dans l'an premier du monde, là où naître ne peut être que sanglant à cause de la faute dont ça provient. Les nombres ne peuvent pas être inter-changés: s'ils le sont, la coïncidence qui les lie se des-quame, amenant de terribles mutations qui vont toujours vers le pire. Parce qu'il est revêtu de ce costume western qui lui redonne tout le rêve de sa petite enfance, Miville devine ce qui se brasse en Gabriel. Il marche donc vers lui, lui enlève son petit fiasque de brandy qu'il va jeter dans la poubelle près de la porte puis, revenant se planter solidement devant Gabriel, lui dit:

— Mononque, tous les dés ont été jetés. Et quand tous les dés ont été jetés, ça devient de l'aberration que de jaspiner à leur sujet. Autrement dit, vous comme moi, il nous reste plus qu'à faire ce qui a été convenu. Ça signifie d'abord que c'est le temps pour vous de vous en aller dans le salon afin de vous endimancher.

Décontenancé, Gabriel jette un œil vers la fenêtre. Les pieds dans la neige, Blanche est là, comme une sta-tue de gel dans sa robe fleurie, sa blonde chevelure toute frimassée. Gabriel dit:

— Avant de m'endimancher, faut que je fasse entrer Blanche. Elle risque d'attraper son coup de mort si elle reste dehors.

— Je m'occupe d'elle. Vous, contentez-vous de vous gréer comme du monde.

Gabriel n'insiste pas, l'homme-cheval en lui trop mince pour faire de la résistance. Tandis qu'il disparaît dans le salon, Miville ouvre la porte de la cuisine:

— Blanche, restez pas là à geler pour rien dehors. Entrez, j'ai à vous parler.

Blanche est si impressionnée par le costume que porte Miville qu'elle s'avance vers lui et dit:

— J'ai toujours su qu'un jour viendrait où le grand Dieu de toutes les routes apparaîtrait pour que le soleil remonte de la mer. La seule chose que j'ignorais, c'est qu'il n'aurait même pas besoin de cheval fauve pour survenir de si loin.

Miville n'est pas très sensible aux propos que lui tient Blanche. S'il paraît lui manifester de la sympathie, c'est que la folie, même retournée, de Blanche fait son affaire aujourd'hui: Blanche va accompagner Gabriel à l'*Hôtel de la Gare* pour la cérémonie du mariage. Voilà ce que Miville a décidé, juste pour endêver encore davantage Xavier qui, après l'affront qu'Albertine lui a fait jadis en se refusant à lui, devra maintenant vivre l'injure qu'a tout le temps constituée pour lui la folie de Blanche. Gabriel lui-même n'en revient pas quand, tout endimanché, il se retrouve dans la cuisine et qu'il entend de la bouche de Miville ce qu'il a décidé pour Blanche. Il va avoir beau protester longtemps, Miville va se montrer intraitable, disant:

— Mononque, c'est moi qui tiens les cordeaux aujourd'hui. Personne peut me les casser dans les mains. Vous avez autant besoin de Blanche qu'elle a besoin de vous. Le reste, je veux rien en savoir. Aussi, vous allez vous asseoir à côté de Blanche, et vous allez attendre comme moi la suite du monde. Comme elle est prévue pour dans pas grand-temps, vous attendrez donc pas mer et monde avant que ça soye là, gonnebitche non!

Ce sont sans doute les entournures de son endimanchement qui, lui serrant le corps de trop près, enlèvent tous ses moyens à Gabriel. Il fait comme lui a dit de faire Miville et s'assoit dans la berçante, à côté de Blanche qui se tient toute droite, sa tête tournée vers lui, ses grands yeux bleus vrillés dans les siens. Du moment que Blanche n'ira pas plus loin, ça sera déjà pour Gabriel un moindre mal. Mais s'il fallait que Blanche agisse comme hier soir alors que, brusquement, elle s'est assise sur les genoux de Gabriel et lui a demandé à être catinée, comment réagirait-il? Et que penserait Miville? Pour ne pas y songer, Gabriel regarde le plafond. Tout ce qu'il espère, c'est que l'attente va finir bientôt et qu'ainsi, il n'aura pas à rougir de ce que pourrait bien entreprendre Blanche. Qu'arrivent donc les grands chevaux de Thomas Raymond et de Jean-Claude Parent pour qu'on s'en aille enfin vers l'*Hôtel de la Gare* et ce tabarnance de mariage qui, depuis trop de temps déjà, vire à l'envers tout l'espace du Deuxième Rang!

La chambre de Junior a sombré tout à fait dans l'énormité du désordre. La porte de la garde-robe est ouverte, de même que tous les tiroirs de la commode. C'est pigrassé tout partout, c'est cochonné tout partout: vêtements, disques, cassettes, papiers et photos, ça déborde de ces ouvertures que Junior a faites dans son pitoyable royaume, y cherchant ce qu'il pourrait bien mettre dans sa valise avant de s'en aller définitivement à Montréal. Junior regarde les débris de son monde et pense: *Esti qu'on en ramasse de la niaiserie! C'est certainement pas moi qui vais traîner ça jusqu'à Montréal!* Il donne un coup de pied au couvercle de la valise qui se referme, la saisit par sa grosse poignée de corde et sort de la chambre où, accotée contre le mur, l'attend sa vieille guitare. Il traverse le corridor et descend l'escalier qui mène à la cuisine. Assise au bout de la table, Julie boit un café.

— Je pensais que t'étais dans ta chambre, dit Junior en déposant sa valise vide et sa vieille guitare près de la porte. Mais c'est vrai qu'il y en a qui disent qu'ils vont faire certaines choses alors qu'ils en pensent rien.

— Ma valise est faite depuis longtemps, tu sauras.

— Elle est peut-être faite, sauf que je la vois pas dans les alentours de la porte où elle devrait pourtant être, comme la mienne.

— Quand le moment sera venu, elle va s'y retrouver. J'ai autant de principes que toi.

— Personne te tord les nerfs du cou. Si t'aimes mieux rester avec le père...

— Ce que j'aime mieux ou ce que j'aime pire, ça te regarde pas, Junior! Ça te regarde plus!

Junior hausse les épaules, ouvre la porte du réfrigérateur et s'y prend une bière. Depuis une semaine, rien n'a changé entre lui et Julie. Elle lui en veut toujours autant pour ces odeurs de femmes qu'il a ramenées de Montréal et dont ses vêtements sont encore tout pleins, du moins le prétend-elle. Pourtant, Junior n'a ménagé ni sur les joints ni sur la bière pour que Julie ne renifle plus rien de ce qu'il a connu à Montréal. Côté sentiment, Junior n'a pas lésiné non plus: monté sur le tracteur de Xavier, il s'est battu pendant des heures contre les formidables bancs de neige barrant le chemin menant à la vieille cabane de pêcheur du cap au Marteau. Il a fait un bon feu dans la grosse truie sur laquelle il a fait cuire ce repas qu'il a épicé de toutes sortes d'herbes sentant fort, question de dénaturer ces satanées odeurs de femmes qu'il a ramenées de Montréal. Après, il a sorti sa moto du hangar et a invité Julie à monter avec lui dessus jusqu'à la vieille cabane de pêcheur de la grève du cap au Marteau. Ils y ont passé toute une journée et toute une nuit, à manger, assis l'un devant l'autre, ou bien à rester allongés sur la paillasse dans l'espoir qu'ils se retrouveraient comme avant, sans autres odeurs que les leurs propres dans leurs corps. Seul Junior y est arrivé, déjà oublieux d'Aurise et de Judith, sa main ouverte sur le petit sein rond de Julie lui suffisant comme toujours. Si Julie s'est laissée faire, elle n'en a pas pour autant démordu de son point de vue: après toute cette journée et toute cette nuit passées avec Junior dans la vieille cabane de pêcheur de la grève du cap au Marteau, elle a remis sur la table les mêmes cartes:

— J'ai donné ma parole à Miville que je cèderais pas devant le refus de Pa de lui servir de père. J'ai aussi dit à Pa que je m'en irais à Montréal s'il s'entêtait. Et c'est toujours ce que j'ai l'intention de faire. La seule chose qui a changé, c'est que je comptais me retrouver à Montréal avec toi, ce qui ne sera pas le cas à cause de ta tromperie. Quand bien même tu irais décrocher la lune pour moi, je plierai pas là-dessus. Si je l'ai pas fait hier, je le ferai pas plusse aujourd'hui, et c'est pareil pour demain.

Assis à la place de Xavier à la table, Junior boit sa bière sans rien dire. Il a toujours trouvé qu'à part la pourriture, il n'y a pas grand-chose de bon à attendre de n'importe quelle famille. Depuis son enfance, Julie s'y est trop aliénée pour l'admettre. Alors, à quoi bon insister? D'un coup, Junior cale ce qui reste de bière dans la bouteille, puis se lève. Dehors, ce ramada imaginé par Miville doit être commencé. Du haut de la galerie, on va être aussi bien que dans la maison pour voir de quoi ça a l'air. Junior se dirige donc vers la porte qui s'ouvre avant qu'il n'ait le temps d'en toucher la poignée: apparaît la face blême de Ti-Bob Cayouette, ses grandes oreilles décollées rougies par le froid. Maître Louiselle Saindon le suit, son nez tout rougi par le froid lui aussi. Ti-Bob Cayouette dit:

— Voulez-vous bien me dire ce que vous faites encore ici, mes deux mye mye? Me semble que tout le monde était d'accord pour qu'on se retrouve devant chez Gabriel pour la grande mouvance vers l'*Hôtel de la Gare*. Là, ça serait le temps en queue de caute qu'on s'y retrouve!

Sans dire un mot, Julie se lève, prend son manteau sur le crochet près de la porte et sort derrière Ti-Bob Cayouette. Junior toise Maître Louiselle Saindon qui a accepté de l'accompagner aux noces de Miville. Il sait bien que ce n'est pas pour lui qu'elle le fait, mais pour Xavier dont elle n'arrive pas à se déprendre depuis qu'elle a dormi sur son sofa durant la nuit d'Halloween, l'automne passé. Junior dit:

— Le père est dans sa chambre-bureau. Comme t'as des guilis-guilis à lui faire, je vais attendre dehors.

Il ne laisse pas le temps à Maître Louiselle Saindon de lui répondre et sort. Il s'appuie au poteau de la galerie, allume un petit cigare et regarde du côté de la maison de Gabriel. Devant, il y a cette horde de chevaux qui, attelés à autant de carrioles et de berlots, ont l'air de sortir tout droit d'un mauvais roman de Léon Tolstoï. Junior hoche la tête: décidément, Miville ne sera toujours que la moindre part de la famille, celle qui ne sait rien résoudre autrement que par l'emploi de la caricature. Sinon, pourquoi Miville, qui a toujours agui les chevaux, royaume sacré de Xavier, en aurait-il fait venir autant dans le Deuxième Rang, et rien que pour que la tribu se retrouve à l'*Hôtel de la Gare*? Junior hoche toujours la tête et regarde toujours. Il voit Gabriel, Blanche et Miville qui sortent de la maison et montent dans la première carriole; il voit Nathalie Bérubé qu'escortent ses trois sœurs en faire autant; il voit Julie et Ti-Bob Cayouette, et toute la parenté qui, à leur tour, grimpent dans les carrioles et les berlots. Junior devrait en rire comme il fait toujours. Mais il y a dans tout cela comme quelque chose d'obscène et d'injurieux pour Xavier. S'il s'écoutait, Junior irait le rejoindre dans sa chambre-bureau et trouverait avec lui le moyen de faire rebrousser chemin à tous ces chevaux, toutes ces carrioles et tous ces berlots. Mais Junior se contente encore de hocher la tête et de regarder toujours. La horde qui s'est ébranlée ne mettra pas de temps à arriver devant la maison de Xavier. Malgré toute la malice qui le détient parfois, même Junior n'aurait pu imaginer jusqu'où Miville a décidé de pousser la représentation caricaturale. Junior le comprend lorsque le cheval de Miville, au lieu de continuer tout droit, bifurque à l'entrée de la maison, de manière à passer sous la fenêtre même de la chambre-bureau de Xavier. Et toute la horde va suivre, sans savoir ce qu'elle fait. Junior déboule l'escalier enneigé, court vers la queue de la horde, saute dans cette carriole qui lui était destinée, à lui et à Maître Louiselle Saindon, et que le petit Jean-Marie Soucy a conduite depuis l'ébranlement du cortège. Au petit Jean-Marie Soucy, Junior enlève les cordeaux des mains et crie de descendre. Puis il prend ce fouet qu'il y a sur

le siège à côté de lui et, tout en se contentant de le faire
siffler dans l'air, fait reprendre la route à son cheval, et
tout droit, pour qu'il ne passe pas sous la fenêtre de la
chambre-bureau de Xavier. Portant Gabriel, Blanche et
Miville, la carriole de tête ressort de l'entrée. Junior fait
claquer son fouet: ça s'étampe sur la peau des fesses de
son cheval, et ça s'étampe si bien que le mors aux dents
s'empare de tout l'espace. Miville n'a que le temps de
tirer ses cordeaux à dia pour que sa carriole ne prenne
pas le clos, poussée par la colère que Junior, par ses
coups de fouet, a insufflée à son cheval. Et debout dans
le berlot, Junior ne cessera plus de frapper. Son cheval
aura beau s'embourber dans le chemin à Firmin, rien
n'y fera: c'est qu'il n'y a plus ni bête ni homme, mais
seulement cette dérision que constitue le monde quand,
même sans le vouloir, on sait lire au travers de lui.

De la fenêtre de sa chambre-bureau, Xavier a tout vu, même le petit salut ironique que Miville lui a adressé de sa carriole. Et tout le corps de Xavier s'est dressé pour passer entièrement dans sa main ajourant le store de la fenêtre. Ses doigts se sont refermés sur les languettes et Xavier a tout ramené à lui, faisant brutalement cette trouée de lumière dans la chambre-bureau. Dans l'embrasure de la porte, Maître Louiselle Saindon regarde. Lorsqu'il se rend compte de sa présence, Xavier dit:

— Que c'est que je peux faire pour vous? Remarquez que si je vous pose la question, c'est pas parce que j'attends une réponse de vous: c'est juste qu'il m'arrive encore de faire honneur à la politesse.

Maître Louiselle Saindon ne trouve rien à répondre. Xavier a l'air d'un formidable bronco sauvage dont le corps dressé ne laisse place à aucune prise. Pourtant, comme Maître Louiselle Saindon aimerait toucher de sa main cette bête écorchée vive, ne serait-ce que pour partager avec elle sa souffrance! Elle y rêve parfois la nuit, toutes les odeurs de Xavier venant troubler la quiétude de sa mémoire et la forçant à geindre alors que, allongée dans son lit, elle se sent crucifiée et abandonnée par la joie. Mais Maître Louiselle Saindon sait bien qu'elle n'a pas le droit de parler de tout ça à Xavier. Après tout, elle n'est que son notaire et Xavier ne verra jamais autre chose en elle. Aussi va-t-elle refouler ses sentiments et se contenter de dire:

— Tantôt, quand j'ai vu tous ces chevaux devant chez Gabriel, j'ai compris que le but visé par Miville, c'était celui de vous provoquer.

— Dans le monde où je vis, ça appartient pas aux enfants de provoquer quoi que ce soit. Et quand ils paraissent le faire, c'est qu'on le leur permet. Sinon, il y a pas grand-chose qui se tiendrait debout tout seul. Miville, Julie et Junior sont à la veille de l'apprendre, je vous en passe mon papier.

— Pour Miville et Julie, je peux comprendre étant donné qu'ils vous ont défié jusque sous votre fenêtre. Mais Junior s'en est abstenu, lui.

— Chacun défie comme ça l'arrange. En mettant sa valise et sa guitare près de la porte, Junior a dit clairement de quel bord il se trouve.

— Mais pensez-vous lui avoir vraiment laissé le choix?

— Dans le monde où je vis encore, ça appartient pas aux enfants d'avoir le choix. Pour le reste, allez donc m'attendre dans la cuisine. Avec ce qu'il faut que je fasse maintenant, c'est le temps que je m'endimanche.

Dès que Maître Louiselle Saindon le laisse seul, Xavier sort de la garde-robe son vieux costume de tweed anglais, la chemise blanche, le nœud papillon, et s'en revêt. Puis se brossant les cheveux, il se regarde dans le petit miroir qu'il y a au-dessus du secrétaire. Il a son allure des grands jours d'autrefois quand, véritable chevalier teutonique au volant de la grosse Roadmaster aux yeux de crapaud, il revenait des limites mêmes du monde, traversait le vieux pont de fer de Tobin et se rendait à l'*Hôtel de la Gare*, ses yeux rieurs sous les grosses lunettes jaunes.

Quand elle le voit arriver dans la cuisine, Maître Louiselle Saindon n'en revient pas de tout ce qu'il y a de souverain chez Xavier. Elle en fige sur place, regardant Xavier se diriger vers la porte qu'il ouvre avant de se retourner vers elle et de dire:

— Si je vous ai demandé de m'attendre ici, dans la cuisine, c'est que là où je vais maintenant, vous devez m'y accompagner.

—Je peux savoir...

— Non, l'interrompt tout de suite Xavier. Je demande pas à mes notaires qu'ils me posent des questions. Je leur demande simplement de me suivre. Alors faites-le, voilà tout.

Une fois sortis de la maison, Maître Louiselle Saindon et Xavier montent dans le vieux panel. On traverse tout le Deuxième Rang jusqu'au chemin à Firmin qui mènerait tout droit à la vieille cabane de pêcheur de la grève du cap au Marteau si on ne bifurquait pas brusquement à gauche, sur la route nationale qui se déjecte dans la rue Notre-Dame, elle-même conduisant à l'*Hôtel de la Gare*. Tout au long du trajet, Xavier n'a pas ouvert la bouche, pas plus d'ailleurs que Maître Louiselle Saindon, trop habitée par ces odeurs retrouvées de Xavier pour seulement songer à parler. Ça sent bon dans le pancl, comme en ce temps lointain où Maître Louiselle Saindon accompagnait son père et que ses mains s'agrippaient à la barbe grise — ce foisonnement odorant.

Chevaux, carrioles et berlots entourent l'*Hôtel de la Gare*. Le petit Jean-Marie Soucy va d'une bête à l'autre, vérifiant l'état des couvertures qui fument dans l'espace. Xavier entre par la porte de côté, celle qui donne sur la cuisine. En le voyant, Maggie Cayouette manque s'étouffer avec le petit verre d'alcool qu'elle est en train de boire. Xavier dit:

— Par ce petit carreau, je vais regarder ce qui se passe dans la salle de danse. Comme je veux pas qu'on sache que je suis là, ça va de soi que c'est pas la peine d'en aviser les autres.

Il s'avance vers le petit carreau, se penche légèrement et regarde. Ti-Bob Cayouette a transformé la salle de danse en un extravagant saloon du Far West, avec de faux escaliers qui mènent à des chambres tout aussi fausses. Au bas des escaliers, des filles habillées en danseuses de french-cancan montent la garde. Déguisé en saltimbanque, Jos Bérubé, cigare au bec, est assis devant un énorme piano qui occupe presque la moitié de la piste de danse. À l'une des extrémités de la salle, une estrade a été bâtie, avec plein de ballons et de serpentins multicolores pour la décorer. Deux lutrins s'y retrouvent aussi. De longues tables ont été dressées, qui encerclent la piste de danse. Sur les murs, de grandes photographies de John Wayne.

Xavier tourne la tête vers Maître Louiselle Saindon et dit:

— Tant qu'à faire dans l'épaisseur, ils auraient pu aussi emprunter le cheval de Caligula. Ça irait avec le reste.

Et Xavier de se remettre la tête dans le petit carreau. Tirant comme un bon sur son cigare, Jos Bérubé attaque au piano un air qui ne ressemble pas à grand-chose tant les notes de ça se partagent entre la musique nuptiale et le western. Ça doit être le signal qu'attendait Ti-Bob Cayouette pour entrer dans la salle de danse et se diriger vers le lutrin de droite. Xavier tourne encore la tête vers Maître Louiselle Saindon, et dit:

— Un croque-mitaine dans des oripeaux de cow-boy. Décidément, le Far West a la couenne dure.

Mais voilà le pasteur GrandMaison qui arrive et prend place derrière le lutrin de gauche, entraînant à sa suite toute la meute, Miville d'abord qu'escortent Blanche et Gabriel; puis Nathalie Bérubé, deux de ses sœurs l'entourant tandis que la troisième, venant au-devant, jette partout des pétales de roses; puis Julie; puis la flopée des invités puisés dans la parenté. Fidèle à ses habitudes, Junior se présente le dernier, et encore ne va-t-il pas très loin. La porte de la salle de danse passée, il s'appuie contre le mur et, son grand chapeau de cow-boy sur les yeux, se met à fumer un petit cigare.

— Quel intérêt pour vous de regarder ça? demande Maître Louiselle Saindon à Xavier.

— Il y a toujours de l'intérêt dans le capital, répond sentencieusement Xavier. Et le capital s'exprimera bien quand le moment sera venu pour.

Jos Bérubé en a enfin fini avec son air qui ne ressemblait pas à grand-chose tant les notes de ça se partageaient entre la musique nuptiale et le western. Ti-Bob Cayouette se dérhume et enchaîne, lisant avec lenteur dans le petit livre ouvert sur son lutrin:

— L'amour est patient, l'amour est bon, il n'est pas vieux, il ne se vante pas, il n'est pas orgueilleux, il ne s'irrite pas, il n'éprouve pas de rancune; l'amour ne se réjouit pas du mal, mais il se réjouit de la vérité. L'amour permet de tout supporter, il nous fait garder, en toute circonstance, la foi, l'espérance et la patience.

Xavier donne ce petit coup de coude à Maître Louiselle Saindon, et dit:

— À part la patience, il y a pas grand-chose là-dedans qui a de l'allure. Mais peut-être que le pasteur GrandMaison va racheter la scène. Ça devrait être à son tour maintenant.

Mais auparavant, il va y avoir encore cette courte mélodie jouée au piano par Jos Bérubé. Ce n'est qu'après que le pasteur GrandMaison, ouvrant grands ses bras, va dire à la meute rassemblée:

— Vous savez, j'ai célébré beaucoup de mariages, partout dans le monde, dans une jungle du Brésil, dans un bayou de la Louisiane, dans une pagode de l'Inde et dans un hospice de la Nouvelle-Angleterre, mais c'est la première fois que ça m'arrive dans un hôtel québécois. Si j'ai accepté de le faire, c'est que le vent de l'œcuménisme doit toujours souffler sur l'Église pour accorder ce qui doit l'être et raccorder ce qui ne l'est plus. Quand je parle comme je parle, vous savez tous à quoi je fais allusion et, tout comme vous, je regrette aussi l'absence de celui qui devrait pourtant être au milieu de nous, ne serait-ce que pour accorder ce qui doit l'être et raccorder ce qui ne l'est plus. Mais comme nous n'y pouvons rien personne, nous allons procéder tel que nous devons le faire.

Prenant un grand livre noir sur le lutrin, le pasteur GrandMaison l'ouvre et s'avance vers Miville. Il dit, en faisant ce geste de la main vers Nathalie Bérubé:

— Miville, veux-tu prendre cette femme pour épouse légitime et vivre avec elle selon la loi de Dieu et des hommes dans l'état du mariage? L'aimeras-tu, la consoleras-tu, l'honoreras-tu, la garderas-tu dans la maladie comme dans la santé, et lui resteras-tu fidèle tout au long de ta vie?

— Oui, répond Miville.

Le pasteur GrandMaison se tourne alors vers Nathalie, reprend son boniment, auquel elle répond:

— Oui.

Puis le pasteur GrandMaison, paraissant s'adresser à la meute, demande:

— Qui donne cette femme en mariage à cet homme?

— C'est moi, répond l'une des sœurs de Nathalie Bérubé.

— Et qui donne cet homme en mariage à cette femme?

Gabriel hésite un moment, comme s'il se rendait enfin compte de toute la portée de ce qu'il va faire, surtout par-devers Xavier qui ne le lui pardonnera jamais. Ah! se retrouver dans tout l'homme-cheval en soi, s'atteler au bobsleigh et fendre l'air jusqu'au beau mitan de la seigneurie des Tobi, quitte à être pris en otage par les Magouas et torturé, et mutilé, et sans doute même assassiné! Ça serait bien moins pire que de répondre à la question du pasteur GrandMaison qui, s'impatientant, la lui répète en insistant davantage sur chacun des mots:

— Qui donne cet homme en mariage à cette femme?

— Moi, Gabriel Galarneau. C'est moi qui donne cet homme en mariage à cette femme.

— Bien, dit le pasteur GrandMaison. En vertu des pouvoirs qui me sont conférés par Dieu, je vous déclare donc, Nathalie et Miville, unis par les liens du mariage. Loué soit Dieu qui vous donne l'un à l'autre. Que l'homme ne sépare pas ce que Dieu a uni.

Tandis que Jos Bérubé se remet à pianoter, que Miville et Nathalie Bérubé s'offrent l'un à l'autre les anneaux rituels, Ti-Bob Cayouette, du haut de son lutrin, récite:

— Avec cet anneau, je t'épouse; avec mon corps, je t'honore, et je partage avec toi tous mes biens terrestres.

Ce à quoi le pasteur GrandMaison ajoute:

— Vous porterez ces anneaux qui vous rappelleront vos promesses et l'alliance que Dieu fait avec chaque homme et chaque femme. Le cercle de vos alliances est comme un œil ouvert sur le monde, afin que vous voyiez à travers votre amour. Embrassez-vous maintenant.

Miville soulève le voile de dentelle ajourée qui recouvre le visage de Nathalie Bérubé puis, lui effleurant les joues de ses mains, il l'embrasse avec toute la tendresse dont son long corps est plein, et comme il s'imagine que John Wayne, dans ce saloon du Far West américain, a embrassé la plus belle fille du pays. Mais Xavier n'a pas attendu que les applaudissements de la meute fusent dans la salle de danse pour laisser le petit carreau et dire à Maître Louiselle Saindon:

— La comédie étant finie, c'est à moi d'agir. Venez avec moi. Pour ce qui va se passer, mon notaire doit être là.

Xavier sort de la cuisine, contourne l'*Hôtel de la Gare* que ceinturent chevaux, carrioles et berlots, et pousse la porte de l'entrée principale. Le petit bar traversé, il se retrouve sur le seuil de la piste de danse, ce qui coïncide avec la fin de la longue embrassade de Miville et la fin des applaudissements de la meute. Faisant porter haut sa voix, Xavier dit:

— Mes félicitations, Miville !

Et toute la meute de se retourner vers Xavier, si étonnée de le voir là sur le seuil de la salle de danse qu'elle en reste figée. Même Junior, toujours appuyé contre le mur, n'en revient pas. Il ne fait que serrer les dents, son petit cigare ainsi coupé tombant par terre.

Bien sûr, il appartient à Miville de réagir le premier. Il fait ces quelques pas vers Xavier, puis s'arrête et dit:

— T'es là le père, mais c'est trop tard maintenant!

— Voilà ce qui arrive quand on est impatient, rétorque Xavier en s'avançant vers Miville. Si t'avais attendu un peu, j'aurais peut-être été là à temps.

— Si t'avais voulu, tu serais arrivé avant. Astheure, reste pas ici, retourne-toi z'en d'où c'est que tu viens! On a pas besoin de toi, gonnebitche!

— Mettons que je m'excuse pour mon retard. Mettons que ça m'a pris plus de temps que je pensais pour que je comprenne.

— Comprendre? Comprendre quoi?

— Que t'es le fils aîné, que t'as trente-cinq ans maintenant et que c'est légitime que tu veuilles te marier. J'avais pas le droit de vouloir t'en empêcher. Je suis pas venu pour autre chose que de l'admettre devant tout le monde et d'en assumer les conséquences. Je t'autorise donc à revenir à la maison, si tu le veux toujours, avec ta femme Nathalie Bérubé, ça va de soi!

Miville est estomaqué, tout comme le reste de la meute d'ailleurs. Il regarde Xavier, puis regarde Nathalie Bérubé, puis regarde Gabriel, puis regarde Junior qui a déjà retrouvé son quant-à-soi, a allumé un autre petit cigare et tire dessus, son habituel petit sourire ironique aux lèvres. Ne trouvant dans la meute aucune réponse à toutes les questions qui l'assaillent, Miville s'approche encore de Xavier. Il dit:

— Là, je sais pas quoi dire. Tu me prends de court, le père.

— Des fois, quand ça se prend de court, c'est parce que c'est dans le temps depuis longtemps. Mais de le savoir, j'espère que ça t'empêchera pas de répondre à ma proposition. Tu décides quoi par-devers elle?

— Avant de décider, j'ai besoin de précisions.

— Si tu veux savoir si je me donne à toi, t'as tout compris, Miville.

— Quand le père se donne à son fils aîné, ça suppose que celui-ci va avoir les pleins pouvoirs, aussi bien dans la maison que pour la terre. En ce qui me concerne donc, ça voudrait dire que le printemps prochain, je vais pouvoir acheter les vaches que je veux pour organiser une ferme à mon goût?

— Ça signifie tout ça, oui. Tant que je vais vivre, je peux pas te donner davantage. T'as ma parole. Si tu la mets en doute, Maître Saindon, mon notaire, se retrouve pas à côté de moi pour rien: elle est là pour attester de tout ce que je viens de te parler.

Xavier tend la main à Miville qui la serre fort dans la sienne.

— Tu peux pas savoir comme je suis content, le père! C'est le plus beau jour de ma vie, gonnebitche!

Il se jette dans les bras de Xavier et reste là, blotti contre lui, les larmes lui coulant des yeux, et la tête pleine de toutes ces images qui ont peuplé son enfance, comme quand il avait son casque et ses bottes d'aviateur, et que le monde n'était encore que l'enthousiasmante possibilité de tous les rêves.

— Merci le père, balbutie-t-il, merci. J'oublierai jamais ce que tu viens de faire pour moi.

Par trois fois, il donne l'accolade à Xavier puis, se tournant vers la meute, il dit:

— Maintenant, fêtons ça comme il faut.

Il entraîne Xavier vers l'une des longues tables devant laquelle se tient Nathalie Bérubé. Xavier s'arrête et dit:

— Mes félicitations, Nathalie.

— Merci, le beau-père, fait Nathalie Bérubé tandis qu'il l'embrasse sur le front.

À la longue table, Miville fait signe à Gabriel et à Blanche de changer de place pour que Xavier puisse s'asseoir à côté de lui. Xavier prend le verre de vin qu'il y a devant lui, invite la meute à en faire autant, puis porte un toast.

— À la santé des mariés! À la nouvelle vie qui commence pour eux autres!

Seul Junior ne trinque pas.

— T'es pas content de la façon que ça se termine? lui demande Maître Louiselle Saindon.

— Je vois pas pourquoi je serais content ou bien que je le serais pas. J'admire la performance du père. Il a mis quinze jours à préparer son petit numéro, le vieil esti toasté des deux bords!

— Tu penses pas qu'il s'est converti à la dernière minute?

— Quand le père va agir de même, les vaches à Miville vont donner du lait en poudre depuis longtemps! Ça va m'en prendre des bières pour avaler ça.

Junior se dirige vers le bar tandis que Gabriel porte un toast à son tour, question de faire assavoir à la meute que l'homme-cheval en lui a du feu sous les fers et qu'il serait temps que ça se mette à danser.

— Mais c'est dans l'usage de la famille que ce soit le beau-père qui danse d'abord avec la mariée, dit Xavier en invitant Nathalie Bérubé sur la piste, puis en faisant signe à Jos Bérubé de jouer une valse.

Miville applaudit. De voir Nathalie Bérubé et Xavier danser ensemble lui paraît relever de la magie. Il tend la main vers Julie, et dit:

— Allons danser, tu veux?

— J'ai pas le goût tout de suite. Tantôt, si ça te fait rien.

Julie s'en va vers le bar où est accoudé Junior, une bière à la main, tout comme Maître Louiselle Saindon qui lui tient compagnie. Junior dit:

— Avec le petit jeu que le père vient de jouer, tu dois être rassurée astheure: t'auras pas besoin de quitter la maison.

— Pour le moment, je veux pas y penser, rétorque Julie. J'aimerais juste que tu viennes danser avec moi.

— Tu devrais savoir que les vrais durs dansent pas, surtout quand leur père vient de les rouler de belle façon.

Julie hausse les épaules et s'en retourne dans la salle de danse.

— T'aurais pu être plus délicat avec elle, dit Maître Louiselle Saindon.

— J'aurais pu.

Déposant sa bière vide sur le comptoir, il en commande une autre.

— Je vais faire un tour de berlot, dit-il à Maître Louiselle Saindon. Tu viens avec moi?

— C'est une idée qui me plaît.

— You bet, esti!

Il lui prend le bras et l'entraîne vers la sortie, content de quitter cette fête qui n'en est pas une. Mais avant que Maître Louiselle Saindon et lui n'arrivent à la porte, celle-ci s'ouvre et toute la rue Saint-Denis envahit l'*Hôtel de la Gare* dans une flopée d'odeurs sauvages, celles qu'on retrouve aux *Foufounes électriques*.

— Judith? dit un Junior incrédule. Que c'est que tu fais là?

— Quand on s'est quittés à Montréal, je t'ai promis que je t'apporterais moi-même ton portefeuille si je remettais la main dessus. Comme c'est le cas, eh bien! me voilà.

Et se jetant dans les bras de Junior, elle ajoute:

— Tu m'as terriblement manqué, cow-boy! Terriblement!

— Et moi donc! dit Junior qui, oublieux de la présence de Maître Louiselle Saindon, embrasse fougueusement Judith, à mille milles déjà des Trois-Pistoles, dans le monde chaleureux de la musique, là où les corps amoureux s'embrasent, virant vertigineusement sur eux-mêmes pour abolir dans l'espace tout ce qui du temps s'est perdu.

Sur le seuil de la salle de danse, Julie regarde, chatte sagace dévastée.

# 2

Étalée dans le lit où Albertine se tient assise, *La Presse* fait comme une courtepointe écrianchée avec tous ces petits carrés encerclés au crayon feutre. Depuis des jours, Albertine n'a rien fait d'autre que de lire les annonces classées, y cherchant cet emploi qui paraît se refuser à elle. Que de démarches pourtant! Que de longs trajets faits en autobus ou bien à pied, dans la gadoue, la neige et le froid, en pure perte toujours: ou bien la personne qu'il faut voir est prise par une conférence dont on ne sait jamais quand elle va se terminer, ou bien l'emploi n'est plus disponible, ou bien il y a erreur sur les qualifications requises. Et quand tout semble vouloir enfin coïncider, on en arrive aux interminables formulaires à remplir, si curieux sur ce que vous êtes que vous avez l'impression d'être la plus tordue des exhibitionnistes, de quoi vous dégoûter à jamais de travailler pour l'entreprise à qui vous offrez vos services. Et quel mépris souvent quand on lit devant vous les formulaires enfin noircis. Tant de blagues dérisoires sur votre nom, sur votre lieu de naissance ou bien votre passé de petite institutrice dans le fin bout d'un rang perdu!

Albertine tire vers elle une page de *La Presse* et lit: «Fille... expérience comptoir de pharmacie... service complet... références... métro Sherbrooke...»

Avec la pointe grasse de son stylo feutre, elle biffe l'annonce. Hier, elle a traversé toute la ville pour se rendre à cette pharmacie dont le propriétaire n'a même pas voulu étudier sa demande. Vous êtes trop vieille, a-t-il dit. Albertine lit encore: «Secrétaire bilingue, trois ans et demi d'expérience au moins, travail général de bureau, non fumeuse.» Pas d'autre choix que celui de raturer: Albertine n'est pas bilingue, n'a pas d'expérience dans le travail de bureau et fume. «Personne dynamique pour s'ajouter à l'équipe en place. Temps plein ou partiel, formation intensive sur place. Opérations informatisées. Doit donner une bonne impression au téléphone.» Albertine pense: *Je comprends qu'il faut donner une bonne impression au téléphone: abonner le monde à la revue* Plaisirs de la nuit, *ça relève carrément de l'exploit.* Autre biffure et autre annonce: «Vendez parfums importés de France. Appelez Janette, bons profits.» Albertine pense: *Le Tupperware de l'odeur, merci bien!* Et juste en dessous, ceci encore:«La vitrerie *Rien-que-du-verre* demande représentante avec auto et soignée.»

D'un geste vif de la main, Albertine envoie revoler la page de *La Presse* dans la ruelle. Elle sait déjà que, aujourd'hui comme hier, elle n'a fait que perdre son temps, personne dans Montréal n'ayant besoin de son capital humain. Elle laisse le lit, va vers la petite table qu'il y a devant la fenêtre et sur laquelle s'empilent tous ces livres qu'elle a achetés dans les librairies d'occasion, au hasard des rues et des quartiers où il lui a fallu se rendre pour répondre aux annonces publiées dans *La Presse.* Tant de femmes ont écrit et elle n'en savait rien! Elle feuillette un livre de Nicole Brossard, un autre de Louky Bersianik, un autre encore de Marie Laberge, fascinée par tous ces mots qu'elle découvre et auxquels elle aimerait ajouter les siens, ne serait-ce que pour ne pas s'enfoncer dans cette déprime qui fut le lot de Doris Lessing quand, se retrouvant dans une petite chambre de Londres, la solitude la grugea dans tout son corps.

— Mais je ne suis pas Doris Lessing, se dit Albertine. Elle, au moins, n'avait pas besoin de se chercher un emploi. Pour moi, c'est primordial. Un café, et il va falloir que je m'y remette.

Elle sort de la chambre et rien qu'à regarder la pitoyable cuisine commune où elle se retrouve, ça serait bien suffisant pour que le courage lui manque et que, s'assoyant à la table chromée, les larmes se mettent à lui ruisseler sur les joues. Albertine branche la bouilloire électrique et, appuyée contre le comptoir, attend que l'eau devienne chaude. Elle ferme les yeux, comme pour contraindre cette misère qui encrasse la cuisine commune à ne pas entrer en elle. Alors, l'image de son père vient la visiter. Le soir tombe par grands pans sur le Petit-Canada des Trois-Pistoles, les grosses roues de métal de L'Océan Limité martelant le vieux pont de fer de Tobin. Allongés contre le sol, Albertine et son père écoutent les rugissements des bêtes de la terre apeurées par le train: malgré soi, le corps se mouille. Malgré soi, le corps se défait, se liquéfie et, goutte par goutte, se fait un chemin sous le tuf, pour pénétrer dans le royaume de la mort malécite. Albertine a peur. Son père sent le poisson et l'alcool, et peut-être veut-il l'entraîner dans ces enfers rougeoyants dont son corps est déjà tout plein. Albertine chiale: «Ne me tue pas, papa. Je t'en prie: ne me tue pas.» Deux grandes mains osseuses se ferment sur son cou. Il n'y a plus de cris, que cette chute toute en zigzags à l'intérieur du ventre de la Terre. Quand les flammes s'emparent du corps, Albertine se réveille, le visage de son père près du sien, ses deux grandes mains osseuses lui caressant les joues: «Tu rêvais, cefille. Et tu avais peur. Mais regarde: la nuit est passée. C'est à nouveau le matin, dans du grand soleil à perte de vue.»

Albertine ouvre les yeux, contente de se retrouver dans la vieille cabane malécite, avec les deux poules et le petit mouton attachés par des ficelles aux pattes de la table. La lumière chante, il n'y a plus de peur. Et cette voix qui se fait entendre tout à coup, faisant rebasculer la cuisine commune dans le réel:

— Albertine, il n'y a plus d'eau dans la bouilloire!

Albertine regarde, met du temps à reconnaître Marie-Soleil Césaire, sa voisine de chambre dans la maison de rapport.

— Excuse-moi, dit-elle en débranchant la bouilloire. Je me suis laissée emporter par une distraction. Mais qu'est-ce que tu fais ici, en plein cœur de l'après-midi? T'es censée être à ton travail, non?

— Le travail, voilà justement pourquoi je suis revenue.

— T'as perdu ton emploi, c'est ça?

— Non, mais toi, peut-être que tu viens d'en trouver un.

Albertine ne sait pas grand-chose de Marie-Soleil Césaire, sinon que tout comme elle, elle est une immigrante dans Montréal. En lieu et place du Deuxième Rang des Trois-Pistoles, Marie-Soleil Césaire arrive tout droit de Port-au-Prince en Haïti, seule réchappée de sa famille de l'enfer des tontons macoutes. Madame Césaire, une lointaine cousine, l'a embauchée comme serveuse à *La Petite Marmite*, ce qui lui rapporte tout juste assez d'argent, une fois sa chambre payée, pour défrayer le coût des études qu'elle a entreprises en notariat à l'Université de Montréal. Ces quelques maigres informations-là, Albertine les a glanées au hasard de brefs tête-à-tête improvisés à la table de la cuisine commune. Ça pourrait être la même chose aujourd'hui tant il est vrai que lorsqu'on ne fait qu'habiter une chambre dans une maison de rapport, et cela depuis peu, il est préférable que chacune et chacun restent sur leur quant-à-soi. Albertine aimerait s'en excuser auprès de Marie-Soleil Césaire qui, apportant deux cafés, s'assoit devant elle à la table chromée.

— Pour quoi que ce soit, je ne vois pas pourquoi tu t'excuserais, dit Marie-Soleil Césaire. On est tous dans le même bateau au fond, on est tous en exil. Toi comme moi, on cherche à Montréal un pays dans lequel ça serait bon de rêver, sans que ça ne fasse de mal à personne et sans que personne puisse nous faire du mal. C'est seulement en s'entraidant qu'on va pouvoir y arriver.

— Mais comment? Moi, j'ai pas grand-chose à offrir.

— Regarde d'abord ce qu'il y a entre toi et moi dans le sac sur la table. Pour aller plus loin, ça va être autrement plus simple.

Même en s'assoyant à la table, Albertine est encore tellement prise par le rêve venu de son père dans le Petit-Canada des Trois-Pistoles qu'elle n'a pas remarqué qu'il y a ce sac au beau mitan de la table. Elle le tire vers elle et l'ouvre. Dedans, un uniforme de serveuse, tout mataché dans ses couleurs créoles.

— Qu'est-ce que c'est? demande Albertine.

— Ça se voit, non?

— Je comprends pas. Tu veux m'expliquer?

— J'ai parlé de toi à Madame Césaire, qui est la patronne de *La Petite Marmite*, où je travaille comme tu sais. Une des serveuses vient tout juste d'être mise à la porte. Si ça t'intéresse, tu peux prendre sa place.

Servir aux tables, j'ai jamais fait ça. Même quand je restais aux Trois-Pistoles, c'est Gabriel qui cuisinait, dressait la table et faisait le ménage. Dans ce métier-là, je serais tout à fait incompétente.

— Je l'étais aussi quand j'ai commencé. Mais une fois que tu comprends que t'as pas le choix, c'est jamais bien compliqué d'apprendre.

— Je pourrais jamais, c'est certain.

— Prends l'uniforme qui est sur la table et va dans ta chambre te le mettre sur le dos. On a besoin d'une serveuse à *La Petite Marmite*, et c'est pas demain qu'on l'attend.

— L'uniforme ne me fera même pas!

— Je l'ai pris parmi les miens. On est à peu près de la même taille toutes les deux: ça devrait t'aller.

Peut-être Albertine a-t-elle trop lu les annonces classées de *La Presse*, ce qui l'a fatiguée au point que, tout éveillée, elle a rêvé à son père, sagamo empêché d'une tribu en perdition, tout comme elle. Cette fatigue-là explique sans doute que, abandonnant la table chromée et la cuisine commune, elle se retrouve dans sa chambre, se défaisant de ses vêtements pour enfiler l'uniforme de Marie-Soleil Césaire tout mataché dans ses couleurs créoles. À la taille, ça serre un peu, mais moins que la gorge d'Albertine ne lui serrait quand, le cahier des annonces classées de *La Presse* roulé dans la main, elle se retrouvait, toute haletante, devant n'importe quel chef du personnel de n'importe quelle des entreprises où elle a dû se rendre. Se regardant dans le miroir de la commode qui bloque tout un coin de sa chambre, Albertine se trouve belle dans l'uniforme de Marie-Soleil Césaire, peut-être à cause de tout ce qu'il y a de mataché dans les couleurs créoles. Ça lui rappelle celles dont son père lui recouvrait le corps, en ce temps où il n'y avait rien de déchu dans la nation malécite, même pas dans cette longue chevelure qu'Albertine dénoue, rien que pour que sa tribu, dans son noir de jais, se mêle au mataché des couleurs créoles. En mettant le rouge sur ses lèvres pulpeuses, Albertine sourit: le temps a fait marche arrière pour tout ramener à l'an premier du monde quand l'énergie de la couleur transgressait toutes les règles.

— Superbe! dit Marie-Soleil Césaire lorsque Albertine revient dans la cuisine commune. *La Petite Marmite* n'a plus qu'à bien se tenir maintenant!

Dans leurs bras dessus dessous, les deux femmes marchent vite dans la rue Notre-Dame, vers cette *Petite Marmite* où Madame Césaire, l'œil sombre, règne comme régnait la reine d'Ougou Ferraille. Sous toutes ses coutures, elle regarde Albertine, et dit:

— Quand Marie-Soleil m'a parlé de vous, votre corps ne me disait rien. Maintenant que je vous vois, je sais que vous allez bien servir. Et servir, n'est-ce pas là le devoir de n'importe quelle minorité? Au moins, quand on nourrit le monde, on ne fait pas œuvre de destruction.

Dans ce restaurant que jouxte un petit bar, Albertine pourrait se sentir doublement étrangère et fugitive, à cause de l'exotisme qui ne ressemble en rien à ce qu'elle a toujours connu, même dans tous ces livres qu'elle a lus alors que, assise à l'indienne dans le lit de sa chambre, au bout du Deuxième Rang des Trois-Pistoles, elle se laissait avaler par les mots. Si les couleurs jaillissaient d'eux dans de grands serpentements ludiques, ils gardaient bien précieusement leurs odeurs. Et sans ses odeurs, le monde n'est plus qu'une construction bancale et impossible à déchiffrer. Pour la première fois depuis son arrivée à Montréal, Albertine a le sentiment d'appréhender la ville dans toute sa luxuriance et sa chaleur. Quand elle le dit à Marie-Soleil Césaire, celle-ci rétorque:

— C'est tout à fait normal: nous, les Cubains et les Haïtiens, ne sommes-nous pas les ambassadeurs de la Rosée, comme l'a écrit notre plus grand poète?

— Comment s'appelle-t-il?

— Aimé Césaire, voyons! Tout le monde ici à *La Petite Marmite*, nous sommes au fond de la même vieille souche familiale.

— *Les Ambassadeurs de la Rosée*, c'est un beau titre de livre. J'aimerais le lire.

— Je t'en donnerai un exemplaire. Mais en attendant, faudrait se mettre au travail: les clients vont arriver bientôt pour le souper.

Le restaurant paraît bien vaste à Albertine avec toutes ces tables se touchant presque les unes les autres. Et que de détails il va falloir que la mémoire enregistre pour que les couteaux, les fourchettes, les cuillers, les assiettes et les tasses ne se défassent pas dans l'anarchie!

— Je pense bien que je n'y arriverai jamais! dit Albertine alors que Marie-Soleil Césaire lui montre comment, d'un seul bras et d'une seule main, il est possible de dégarnir complètement une table.

— Jamais n'est pas un mot créole, lui réplique Marie-Soleil Césaire. Sinon, personne de ma famille ne se serait retrouvé à Montréal, comme toi tu n'aurais pas laissé ton pays natal pour y venir aussi.

Albertine empile assiettes, soucoupes et tasses sur son bras et dans sa main. Sur le dessus, elle ajoute quelques ustensiles. Son bras et sa main tremblent, faisant tinter la porcelaine.

— Je n'arriverai jamais à la cuisine en portant tout ça!

— Je viens de te le dire: jamais n'est pas un mot créole. Et puis, la cuisine n'est quand même pas au bout du monde. Alors, allons-y.

Tout vacille, aussi bien Albertine que l'énorme charge que, à petits pas, elle tente tant bien que mal d'apporter à la cuisine. Quand elle y arrive, le bras et la main lui manquent. Si Marie-Soleil Césaire ne lui venait pas en aide, ça déboulerait de partout, dans un grand fracas de porcelaine. Seul un couteau est tombé par terre.

— Un couteau, dit Marie-Soleil Césaire, ça veut dire qu'un homme va te rendre visite aujourd'hui. Voilà qui est de bon augure.

Un moment, Albertine pense à Philippe Couture: quelle serait sa réaction s'il devait savoir? Et quelle serait aussi la réaction de Stéphanie? Heureusement qu'elle n'aura pas le temps d'y songer longtemps, houspillée qu'elle est par Marie-Soleil Césaire lui disant:

— Faut recommencer maintenant, en rapportant tout ça sur la table d'où ça vient.

Bras et main ouverts, Albertine empile à nouveau assiettes, soucoupes et tasses, puis traverse la cuisine vers le restaurant. Serveuse, la voilà maintenant serveuse devenue, dans le mataché des couleurs créoles — mère nourricière —, ce qui la fait sourire et lui raffermit tout le corps malgré les quelques gouttelettes de rosée qui naissent à la racine de sa longue chevelure noire de princesse malécite.

Longtemps, Philippe Couture n'a fait que se promener entre les piles de livres qui, jusqu'à la hauteur des hublots, encombrent son studio plus que jamais navire dévasté tant il n'y reconnaît plus rien de ses vies antérieures, même pas, sur le mur, cette toile représentant le pays de Cacouna dans une mer démontée, avec cette goélette prise dans le maelström du mauvais rêve. Philippe Couture se sent pareil à un golem appréhendant la grande nuit de Walpurgis qui, tôt ou tard, ne pourra que venir l'assaillir s'il continue ainsi de se laisser porter par le spleen qui l'habite. Pourtant, il a beau se faire violence, il n'y a plus que de lancinantes fissures dans son corps et son esprit. Il marche, et marche, et marche dans le studio, passant de la lumière mordorée qui entre par les hublots à la pénombre tiède que font, tout dérisoires, les pans de son énorme bibliothèque de Babel. Des dizaines de fois déjà, sa main droite s'est refermée sur un livre, et des dizaines de fois déjà, ça s'est ouvert dans le hasard d'une page, l'œil trop attristé pour saisir, dans le vif des mots imprimés, sinon la beauté du texte se découvrant, du moins le sens venant comme de lui-même de toutes les phrases qui, en s'ajoutant les unes aux autres, rendent si bien compte de tous ces horribles travailleurs qui, dans le passé, ont brûlé dans l'écriture le trop-plein de leur vie. Alors que moi, songe Philippe Couture, je gèle de tout mon manque à être. Quand cette pensée lui vient, Philippe Couture est devant la montagne grecque, là où, l'un par-dessus l'autre, s'empilent les formidables archétypes qui ont fondé le monde occidental: cet enfant avec son pied bot, fils de roi et que le roi rejette parce que aucun empire ne saurait venir de l'infirmité, ce qui oblige le royaume à le faire mettre à mort, ce qui n'arrive jamais toutefois, à cause que les femmes aiment et aiment avec tellement de prégnance qu'elles ne peuvent se contraindre à l'assassinat. Aussi, les femmes de la tribu envoient-elles sur les eaux, dans un petit moïse, l'enfant au pied bot, afin de déjouer la veine noire de la destinée, et pour que soit changé l'ordre même du monde connu. Ballotté par tous les grands vents des mers déchaînées, le petit moïse n'en coulera pas pour autant à pic; il sera sauvé par le clan des louves qui feront téter à leurs mamelles l'enfant au pied bot pour que s'ordonnent entre elles toutes les bestialités et pour que cela donne un grand roi, celui qui va coucher avec sa mère sans le savoir, et tuer aussi son père sans le savoir. Quand il l'apprendra, l'enfant au pied bot n'aura plus que le choix de se crever les yeux pour que tous les signes venus de l'archétype ne mettent pas fin à la société mais la fondent enfin dans toute son intégrité.

Philippe Couture remet à sa place le livre qu'il vient de feuilleter. Dans cet archétype venu du monde grec, ce qu'il retient, c'est le naufrage appréhendé qui n'a pas lieu, les eaux maternelles étant trop puissantes, même dans leur discrétion, pour seulement admettre que l'infirmité, représentée dans un pied bot, soit engloutie au fond des mers. C'est de l'incompréhension paternelle que vient le sévice, c'est-à-dire de ce refus de voir et d'admettre que la vie peut être portée à toutes ses apogées du moment que la forme, au lieu de se voir reniée, s'admet dans tout ce qu'elle est — cette montagne grecque précisément, et que Philippe Couture tapote dans tout le gourd de ses doigts, pensant: *Les Grecs ont inventé le drame, c'est-à-dire les événements qui vous font échapper à ce que vous êtes. Mais les Grecs ont aussi inventé la tragédie, là où il ne peut plus y avoir d'événements puisque l'émotion ne saurait s'en nourrir.*

Laissant la montagne grecque, Philippe Couture va vers cette autre pile de livres, beaucoup moins imposante, qu'il y a devant ce hublot et qui, par toute la lumière mordorée qui se joue dedans, sépare la colossale montagne grecque de son studio et la petite chambre qu'il habite dans l'au-delà de la pénombre. Tout écornés dans leurs pages, il ne s'agit que de vieux livres québécois, si mal lus dans leurs lignes que même l'enfant au pied bot n'aurait pu passer au travers. Philippe Couture prend le premier ouvrage sur la pile et, poussant la porte de sa chambre, y entre. Il enfile sa chienne de garagiste, se calotte de cette visière verte qui paraît lui couper le front en deux puis, s'assoyant à son petit pupitre, se met à feuilleter *Le Saint-Laurent et ses îles* de Damase Potvin. Quelle patience cela a-t-il dû prendre pour colliger toutes ces informations sur les gens du fleuve! Philippe Couture s'arrête d'abord sur l'île de la Quarantaine où tous ces bateaux venant d'Irlande devaient accoster, leurs passagers souffrant du choléra morbus. C'est par centaines qu'ils moururent là. Parmi eux, l'un des ancêtres de David Nelligan, le père d'Émile. Ailleurs, dans l'île d'Orléans, on retrouve Anne Émond, une jeune fille de seize ans qui n'accepta pas que son fiancé fut appelé sous les armes par Frontenac préparant une expédition contre les Iroquois. Damase Potvin écrit:

«Travestie en homme, elle s'en va à Québec et, par un conte à dormir debout, fait croire au gouverneur à une attaque prochaine de Québec par les Anglais, croyant ainsi qu'elle détournerait Frontenac de son projet d'expédition contre les Iroquois. On découvrit son imposture. Elle fut arrêtée, subit son procès et fut condamnée à être battue de verges.»

L'histoire d'Anne Émond mérite de figurer dans l'anthologie des gens du fleuve, tout comme celle de cette étrange demoiselle Gitony, une jeune femme de la meilleure société de Québec qui, se retrouvant chez les sœurs augustines, entre en transe dans la chapelle, croyant que la statue de la Vierge Marie lui parle. La

Vierge Marie prétend qu'elle a trop de lait pour nourrir l'Enfant Jésus qu'elle porte dans ses bras. Elle demande à la couventine de lui sucer le lait de ses mamelles. Mise au courant des excentricités de Mademoiselle Gitony, la mère supérieure fait mander un médecin. La jeune femme souffre visiblement de neurasthénie et, plutôt que le climat religieux du couvent qui ne lui convient pas, on lui suggère le froid des grands espaces. C'est l'automne. Mademoiselle Gitony quitte Québec et, à pied, remonte le fleuve. Elle fait escale dans l'île aux Basques, en face des Trois-Pistoles, mais les vieux fours qui ont servi à faire fondre le lard des baleines ne l'impressionnent pas, pas plus qu'à la hauteur de Rimouski ne va l'impressionner l'île au Massacre, jadis habitée par les Papinachois que les Iroquois, en une seule nuit, exterminèrent. Mademoiselle Gitony poursuit donc son chemin. On est dans le plein de l'hiver maintenant, le fleuve est glacé de bord en bord, ce qui permet la traversée jusqu'à l'île d'Anticosti. L'île plaît tant à Mademoiselle Gitony qu'elle décide de s'y établir. Elle bâtit un shack, chasse et trappe. Quand le printemps arrive, un bateau américain accoste, juste devant chez elle. Comme il n'y a que des hommes à bord, Mademoiselle Gitony craint pour sa vie: elle se coupe les cheveux, se noircit le visage et les dents, s'habille de frusques et change sa voix. Les Américains la prennent pour un homme. Elle passe toute la nuit avec eux, à jouer aux cartes et à boire du rhum. Le lendemain, un trappeur survient de l'autre bout de l'île, aussi sauvage que la vie qu'il a vécue à Anticosti depuis dix ans. Lui et Mademoiselle Gitony s'acoquinent. Ils vont vivre ensemble plus d'une vingtaine d'années avec trois ou quatre cochons pour leur tenir compagnie. Un jour, l'homme se blesse à la chasse et en meurt. Avant de trépasser, il fait promettre à Mademoiselle Gitony qu'elle va aller le faire enterrer à Québec. Ça se passe en février, alors que, de la Mer océane, soufflent les grands vents. Pourtant, Mademoiselle Gitony s'attelle à un traîneau, son homme mort gelé raide dessus et, trois cochons suivant derrière, elle entreprend cet extravagant voyage vers Québec. Pour payer la sépulture, elle y laissera les trois cochons puis, aussi entêtée qu'avant, elle reprend la route vers l'île d'Anticosti où elle passe tout le reste de sa vie, dans une solitude irréductible.

Aussi bien dans le livre de Damase Potvin que dans tous les autres que Philippe Couture a lus pour son anthologie sur le fleuve, les vies exemplaires comme celles de Mademoiselle Gitony et d'Anne Émond ne manquent pas. Il y aurait de quoi fonder une épopée nationale, créatrice de mythes. Pour l'écrire toutefois, il faudrait disposer de bien plus de talent que n'en possède Philippe Couture. Mais le simple fait d'avoir résumé dans son grand cahier quelques bribes des vies exemplaires de Mademoiselle Gitony et d'Anne Émond a désempli Philippe Couture du spleen qui l'accablait. Le besoin de revoir Albertine vient l'assaillir brusquement, lui faisant cette douleur lancinante dans la poitrine. S'il restait assis à son petit pupitre, Philippe Couture basculerait dans la nostalgie, ce qui le ramènerait au même point où il en était avant d'entreprendre la lecture de Damase Potvin. Aussi il se lève, se défait de la chienne de garagiste et de la visière verte qui paraît lui couper le front en deux, sort de la chambre, traverse le studio dont la lumière, à cause des hublots, est toujours aussi mordorée et se retrouve dehors, s'enfonçant dans le petit parc de la rue Bellerive. Le vent froid cingle la peau comme autant de petits coups de couteau découpant les joues. Stéphanie est sur le perron de l'appartement de Miriam, en train de pelleter la neige.

— Je vais vous aider, très chère, dit Philippe Couture.

— C'est pas la peine, Monsieur Couture. J'ai presque fini.

Il la regarde faire, pousse avec ses pieds quelques mottons de glace. Il ne voudrait pas penser à ce qu'il sait déjà qu'il va demander à Stéphanie s'il reste plus longtemps en sa compagnie.

— Je fais mieux de continuer ma marche, dit-il.

— Ça vous déplairait que j'aille avec vous?

— Pas du tout, bien au contraire.

Stéphanie lui prend le bras et les voilà tous les deux à marcher dans le parc de la rue Bellerive, placotant de tout et de rien, même de Siegfrid, l'ami exilé en Afrique, toujours sur le point de revenir à Montréal mais ne revenant jamais.

— Au fond, on se ressemble pas mal, vous et moi, dit Stéphanie. On est tous les deux en amour par-dessus la tête, mais tous les deux, on se retrouve privés de la personne qu'on aime. Notre seule différence, c'est que vous, vous ne le seriez pas si vous vouliez.

— Je respecte le désir d'Albertine.

— Je comprends rien dans ce respect-là.

— Agir autrement représenterait une trahison dont ni Albertine ni moi ne pourrions nous remettre.

Dans toute sa simplicité de jeune femme, Stéphanie n'entend pas grand-chose à cette poésie qui détermine les rapports d'Albertine et de Philippe Couture: les mots n'ont pas pour objet de rendre insaisissable la réalité, mais n'existent que pour donner tout son sens au corps porteur d'émotions. Sinon, on ne se colletaillerait jamais qu'avec la souffrance dans une mise en scène sadomasochiste dénaturant les fondements mêmes du plaisir. N'est-ce pas ce qui arrive à Albertine et à Philippe Couture? S'aimer et se tenir à mille milles de l'un et de l'autre, au nom de risibles principes qui risquent de tout faire basculer dans la banalité! Stéphanie ne se sent pas capable de le supporter plus longtemps et c'est pourquoi elle entraîne Philippe Couture vers cette maison de rapport, lui disant, montrant la porte à la peinture tout écaillée:

— J'ai quelqu'un à voir ici. J'en ai pour deux minutes. Vous venez avec moi?

— Vous connaissez quelqu'un qui habite dans une maison pareille? Je me demande bien qui ça peut bien être.

— Accompagnez-moi, vous verrez bien.

Il y a ce petit hall qui sent la moquette moisie, et ce papier peint en train de s'effilocher; il y a ce salon aux vieux meubles en démanche, avec tant de fleurs artificielles qu'on se croirait dans l'antichambre d'un entrepreneur en pompes funèbres; il y a ce corridor dont les murs sont garnis d'encadrements vétustes — ces images d'autrefois découpées dans *La Presse* et *Le Canada*, toutes délavées dans leurs couleurs. Philippe Couture voudrait déjà se voir ailleurs tant tout cela lui rappelle ce temps où il n'était que ce simple pompiste à l'emploi d'Edgar Rousseau et habitait ce sordide logis de la rue Cadillac. Mais Stéphanie lui pousse dans le dos pour que, au bout du corridor, apparaisse la cuisine. Tant de pauvreté, à quelques pas même de chez soi! Regardant ce qu'il considère comme un désastre, Philippe Couture dit:

— Pour l'amour, très chère, où donc m'avez-vous emmené?

— Je vais vous montrer.

Elle va vers la chambre d'Albertine et frappe à la porte. Bien qu'elle n'obtienne pas de réponse, elle ouvre la porte pareil:

— Vous savez maintenant, dit-elle.

La couchette de fer, le palmier de plastique et le grotesque singe accroché dedans, la petite table blessée par les graffiti, les piles de livres et tous ces journaux étalés partout: se pourrait-il qu'il s'agisse là du nouveau monde d'Albertine?

— Vous venez de comprendre, dit Stéphanie. C'est ici que Mam reste. J'ai essayé autant comme autant de lui faire entendre raison, mais je pense qu'elle souffre trop pour l'admettre. Vous devez faire quelque chose pour elle, Monsieur Couture. Vous pouvez pas la laisser comme ça.

Philippe Couture s'est avancé vers la petite table. À côté des piles de livres, ce petit cahier d'écolière et cette photographie montrant un homme au visage osseux et dont les yeux bridés sont aussi noirs que l'est la longue chevelure d'Albertine. Philippe Couture se sent tout mal dans sa peau. Même s'il ne pouvait savoir où il allait se retrouver, il n'avait pas le droit d'entrer dans cette chambre. Il dit:

— Vous n'auriez pas dû, Stéphanie.

— Je sais, mais il fallait bien que je le fasse pour que vous vous rendiez compte de comment Mam vit depuis qu'elle est à Montréal.

— Vous n'auriez quand même pas dû.

— C'est trop tard pour qu'on s'arrête maintenant là-dessus.

— Voilà bien le pire: tout est trop tard maintenant.

Comme Philippe Couture lui tourne le dos, Stéphanie fait ces quelques pas vers lui et écarquille grands les yeux quand elle voit qu'il pleure.

— Mais qu'est-ce que vous avez, Monsieur Couture?

— Laissez-moi, Stéphanie. Je vous en prie: laissez-moi.

Stéphanie s'attendait si peu à cette réaction-là de Philippe Couture qu'elle retraite jusqu'à la porte. Lui, il reste là près de la petite table, ses yeux brouillés par les larmes, si attristé que, pour ne pas sombrer tout à fait, il se retient pour ainsi dire de tout son corps à ces mots de Franz Kafka, écrits non pas à sa Milena très chère, mais à l'ami Oskar Pollak:

«Dis-moi maintenant, comprends-tu le sentiment qu'on doit éprouver quand il faut tirer seul à travers la nuit une diligence jaune pleine de gens qui dorment? On est triste, on a la larme à l'œil, on se traîne lentement d'une borne blanche à l'autre, on a le dos courbé et on ne peut que regarder la route, où il n'y a pourtant que la nuit.»

La route! Encore de la route! Arrimé au volant de sa voiture, un petit fiasque de scotch entre les genoux, Edgar Rousseau s'en revient vers Montréal, aussi démuni que lorsqu'il était ministre dans le gouvernement du Parti québécois. Les populations laborieuses, rien de plus difficile que de les convaincre, car elles changent sans cesse dans ce qu'elles disent mais jamais dans ce qu'elles sont, de sorte qu'on se retrouve toujours devant le lendemain la veille, Gros-Jean par derrière et par devant, avec rien que de la colère à noyer dans le scotch.

Prenant le petit fiasque entre ses genoux, Edgar Rousseau boit une gorgée d'alcool. Il grimace, puis les haut-le-cœur lui viennent. Il va devoir s'arrêter le long de la route et s'enfoncer dans la neige pour vomir tous ces crapauds gluants qui lui encombrent l'estomac. Aujourd'hui, il n'aurait pas dû aller à Carignan malgré le grand désir qu'il avait de revoir Miriam. Mais toute la semaine, Miriam n'a pas fait autre chose que de l'éconduire, même à Médiatexte où il est allé tous les jours sous le prétexte de son autobiographie qu'il voulait réviser avec elle. Le soir, Edgar Rousseau n'a pas eu plus de chance: Miriam n'a jamais donné suite à ses appels téléphoniques. Alors, Edgar Rousseau est devenu enragé: il a mis la clé dans la porte de son garage de voitures usagées et, protégé par les grands arbres givrés du parc de la rue Bellerive, il a entrepris ce guet devant l'appartement de Miriam. Au petit matin, Miriam en est sortie, radieuse dans son costume d'écuyère. Elle est montée dans sa petite voiture sport, a traversé la rue Notre-Dame jusqu'au pont-tunnel Louis-Hippolyte-Lafontaine. Edgar Rousseau l'a suivie. C'est ainsi qu'il s'est retrouvé dans ce centre équestre de Carignan où il a vu Miriam monter la splendide jument rousse, et lui faire faire, dans l'épaisse neige, de formidables caracoles. Quand il a voulu aller dire à Miriam tout le plaisir qu'il avait eu à la regarder, il y a ce garçon qui est sorti de la sellerie pour enfourcher un petit cheval noir, si fringant qu'il ne semblait pas se rendre compte de tout ce qu'il y avait de glacé sous l'épaisse neige. Après quelques gambades, le petit cheval noir s'est éjarré de tout son long, et le garçon qui le montait s'est retrouvé tête première dans un banc de neige. Edgar Rousseau a vu Miriam se précipiter vers lui, il a vu Miriam rouler avec le garçon dans l'épaisse neige, il a vu Miriam se laisser embrasser par le garçon, et ses yeux se sont brusquement dessillés: il a compris pourquoi Miriam se refusait à lui, il a compris toute l'acrimonie qu'elle entretient contre le monde. Edgar Rousseau aurait pu devenir une statue de sel tant son étonnement a été grand. Mais quand il a vu le garçon et Miriam entrer dans l'écurie, se tenant l'un et l'autre par la taille, il a éprouvé une soif telle qu'il est monté dans sa voiture, débouchant le petit fiasque de scotch et en avalant la moitié d'une grande lampée. Après, le paysage a basculé, tous les signes se sont mêlés, aussi bien dans la tête d'Edgar Rousseau que sur cette route sur laquelle il s'est engagé, son corps tordu par la douleur. Et c'est cette douleur-là qui le fait vomir, le long de la route, à proximité du pont-tunnel Louis-Hippolyte-Lafontaine.

Quand les haut-le-cœur cessent, Edgar Rousseau s'essuie la bouche du revers de la main. Il se laisse ensuite tomber à genoux, mettant sa tête dans le banc de neige. Mais rien ne refroidit jamais en soi quand la dure réalité vous frappe de plein fouet: ça ne devient que plus enfiévré, avec le cœur qui pompe fort et rend aléatoire tout ce que vous êtes. Aussi, Edgar Rousseau remonte-t-il dans sa voiture, ses mains trembleuses sur le volant. Il se sent tout décati, et bien davantage qu'il ne l'a été quand tout le pays est passé dans le tordeur d'un référendum piégé. Et c'est sans même s'en rendre compte qu'il se retrouve devant Médiatexte. Il en veut à Philippe Couture de lui avoir caché la vérité au sujet de Miriam. Regardant le navire qui vogue dans le vitrail, Edgar Rousseau pense: *Je suis certain que Philippe sait tout ça et depuis le début. Mais pourquoi il ne m'en a pas informé? Pourquoi, Christ?*

Ah! le ressentiment! Ah! le ressentiment qu'on éprouve quand il ne reste plus de soi que son mal d'amour!

Sorti de sa voiture, Edgar Rousseau enjambe le banc de neige. Il n'aura pas besoin de sonner à la porte de Médiatexte, celle-ci n'étant pas barrée. Il entre donc, traverse le corridor et se retrouve dans le bateau dévasté de Philippe Couture qui, assis sous un hublot devant une pile de livres, regarde fixement devant lui. Edgar Rousseau fulmine:

— Philippe, laisse-moi te dire que t'es le plus bel écœurant que j'ai rencontré dans ma vie, et ça vaut même pour la période où j'ai été politicien!

Interloqué, Philippe Couture lève les yeux vers Edgar Rousseau. Tout son être tiré vers la sordide chambre d'Albertine, Philippe Couture n'a rien entendu. Il va falloir qu'Edgar Rousseau s'y reprenne à deux fois avant que ça ne se laisse entendre vraiment, et encore est-ce tellement tonitruant que le sens même des phrases d'Edgar Rousseau se perd dans l'espace du bateau dévasté.

— Edgar, calme-toi, je t'en prie.

— Moi, me calmer après toute cette mascarade que tu m'as jouée depuis quelque temps? Tu savais que j'aime Miriam. Pourquoi ne m'as-tu pas dit la vérité sur elle? Pourquoi m'avoir caché qu'elle a un garçon et sans doute aussi un homme dans sa vie?

— Tout simplement parce que j'ai fait à Miriam, il y a très longtemps de ça, la promesse de ne rien révéler du secret qu'elle m'a confié. Je ne pouvais donc pas te l'apprendre, pas plus que toi tu n'avais le droit de provoquer sa découverte.

— Tôt ou tard, il fallait bien que je sache!

— Mais en espionnant Miriam comme tu viens de le faire, tu t'es déconsidéré à mes yeux. Jamais l'amour ne pourra être de ce bord-là des choses, pas plus d'ailleurs que l'amitié. Je ne veux plus te revoir, Edgar. Et je te demande de faire la même chose pour ce qui concerne Miriam. Elle a déjà suffisamment souffert comme ça pour qu'on n'intervienne pas dans sa vie.

— Je l'aime, comprends ça! Me passer d'elle, je pourrais pas! Je veux qu'elle soit à moi et, tôt ou tard, c'est ce qui va arriver! Et s'il faut que ce soit malgré elle, eh bien! ce sera malgré elle!

— Edgar, je te préviens que si tu devais en arriver là, tu vas me retrouver sur ton chemin.

— Je voudrais bien voir ça! Je voudrais bien voir qui va m'empêcher d'aimer Miriam et d'être aimé par elle!

— Tu es soûl, Edgar. Rentre chez toi et dégrise. On se reparlera de tout ça demain. Mais en attendant, je t'en conjure: ne fais pas de bêtises. Tu me le promets?

— Je promets plus rien. Je promets plus rien parce que maintenant je vais agir!

Philippe Couture voudrait bien retenir Edgar Rousseau, mais celui-ci le repousse violemment. Les piles de livres se défont et, tombé au milieu d'elles, Philippe Couture leur ressemble tant il se sent défait de partout, impuissant même à se relever.

«Afin que tu saches en quels termes je suis avec cette vie qui trébuche dehors sur ces pavés, telle la pauvre diligence qui va cahin-caha de Liboch à Dauba. C'est que, vois-tu, il faut que tu me prennes en patience et en pitié.»

Ces mots sur lesquels tombe Philippe Couture lui redonnent un peu d'allant. Il s'extrait des piles de livres défaites et court vers la porte de Médiatexte, espérant qu'il va retrouver Edgar Rousseau de l'autre côté, en train de vomir sans doute le trop-plein de sa détresse. Mais Edgar Rousseau est déjà loin, emporté dans la fureur de la nuit. Il ne pourra en survenir rien d'autre que le pire, et cela fait si mal à Philippe Couture qu'il ne se sent plus le courage de retourner dans le bateau dévasté qu'est son studio. Il a besoin de marcher, il a besoin de pousser n'importe quelle porte pour que, derrière, n'importe quelle chaleur lui redonne un peu de sa formance d'homme. Sans s'en rendre compte, Philippe Couture se retrouve-t-il donc à *La Petite Marmite*, non dans le restaurant mais dans le bar qui le jouxte et où, souveraine, officie Madame Césaire. Quand Philippe Couture lui commande un scotch, Madame Césaire devine tout de suite que le poète en Philippe Couture n'a pas trouvé son fond de penouil dans la ténèbre en train de virer Montréal à l'envers. Quand elle lui en demande les raisons, Philippe Couture répond:

— Il ne s'agit que de la veine noire de la destinée, qui frappe toujours quand on en est au plus bas de soi-même.

— Vous avez surtout l'air de quelqu'un qui n'a pas mangé depuis un bon bout de temps. Si vous le faisiez, peut-être que la veine noire de la destinée vous paraîtrait, elle, moins désespérante. Mais pressez-vous: la cuisine est à la toute veille de fermer.

Peut-être n'est-ce qu'à cause de ce que vient de lui dire Madame Césaire, ou peut-être ne s'agit-il que de l'effet que produit en lui le scotch, mais Philippe Couture sent tout à coup tout ce qui tiraille dans son estomac. Il est vrai qu'il n'a pas encore mangé de la journée et que ça serait mieux qu'il le fasse avant que le scotch ne le rende aussi déliquescent que ne l'était tantôt Edgar Rousseau. Il repousse donc son scotch et dit à Madame Césaire:

— Comme toujours, vous avez raison. Mais si je dois me retrouver dans la salle à manger, j'aimerais y entendre la tranquille musique d'Erik Satie. C'est possible?

— Elle joue déjà depuis un bon moment.

Philippe Couture quitte donc le bar et s'en va dans la salle à manger, s'assoyant à cette table qui est la sienne depuis qu'il a vendu à Madame Césaire l'héritage que lui a laissé sa mère. Désabusées, parce qu'elles parlent du vieil homme affligé, les notes lentes d'Erik Satie font ces petits chatouillements dans l'air. Philippe Couture baisse la tête, sort sa plume de l'une de ses poches et écrit sur le napperon le vers de Claude Gauvreau qui lui revient en mémoire, il ne sait pas pourquoi: *Les vies se continuent, tant qu'elles peuvent.* Et il en est là, à regarder ces mots quand, se mêlant aux notes lentes d'Erik Satie, il entend cette voix qui lui demande:

— Vous voulez le menu, Monsieur?

Redressant la tête, Philippe Couture voit la princesse malécite déchue qui, toute matachée dans ses couleurs créoles, le regarde aussi étonnée que lui.

— Albertine? dit Philippe Couture. Est-ce que c'est vraiment vous qui êtes là, Albertine?

# 3

Assis dans sa berçante de la chambre-bureau, Xavier sourit. Il n'est pas peu fier de sa performance de la veille, quand il est arrivé comme un survenant dans la salle de danse de l'*Hôtel de la Gare* pour enfirouaper une autre fois Miville trop heureux de ce qui lui a été proposé pour seulement se rendre compte jusqu'à quel point Xavier le manipulait encore. Et c'est loin d'être fini, se dit Xavier en prenant sa grosse Bible sur le secrétaire. Il l'ouvre n'importe où et lit:

«Ils n'ont rien connu, ils n'ont rien compris; ils marchent dans les ténèbres; tous les fondements de la Terre seront ébranlés.»

Xavier sourit encore, à cause de la Bible qui le confirme dans ce qu'il pense, et aussi parce que c'est dimanche aujourd'hui, jour où le grand seigneur en lui va se manifester dans toute sa ruse.

Xavier remet la grosse Bible sur le secrétaire, laisse sa chaise berçante et sort de la chambre-bureau, traversant le corridor qui mène à la cuisine. Derrière le comptoir, Julie prépare le café. Xavier voit la vieille guitare de Junior près de la porte, de même que sa valise et celle de Julie. Les montrant de la main, il dit:

— Quand on est revenus de la noce hier soir, je vous l'ai dit de m'enlever ces gabords-là qui sont près de la porte.

— Junior a pas voulu.

— Ce que veut Junior, c'est rien de plusse que ce que veut Junior. Je vois pas le rapport avec toi. De toute façon, si Junior et toi vous êtes pas partis hier soir, vous partirez pas davantage aujourd'hui.

Julie ne disant rien, il s'approche d'elle et ajoute:

— Dans tout ce qui se passe, je fais pour le mieux, rien d'autre.

— Tu fais surtout pour le mieux en ce qui te concerne, mais pour les autres, je suis loin d'en être certaine.

— Ça, ma petite fille, il y a juste le temps qui va le dire.

Il va vers la porte, enfile son froc et sa casquette de jockey, puis ajoute encore:

— T'appelleras Gabriel pour qu'il se présente la face ici, disons dans une heure. Tu prépareras la table comme je t'ai aussi demandé de le faire hier soir. T'as rien qu'à te faire aider par Junior.

— Junior a couché à l'*Hôtel de la Gare* avec sa poudrée de Montréal qui est venue le relancer jusqu'ici.

— Je sais ça, mais je veux que tu demandes pareil à Junior de venir t'aider. La poudrée de Junior a rien à voir avec ce que j'ai décidé.

Xavier sort, se retrouve sur la galerie où, par inspirations profondes, il ramène à lui tout ce qui, dans le fond de l'air, est aussi froid que ce qui l'habite depuis hier. Après, Xavier descend les marches et s'en va vers l'écurie. Avant même qu'il n'ouvre la porte, la jument tavelée hennit. Xavier se dirige vers elle, lui caresse le chanfrein avant de lui donner à boire et à manger. La jument tavelée lui donne tous ces petits coups de tête avant de lui mordiller l'avant-bras parce que Xavier ne l'a pas assez catinée et qu'elle en a besoin ce matin.

«Ben sûr», lui dit Xavier qui se met à la bichonner et à l'étriller, le mouvement de sa main faisant ces petits cercles dans les poils comme autant de caresses amoureuses, surtout quand le crin, brossé avec tant d'affection, devient pareil à une longue chevelure blonde sentant bon les blés mûris.

Xavier aime tellement ce monde-là d'odeurs qu'il ne s'aperçoit pas que Gabriel est entré dans l'écurie. Appuyé contre la porte, Gabriel le regarde. S'il ne dit rien, c'est que Gabriel est malgré lui impressionné par tout ce soin que Xavier met à étriller la jument tavelée. Et c'est aussi parce que lui-même est tout mélangé dans sa tête et dans son corps depuis hier, autant à cause du mariage de Miville que du pardon que lui a accordé Xavier. Toute la nuit, Gabriel aurait voulu y songer vraiment, mais Blanche ayant insisté pour rester avec lui, l'homme-cheval s'est perdu entre les menoires de son bobsleigh, trop heureux de s'y atteler et, dans le bric-à-brac, de faire mine de courir ventre à terre tandis que Blanche lui frappait les mollets d'une hart rouge. N'eût été du téléphone de Julie qui est venu le surprendre dans sa course effrénée, sans doute l'homme-cheval serait-il encore dans le bric-à-brac, à hennir de joie à chacun des coups de hart rouge de Blanche.

— C'est pas à l'écurie que j'ai demandé que tu viennes mais à la maison! maugrée Xavier dès que, laissant la jument tavelée, il aperçoit Gabriel.

— J'y suis allé, pour rien étant donné que t'es ici.

— Que c'est que ça change?

— Quand je suis entré dans la maison, Julie se préparait à mettre la table, et pas avec n'importe quelle vaisselle à part ça: avec les anticailleries de notre défunte mère. T'as quoi encore dans le derrière de la tête?

— Tu sauras ça en même temps que les autres.

— Je peux pas dire que tu me rassures.

— Du monde rassuré, il en existe plus bien gros dans nos contrées aujourd'hui. Comme c'est sûrement pas toi qui peux faire exception à la règle, débarrasse-moi donc le plancher. J'ai encore de la besogne à faire et j'ai pas besoin d'un grippette pour me regarder.

Xavier a pris une lime sur l'établi, s'accroupit près de la jument tavelée, lui demande la patte et, par petits coups, se met à racler le sabot. Gabriel hoche la tête et sort de l'écurie, se dirigeant à grands pas vers la maison de Xavier. Sept couverts sont dressés sur la table.

— J'en sais pas plus long que tantôt par rapport aux desseins de Xavier, dit Gabriel à Julie.

— Le contraire m'aurait surprise.

Gabriel compte les assiettes qu'il y a sur la table:

— Il y a un couvert de trop, dit-il. En principe, on doit être six: Xavier, Miville, Nathalie, Junior, toi et moi. C'est pour qui, l'autre couvert?

— Je le sais pas et je veux pas le savoir. Vous seriez mieux d'aller voir en haut ce que Junior manigance.

— Je pensais qu'il était encore à l'*Hôtel de la Gare* celui-là!

— Il aurait été aussi bien d'y rester en ce qui me concerne.

— Sa blonde de Montréal, il y a peut-être rien de sérieux là-dedans. T'as tort de te morfondre pour une éjarrée pareille.

— La paix, mononque! La paix!

Quatre à quatre, Gabriel monte les marches de l'escalier menant aux chambres. Junior est assis en haut, le dos appuyé contre le gros poteau de chêne de la rampe, une bière à la main.

— Veux-tu bien me dire ce que tu brettes là? lui demande Gabriel.

— Mononque, parlez moins fort. Sinon, vous allez me faire perdre le beau du divertissement.

De la main, il montre le seau d'eau glacée qu'il a mis au-dessus de la porte de la chambre de Miville, ajoutant:

— Miville a trop tripé hier. Là, il est mûr pour la douche écossaise.

— Ça te donne quoi de faire ça?

— Ce que ça me donne, je m'en esti toasté pas mal. Après ce qui s'est passé hier, je m'esti toasté de pas mal toute. On s'est fait avoir par le père sur toute la ligne, comme la gagne de pas bons qu'on est.

— Je suis encore paré à laisser le bénéfice du doute à Xavier. On va bien voir ce qui va se passer. Mais pour ta chaudiérée d'eau au-dessus de la porte de la chambre de Miville, je trouve que t'exagères. Dans mon temps, on se contentait de trafiquer les springs du matelas pour que, en sautant dans le lit, les mariés se retrouvent à terre avec toute la chibagne.

— C'était votre temps. Là, c'est celui de Junior. Si vous voulez pas assister à ça, vous avez rien qu'à vous en aller. Je suis capable de rire tout seul des farces que je fais.

Gabriel ne s'en ira évidemment pas, impatient lui aussi de voir la tête que Miville va faire quand le seau d'eau glacée va lui tomber dessus aussitôt que la porte de sa chambre va s'ouvrir.

— Z'ont pas l'air pressés, par exemple, les estis toastés des deux bords! dit Junior en laissant tomber entre ses jambes sa bouteille de bière vide.

Le bruit qu'a fait la bouteille de bière en heurtant le plancher réveille Miville.

— J'ai entendu quelque chose dans le corridor, dit-il à Nathalie Bérubé en se redressant dans le lit.

— Ça doit être Julie qui varnousse en bas.

— Non, ça venait du corridor, je vais aller voir.

Mais tout énamourée, Nathalie Bérubé ne s'intéresse pas vraiment à ce qui se passe ailleurs que dans le lit qu'elle partage enfin avec Miville. Elle se coule contre lui et dit:

— C'est notre premier matin à être juste tous les deux ensemble. Pour que tu te défasses de moi de même, ça prendrait au moins un tremblement de terre. J'ai tout le corps branché ailleurs. Pas toi?

— Branchés, je pense qu'on l'a été toute la nuit. Ça devrait suffire, non?

— J'ai encore le goût. Ça a été tellement magnifique depuis hier. Me semble que je rêve encore.

— Et moi donc, gonnebitche! Imagine, Nathalie! Quand le printemps va arriver, je vais pouvoir acheter les bêtes que j'ai passé vingt ans à voir juste elles! Un grand pacage plein de bétail comme quand j'étais petit et que je me retrouvais au milieu de lui, avec mes poches bourrées d'avoine. Aussitôt que le dégel va venir, je relève toutes les clôtures que le père a fait enlever quand l'héritage lui est venu. Après, on va aller à Québec tous les deux, à Victoriaville, à Saint-Hyacinthe, pour choisir le meilleur cheptel. On va l'emmener ici au petit matin parce que, comme ça, on va avoir toute la journée pour le regarder. Vois ça comme moi: assis sur une pagée de clôture devant la maison, à faire rien d'autre que de zieuter nos premières bêtes en train de pacager.

— Mais moi là-dedans? Hier, le beau-père a rien dit à mon sujet.

— T'es ma femme, Nathalie. Ça veut dire que tu vas avoir toute la place dont tu vas avoir besoin.

— Même dans la maison? Si Julie et Junior devaient rester...

— Qu'ils restent ou qu'ils s'en aillent, ça changera plus grand-chose maintenant que le père s'est donné à moi.

Goulûment, il embrasse Nathalie Bérubé puis, sautant du lit, se met à s'habiller.

— Quand même, Miville: tu pourrais prendre ta douche avant.

— J'ai pas honte des odeurs de ma nuit de noces. Même que j'en suis très fier. Des odeurs de même, si le monde est pas capable de les respirer et de comprendre ce qu'il y a dedans, eh bien! il aura juste à me le dire, gonnebitche! Maintenant, sors du lit et habille-toi. Quand on va arriver en bas, je voudrais que ça soye comme si on était juste un peu plus haut que tout le reste du monde.

Il aide Nathalie Bérubé à enfiler la splendide robe de satin rouge qu'il lui a achetée à Rivière-du-Loup, qui est toute lisérée d'or, avec ces profondes échancrures découvrant les épaules et la gorge. Puis il attache au cou de Nathalie Bérubé ce collier de pierres du Rhin scintillantes dont Virginie lui a fait don avant de mourir.

— T'es la plus belle femme du pays! dit-il en la regardant, comme incrédule encore qu'une telle beauté lui advienne enfin.

Puis il la prend dans ses bras. Nathalie Bérubé dit:

— Tu m'as portée hier soir avant qu'on entre dans la chambre. Pourquoi ce matin encore?

— C'est d'usage chez les Galarneau: la tradition veut qu'en faisant ça, on est assuré qu'un fils viendra au monde dans l'année. Mais peut-être que t'aimes mieux qu'on ait pas d'enfant?

— Tu sais bien que j'en meurs d'envie autant que toi.

— Dans ce cas-là, laisse-moi te porter.

Elle se colle amoureusement contre lui, puis Miville pousse la porte de la chambre. Dès que lui et Nathalie Bérubé en franchissent le seuil, le seau d'eau glacée se renverse, les arrosant copieusement. Junior applaudit tandis que Gabriel s'éclipse.

— Mon gonnebitche! dit Miville. Toi, tu vas savoir comment je m'appelle!

Il se met à la poursuite de Junior qui déboule l'escalier et, le rattrapant dans la cuisine, le bourre de coups de poing. Trop heureux du tour qu'il vient de jouer à Miville, Junior se laisse faire, tout son corps secoué par le rire. Dans l'escalier, sa splendide robe de satin cochonnée, Nathalie Bérubé regarde, ses yeux brouillés par les larmes. C'est alors que Xavier entre dans la cuisine, une canisse remplie d'œufs à la main. Dès qu'il le voit, Miville cesse de frapper Junior:

— On faisait juste s'étriver un brin, dit-il à Xavier.

— Au lieu de perdre ton temps dans l'étrivage, tu serais bien mieux d'aller te chesser. Et toi aussi, Nathalie. Je veux tous vous voir dans le salon tantôt. Je vous le ferai assavoir quand je serai prêt.

Xavier s'en allant vers sa chambre-bureau, Miville remarque enfin la table bellement dressée par Julie:

— C'est le père qui t'a demandé de faire ça?

— Qui tu voudrais que ça soye? rétorque Junior. Le Bon Dieu en taxi, esti?

— On s'est pas servis de ce set de vaisselle-là depuis la mort de grand-père Maxime. Je suis pas tranquille.

— T'es pas tranquille et t'es tout mouillé aussi!

— Junior, tu perds rien pour attendre, gonnebitche non!

— C'est pas tes menaces qui vont me défriser le poil des jambes. Mais si j'étais toi, je fermerais pas la porte de ma chambre, par exemple. Des fois, une douche écossaise, ça revient vite en esti!

— Essaye ça encore et tu vas voir!

Nathalie Bérubé et Miville disparaissent dans l'escalier. Junior ouvre la porte du réfrigérateur, prend une bière et la décapuchonne. Derrière le comptoir, Julie coupe en dés des légumes.

— Faudrait aviser pour ce qu'on va faire, lui dit Junior en s'approchant d'elle.

— Avise tout seul, parce que moi je veux rien savoir de toi! Si t'as quelque chose à demander, va retrouver ta poudrée de Montréal!

— Elle est juste venue me rapporter le portefeuille que j'avais perdu dans la rue Saint-Denis. J'ai plus rien à voir avec elle.

— C'est sans doute pour ça que, aussitôt qu'elle s'est présentée à l'*Hôtel de la Gare*, on t'a plus revu de la soirée! C'est sans doute pour ça aussi que t'as passé toute la nuit avec elle! Encore beau que tu l'aies pas emmenée dans la vieille cabane de pêcheur de la grève du cap au Marteau!

— Exagère pas, Julie, quand même esti! Fallait bien que je trouve un moyen pour m'en débarrasser. Et des fois, ça prend du temps avant d'y arriver. Là, c'est fait.

— Ti-Bob m'a téléphoné tantôt: à l'hôtel, ta poudrée de Montréal dort encore dans la chambre où vous avez passé la nuit tous les deux.

Junior montre les deux valises et sa vieille guitare qui sont près de la porte.

— Mettons, mais ça change quoi pour ce qu'on a décidé? C'est aujourd'hui qu'on doit partir pour Montréal... ensemble.

— J'irai nulle part avec toi. Maintenant que tu le sais, fiche-moi la paix, tu veux?

Junior retraite jusqu'à la berçante près du vieux poêle à bois et s'y assoit. Pour un peu, il en voudrait à Judith d'être venue le relancer jusqu'à l'*Hôtel de la Gare* et précisément quand il ne le fallait pas. Pour un peu, il s'en voudrait aussi de n'avoir su résister à tout le désir qui est monté en lui aussitôt que Judith s'est retrouvée dans ses bras et que les odeurs de son corps l'ont fait chavirer dans le monde fantasmagorique de la rue Saint-Denis et des *Foufounes électriques*. La nuit a été chaude de toutes les odeurs de la musique, et Junior n'a rien fait d'autre que de voyager dedans, tout son corps bandé, et dans une telle qualité que tout le reste du monde s'est aboli. Cette grande échappée de lumière, pareille à une roue dorée, avec plein partout de petits seins ronds, de ventres maternels, de cuisses douces et de fesses aussi veloutées que ces petites poires qu'on cueille dans le Deuxième Rang des Trois-Pistoles après la première grande gelée blanche d'automne. Que tout cela ne ressemble en rien aux affreuses épinettes noires du Deuxième Rang, aux esti de patates à trier dans les caveaux humides, toute leur pourriture boueuse vous restant dans les mains dès que vous les refermez sur elles! Malgré toute la peine qu'il peut ressentir pour Julie, Junior se sent si bien ce matin que même le remords ne pourrait que dériver à la surface de son corps que chatouillent encore les caresses apaisantes de Judith. Pour le reste, il sera toujours temps d'y voir plus tard, une fois que le corps se sera tout à fait débandé, que la grande échappée de lumière se sera dissoute, mettant fin à la roue dorée, aux petits seins ronds, aux ventres maternels, aux cuisses douces et à ces fesses aussi veloutées que les petites poires qu'on cueille dans le Deuxième Rang des Trois-Pistoles après la première gelée blanche d'automne.

Junior boit une gorgée de bière et rote. Le monde n'est rien d'autre que le merveilleux du corps.

Aucune famille ne saurait se fonder dans la profondeur sans que n'intervienne le rituel. Xavier s'est donc revêtu de son vieux costume de tweed anglais et, sur les pointes de la chemise blanche, il a arrimé le nœud papillon. Après, il s'est assis devant son secrétaire, a ouvert le livre de comptes et regardé les deux photographies de Miriam en les effleurant de ses doigts. Xavier pense: *Miriam, ce que je dois accomplir, je sais qu'il y a seulement toi qui pourrais le comprendre. Il y a seulement toi qui pourrais comprendre que Miville a encore besoin d'une grande leçon de choses, tout autant que Junior et Julie d'ailleurs. Cette grande leçon-là de choses, je vais maintenant la leur donner, en sachant très bien que pendant tout ce temps-là, tu vas m'accompagner dedans pour que se fonde enfin la profondeur de la famille, et tel que ça doit être.*

Par trois fois, Xavier embrasse les deux photos de Miriam, puis il les remet à leur place dans le livre de comptes qu'il referme, puis il se lève, va vers la commode, ouvre ce tiroir et prend le beau coffret qui s'y trouve et dont le couvercle montre une tête de cheval embossée d'argent. Portant le coffret dans ses mains ouvertes, Xavier sort de la chambre-bureau et fait ces quelques pas qui le conduisent au salon. Il y entre, va tout droit vers cette table que, entre deux fauteuils, il y a près de la fenêtre. Dessus, un portrait de Virginie dans l'aubelle de sa jeunesse quand, fleurifleurantes, les plantes qu'elle cultivait ne constituaient pas encore un enfermement. Xavier enlève le portrait de Virginie de la table et y met à la place le beau coffret dont le couvercle montre une tête de cheval embossée d'argent. Xavier fait sauter les clapets du couvercle. Sept magnifiques verres apparaissent, montrant chacun comme le couvercle une tête de cheval embossée d'argent. Au centre du beau coffret, une bouteille en porcelaine mêmement engravée que les verres. Xavier la déshabille de sa robe de satin et, la portant de sa main jusqu'à la lumière de la fenêtre, la regarde. Quand, pour la première fois, il s'était retrouvé à Chicago avec Miriam, la grosse Roadmaster aux yeux de crapaud n'était qu'un rêve, de même que le chevalier teutonique aux gants de chevreau et aux grandes lunettes jaunes. Il n'y avait encore que la grande jument tavelée, mère de toutes les batailles qu'elle avait remportées aux Trois-Pistoles, à Squatec et à Québec. Mais dans l'étrange que représente n'importe quel autre pays, comment la grande jument tavelée, mère de toutes les batailles québécoises, allait-elle se comporter? Elle avait bien évidemment remporté la course et cette formidable couverture lisérée d'or dont Xavier avait abrillé Miriam avant d'en recouvrir la grande jument tavelée. Puis, il y avait eu cette deuxième course, à Boston cette fois, et Miriam était là aussi. La grande jument tavelée n'aurait pas dû gagner, à cause de ce mal de pattes dont elle souffrait. Mais Xavier avait été un si bon jockey ce jour-là que, revenant de loin dans la course, la grande jument tavelée avait triomphé quand même. C'est grâce à cette victoire que Xavier avait pu acheter la grosse Roadmaster aux yeux de crapaud et s'établir dans sa fonction de chevalier teutonique, porteur de gants de chevreau et de grandes lunettes jaunes. Pour célébrer l'événement, Xavier s'était rendu jusqu'à New York avec Miriam, où il avait acheté le beau coffret dont le couvercle montre une tête de cheval embossée d'argent. Il avait alors dit à Miriam:

— Ce coffret-là, on ne va l'ouvrir que lorsque le temps de tes victoires va survenir. Si ça devait arriver avant, et sans ta présence, c'est qu'il me faudra le faire pour que la Loi triomphe dans toute sa ruse.

Maintenant, c'est là où en est Xavier. Il met les sept verres sur la table, prend la bouteille de porcelaine, retire le bouchon et sent l'alcool. On dirait que, dedans la bouteille en porcelaine, ce sont toutes les odeurs du passé glorieux qui s'y retrouvent — celles de la grande jument tavelée quand toute sa robe transpirait fort, celles des ronds de course goûtant dru la poussière dorée, celles de Miriam toute douce dans l'innocence de son enfance. Xavier ferme les yeux et hume toujours les effluves qui n'en finissent plus de sortir de la bouteille. Ah! si on pouvait être Josué et faire retentir les trompettes sacrées afin que le temps de Jéricho s'arrête! Comme on verrait alors ce qu'est la puissance originelle! Et comme on aurait honte de se retrouver si petit devant elle!

Xavier remet le bouchon sur la bouteille en porcelaine et respire fort. L'émotion n'est pas de mise quand c'est la Loi qui oblige. Rien ne doit intervenir dans le travers de ça, car sinon la ruse du guerrier n'aurait plus de sens. Aussi Xavier dépose-t-il la bouteille de porcelaine au milieu des sept verres montrant ces têtes de chevaux embossées d'argent. Puis, tout carré dans son corps, il quitte le salon pour se diriger vers la cuisine. Gabriel, Miville, Nathalie Bérubé, Junior et Julie y sont comme il le leur a demandé. Gabriel dit:

— Si t'avais dessein de nous faire attendre jusqu'aux cadences grecques, fallait nous le dire, Xavier.

— Si je sais bien compter, il y a sept couverts sur la table. Et si je sais bien compter aussi, on se retrouve que six dans la cuisine. Ça veut donc dire qu'il manque quelqu'un. On va l'attendre, si vous avez pas d'objection.

— Tu pourrais au moins nous dire qui c'est le septième larron!

— Vous le saurez bien assez vite.

— You bet, esti! dit Junior en avalant une gorgée de bière. Mon impression à moi, c'est qu'au lieu de se retrouver avec un larron, c'est une larronne qui va nous retontir dans la face!

S'appuyant au chambranle de la porte, Xavier croise les bras. Quel petit monde que celui-là qui se retrouve dans la cuisine, et plus particulièrement Miville, si nerveux qu'il pilote comme un bon de l'autre bord de la table, la main sur sa bouche pour que son impatience, s'il la disait, ne parvienne que feutrée dans la cuisine. Quelques minutes encore et Miville ne pourrait que sortir de son quant-à-soi, trop anxieux quant à ce qui le concerne dans la suite du monde pour ne pas sentir le besoin d'intervenir. L'arrivée de Maître Louiselle Saindon va toutefois l'en dispenser. Décroisant les bras, Xavier dit:

— Maître Saindon, quand je donne rendez-vous à mon notaire pour une heure donnée, j'aime qu'il arrive à temps.

— Je me suis prise dans un banc de neige sur le chemin à Firmin.

— Ce que vous faites avec votre machine me regarde pas. Votre père est jamais arrivé en retard aux rendez-vous que je lui fixais. Prenez-en note et débougrinez-vous. Après, on va passer au salon, vous et moi d'abord, les autres ensuite.

Débarrassée de sa pelisse que Junior accroche près de la porte, Maître Louiselle Saindon va retrouver Xavier qui l'entraîne dans le corridor vers le salon. Xavier se place de manière à cacher la table qui est devant la fenêtre, invite Nathalie Bérubé et Miville à s'asseoir sur la taponneuse, désigne un fauteuil à Julie et l'autre à Gabriel. Ne reste plus que la chaise capitonnée pour Junior qui, faisant mine de ne pas la voir, s'appuie au manteau de la fausse cheminée. Xavier dit:

— Je vous ai pas réunis ici pour revenir sur ce qui a été fait hier. Je me suis rendu à la logique des événements. Mais si c'est facile d'être logique, c'est autrement plus difficile de l'être jusqu'au bout. Voilà pourquoi on se retrouve tous ensemble, y compris Maître Saindon: quand on veut être logique jusqu'au bout, il faut que quelqu'un d'autre que soi-même puisse en témoigner.

— Dis donc ce que t'as à raconter plutôt que de faire semblant, proteste Junior. Ça te va pas, esti!

— Ben sûr, répond simplement Xavier avant de regarder Miville et Nathalie Bérubé. Ben sûr que ça va se raconter.

Mais avant d'y arriver, il rappelle d'abord que la veille, Miville et Nathalie Bérubé se sont mariés et que lui, Xavier, leur a offert de s'installer à la maison, ce qu'ils ont acccepté.

— On sait tout ça, proteste encore Junior. Tu radotes, le père.

— Je radote pas: je renote, ce qui est pas pareil. Et je renote pour que vous sachiez tout le monde que la décision de Miville et de Nathalie implique des changements profonds pour chacun. Dorénavant, je veux que Miville soit considéré comme le chef de la maison.

— Le chef de la maison? balbutie Miville. Le vrai chef?

— C'est toujours ce qui est arrivé dans la famille des Galarneau quand le fils aîné s'est marié. La tradition veut donc que ce soit toi qui prennes maintenant en charge les affaires de la maison. Quand je dis maison, ça enveloppe aussi celle de Gabriel. À partir de tusuite, c'est par-devers toi que Gabriel va rendre compte pour tout ce qu'il brasse dans l'ancienne école du révérend Moïse Abraham. Comme de mon temps, il pourra ni toucher à ses fondements ni à ses combles sans t'en demander permission au préalable. Je me fais bien entendre?

Miville s'attendait si peu à une telle reddition de la part de Xavier que, pour y réagir, il ne trouve rien de mieux que de se lever et de balbutier:

— Je sais pas quoi dire, le père. Je sais pas quoi dire.

— J'ai rien dit moi non plus quand mon père s'est donné à moi. Même pour me lever, j'ai aussi attendu qu'il me le demande.

Miville se rassoit aussitôt. Les yeux bleus de Xavier se vrillent dans ceux de Nathalie Bérubé et il ajoute:

— Quant à toi Nathalie, les coutumes des Garlarneau sont claires aussi: astheure, considère-toi comme la femme de la maison, avec les pleins pouvoirs pour l'entretenir.

D'entendre pareille extravagance fait bondir Julie de son fauteuil. Elle ne veut plus rien d'autre que de quitter le salon, et prendre sa petite valise dans la cuisine près de la porte, et courir, tout éperdue, dans le Deuxième Rang. Mais Xavier lui ordonne à elle aussi de se rasseoir. Il dit:

— Avant de commencer, je vous ai prévenus tout le monde que c'est malaisé d'être logique jusqu'au bout. Une fois qu'on le détermine, on peut plus passer à côté. Toi Julie, t'étais prête à partir de la maison, tout comme Junior d'ailleurs, si j'acceptais pas que Miville se marie. En me donnant à lui, je vous prouve le contraire. Assumez comme moi ce que ça signifie. Pour ce qui te regarde plus particulièrement, Julie, je sais tous les sacrifices que t'as faits depuis la maladie et la mort de Virginie. Tu voulais devenir une grande couturière. Le temps est venu pour toi de réaliser ton rêve. T'as déjà perdu trop de temps. Je voudrais maintenant que tu le rattrapes. Pour toi, Junior...

— Je porte déjà ton nom, c'est bien assez. Le reste m'intéresse pas, esti!

— Peut-être, mais je vais quand même te dire ce que j'en pense. T'as passé toute ton enfance et toute ton adolescence à gratter les cordes de ton gabord en prétendant que ça finirait par donner de la musique. T'as rien qu'à le prouver maintenant, à Montréal ou ailleurs, comme tu voudras et avec qui tu voudras.

— Pour ça, ça lanternera pas! Fie-toi à moi en esti toasté des deux bords!

— Ben sûr, fait Xavier. Et maintenant que tout ce qui devait se dire l'a été, je vous demande de vous approcher.

Pourquoi Junior ne s'en va-t-il pas et pourquoi Julie n'en fait-elle pas autant? Est-ce seulement le pouvoir de subjugation de Xavier qui est en cause ou les courants souterrains que Julie et Junior appréhendent malgré tout, dans ce simulacre de rituel qui confine au sacrilège? Avant de laisser l'appui du manteau de la cheminée, Junior voudrait partager avec Julie tout ce qu'il devine déjà dans la mise en scène de Xavier. Mais Julie lui tourne résolument le dos — ce petit corps tout gonflé de chagrin, sans doute trop atteint dans le vif de sa chaleur pour résister autrement que par la passivité, celle des bêtes sauvages blessées. Renarde prise dans le piège, ne songeant encore qu'à retenir le sang giclant de sa patte enferrée. Tantôt, les dents mordront sans doute dans la chair et il ne restera plus dans la neige souillée qu'un bout de cuisse mutilée.

Malgré tout, Junior s'avance comme les autres. Sur la table, le beau coffret au couvercle montrant une tête de cheval embossée d'argent et les sept verres mêmement engravés. Miville dit:

— J'avais encore jamais vu ces verres-là.

— Ça tombe sous le sens étant donné que c'est la première fois que je m'en sers, dit Xavier. J'ai gagné ça à Boston quand j'y faisais courir mes chevaux. Je voulais les utiliser que pour une grande occasion.

Il débouchonne la bouteille en porcelaine et vide un doigt d'alcool dans chacun des verres. Quand tout le monde a le sien à la main, Xavier se contente de dire avant de boire:

— Santé.

Puis, chacun l'ayant imité, il ajoute:

— À part Miville, je voudrais que tout le monde s'en aille dans la cuisine. Une fois qu'on en aura fini, on ira vous rejoindre.

— Je suis pas certain que je vais être là, dit Junior.

— Alors, à-Dieu-vat, Junior!

Une fois seuls, Miville et Xavier trinquent une autre fois.

— Le père...

— Dis encore rien, Miville. Suis-moi plutôt dans ma chambre. Ce qui devait être fait ici l'a été.

Échauffé par l'alcool venu de la bouteille en porcelaine, Miville est comme un petit chien sur les talons de Xavier, si excité par tout ce qu'il vit pour la première fois sans acrimonie qu'il ne se rend pas vraiment compte que la porte de la chambre-bureau s'est déjà refermée sur lui. Xavier est allé vers le secrétaire, a ouvert le livre de comptes, en retirant les deux photos de Miriam qu'il glisse dans la fente du tiroir central. Il referme ensuite le livre de comptes et l'offre à Miville:

— Maintenant que te voilà chef de la famille, le livre de comptes t'appartient.

— Voyons donc, le père!

— Ça représente rien de plus que la logique quand on va jusqu'au bout d'elle-même. Il en va de même pour la Bible: maintenant, c'est toi qui dois la détenir.

Lorsque Xavier la lui remet entre les mains, Miville a l'impression que tout son corps va s'embraser. Il dit:

— Ta Bible? Ça, le père, je peux pas. Je peux vraiment pas.

— Quand je l'ai eue de mon père, j'avais le même âge que toi, trente-cinq ans. À trente-cinq ans, on est assez vieux pour apprendre ce que la Loi est. Prends-en juste soin comme tous les autres avant toi ont agi.

Ému, Miville se jette dans les bras de Xavier.

— J'ai comme un gros motton dans la gorge, le père. Mais je te promets que je vais être à la hauteur.

— Quand ce qui t'arrive arrive, on promet plus, Miville: on le tient et le détient. Va donc porter le livre de comptes et la Bible dans ta chambre. Après, rejoins les autres dans la cuisine. Moi, j'ai besoin de rester seul un petit moment.

— Je comprends, le père. Je pense que, pour la première fois de ma vie, je comprends qui tu es.

— Ben sûr, Miville. Mais maintenant, déguédine, tu veux.

On a beau vouloir délibérément porter la logique jusqu'au bout, il n'en demeure pas moins que la ruse qui vous pousse en avant vous force dans tout votre corps. À grands coups de poing, Xavier se frappe la poitrine. Son cœur est comme une roue dentée qui déchire les nerfs, écrase les muscles et brise les os. Jamais personne n'aura été si loin dans ce qui justifie l'infamie guerrière, c'est-à-dire l'irrépressible besoin de gagner afin que la Loi puisse rester au moins virtuelle et ne pas, dans toute sa peau, se chagriner lamentablement. Tout en continuant de se frapper la poitrine, Xavier pense: *Toi le cœur, pense pas que t'es sur le bord de m'avoir. Quand tu vas cesser de battre, c'est que je t'en aurai donné l'ordre, pas avant. Ça veut dire que t'es mieux de te calmer parce qu'il me reste encore plein de bois à pleumer.* Et se tranquillise la roue dentée qui déchire les nerfs, écrase les muscles et brise les os. Xavier s'essuie le front, va vers le secrétaire et s'assoit dans son fauteuil. De ses grandes mains ouvertes, il se tapoche tout partout sur le corps, heureux de le retrouver dans toute cette force qu'il avait du temps de ses splendeurs, quand la grosse Roadmaster aux yeux de crapaud faisait de lui ce chevalier teutonique, porteur des gants de chevreau et des grosses lunettes jaunes. Xavier sourit. Depuis hier, il n'a rien laissé au hasard, même pas l'arrivée surprise de Judith à l'*Hôtel de la Gare*. Il a mis trois jours à fouiller dans les papiers de Junior pour trouver le numéro de téléphone de Judith. Il n'a pas eu grand-chose à faire pour la convaincre de monter à bord de L'Océan Limité en direction des Trois-Pistoles, trop excitée qu'elle était pour seulement se rendre compte que la voix de Junior n'avait plus tout à fait le même timbre. Comme c'est facile de tromper le monde! Et comme celui-ci n'a encore rien vu! Il va suffire d'attendre que Junior s'en aille à Montréal avant de resserrer complètement l'étau sur Miville et Nathalie Bérubé. Xavier sait déjà comment il va s'y prendre. Son plan machiavélique est parfaitement dressé, chacun de ses éléments ne demandant qu'à s'enclencher les uns dans les autres avec autant de précision qu'une arracheuse de patates. La ruse est le plus grand cadeau que les dieux ont fait à l'homme, elle est l'alliée la plus impitoyable du guerrier. Dès demain, Miville et Nathalie Bérubé vont l'apprendre encore une fois à leurs dépens. Pour passer au travers de cette nouvelle tempête qui se prépare, Miville va avoir besoin de bien autre chose que de ses bottes et de son casque d'aviateur d'enfance. Xavier sourit encore, puis se lève, va vers la fenêtre, écarte les languettes du store et regarde. Dehors, la neige s'est mise à tomber. Les grands vents soufflant de la Mer océane ne tarderont pas à survenir maintenant, apportant la tempête. Ce sera la dernière de la saison. Sous le déluge de neige, Miville va disparaître à tout jamais. Mais en attendant que cela n'arrive, il importe de faire tout dans les formes. Xavier sort donc de la chambre-bureau et, le seuil de la cuisine passé, dit:

— Venez vous assir à table maintenant.

Chacun venant pour le faire, Xavier ajoute:

— Désormais, Miville va s'asseoir à ma droite, à cette place qui n'a plus jamais été occupée depuis le départ de vous savez qui.

Bien que ça lui brûlait les lèvres de le faire, Xavier n'a pas nommé Miriam. De seulement prononcer son nom, cela aurait peut-être été suffisant pour que le guerrier en lui flanche, toute sa colère se retournant contre lui-même. Quand Julie proteste et rappelle à Xavier qu'il y a quatorze ans déjà que trois fois par jour, elle dresse ce couvert pour Miriam, Xavier dit:

— C'était dans l'usage de le faire. Mais maintenant que Miville est le chef de la maison, sa place est de se retrouver à ma droite. Quant à Nathalie, elle a le droit, en sa qualité de femme de la maison, de prendre cette chaise qu'il y a au bout de la table. Jusqu'à sa mort, c'est Virginie qui l'a occupée. Dorénavant, cette partie-là des choses appartient à Nathalie. Toi, Julie, tu t'assois à côté de Miville, comme ça doit être le cas pour la fille de la maison. Pour ce qui te concerne, Junior...

— J'ai déjà tout compris: moi, je change pas de place, comme d'habitude, esti! Ça fait que ménage ta salive.

— Ben sûr, grommelle Xavier. Mais astheure que les choses qui devaient se dire l'ont été, on peut manger. Nathalie, trempe la soupe parce que c'est maintenant à toi de servir le monde de la maison.

— Ça, je le prends pas! dit Julie. Ça, je le prendrai jamais!

Elle se lève en tirant son napperon vers elle, assiette, bol, soucoupe et tasse tombant sur le plancher, dans un grand fracas de porcelaine brisée.

— Reprends ta place à la table, dit simplement Xavier.

— Jamais! répond Julie avant de disparaître dans l'escalier qui mène aux chambres.

À son tour, Junior se lève, imitant Julie dans sa colère noire:

— On va se reparler de ça, crains pas, le père!

— Ben sûr, et quand tu voudras.

Junior disparaissant comme Julie dans l'escalier, Xavier regarde Nathalie Bérubé qui, désemparée, regarde Miville, puis Gabriel, puis Maître Louiselle Saindon, avant de revenir à Miville:

— Reste pas là comme un coq en pâte, dit Xavier. Je t'ai demandé de tremper la soupe. Alors, trempe-la.

Ce que va finir par faire Nathalie Bérubé, toute trembleuse dans son corps, la louche pareille à une montagne dans sa main. Quand tous les bols fument, Xavier dit simplement, avant de porter à sa bouche une première cuillerée de soupe:

— Bon appétit.

Après, que ce bruit presque obscène que fait entre les lèvres de Xavier cette soupe qu'il aspire avec force.

*Quatrième tempête*

# 1

Malgré tout le déplaisir que ça lui aurait fait de laisser Julie derrière lui, Junior aurait voulu se
retrouver avec Judith à Montréal. Mais quand il a su que
Judith était musicienne, Ti-Bob Cayouette a fait sa cour
et a tant insisté qu'elle a accepté de rester aux Trois-
Pistoles pour au moins quinze jours, question de
préparer une grande fête heavy métal à l'*Hôtel de la Gare*.
Il y a déjà une semaine que tout ce qu'on peut trouver
de groupes rock, de Kamouraska à Gaspé, pincent les
cordes de leurs guitares électriques, de quoi humilier
Junior dont le vieux gabord qui lui tient lieu
d'instrument n'est tout simplement pas de taille face à
cette lourde machinerie qui, tous les soirs, fait trembler
les murs de l'*Hôtel de la Gare*.

— Tu vas finir par apprendre, lui a dit Judith. C'est
aussi bien pour toi que tu le fasses ici aux Trois-Pistoles.
Comme ça, tu seras tout fin prêt pour les *Foufounes
électriques* quand on va attaquer Montréal dans toutes nos
cordes.

Même s'il n'en est pas très convaincu, Junior a laissé
dire, bien plus préoccupé par l'attitude de Julie depuis
que Xavier s'est donné à Miville: une semaine déjà que
c'est arrivé et Julie n'est pas ressortie de son grenier, trop
fâchée contre tout le monde. Junior ne pourrait pas s'en
aller à Montréal sans au moins acheter la paix avec Julie
avant. C'est pourquoi il finasse avec les choses, tout autant
qu'il finasse avec lui-même et le monde. Pour donner le
change à Julie, il écourte ses soirées à l'*Hôtel de la Gare*, y
laissant Judith au beau milieu des grands déchaînements

rock, pour s'en revenir dans le Deuxième Rang et frapper dans cette porte de grenier derrière laquelle Julie boude. Junior mange avec elle une pizza, essaie toujours de la convaincre que peu importe ce qui pourrait bien se passer, ce sera toujours à la vie à la mort avec elle. Julie répond rien et, restant assise dans son lit, le carton de la pizza sur ses genoux, elle fait semblant de bâiller aux corneilles. Accoté contre le montant du lit, Junior finit par s'endormir. Quand il se réveille, c'est encore un petit matin comme les autres qui lui saute dans la face. Julie ne répondant à aucune des avances qu'il lui fait, Junior s'étire dans tous ses morceaux, se lève et quitte le grenier pour descendre à la cuisine. Assis au bout de la table, Xavier trône comme s'il était le grand Roi-Soleil lui-même. Ne manquerait que le costume chamarré d'or, la perruque et la poudre maquillante pour que ça soit comme dans les antiquités françaises. Nathalie Bérubé prend aussi très au sérieux son nouveau rôle de femme de la maison. Se levant avec les aurores, elle trime comme une bonne, se dépensant sans compter dans le ménage et la cuisine. Mais Junior ne touche à rien de ce que lui sert Nathalie Bérubé. Tout ce qu'il attend, c'est que Delphis Cayouette arrive pour l'emmener dans les écores de la grève du cap au Marteau, amont le fleuve. Junior y passe toutes ses journées à bûcher, aussi entêté dans la hache et la sciotte que pouvait l'être Xavier. En attendant Montréal, ça fait des muscles.

Parce qu'il a fini de manger, Xavier reluque du côté de Junior. Ça le fatigue que Junior ait laissé sa valise vide et sa vieille guitare à côté de la porte plutôt que de prendre la route vers Montréal. Ça le fatigue aussi que Junior ne reste pas avec Judith à l'*Hôtel de la Gare*, qu'il s'enferme plutôt avec Julie dans son grenier, y passant la nuit avant de se retrouver dans les écores de la grève du cap au Marteau, amont le fleuve, pour bûcher là toute la journée avec Miville et Delphis Cayouette. Xavier voudrait comprendre. Mais il ne peut pas attaquer Junior sur son terrain, c'est-à-dire Julie. Aussi lui demande-t-il plus simplement ce qui arrive avec le bûchage, dans les écores de la grève du cap au Marteau, amont le fleuve. Junior dit:

— Si tu veux savoir ce qui se passe dans le bois, t'as rien qu'à venir voir. Et si ça te tente pas de venir voir, demande à Miville: il va se faire plaisir de te répondre là-dessus.

— Si je voulais savoir ça de Miville, je m'adresserais à lui. Là, c'est à toi que je parle.

— Et c'est à moi que tu parles pour rien. Ça fait depuis l'autre semaine que je te le dis, le père: je veux rien savoir de toi.

— Je sais, mais ça fait aussi depuis l'autre semaine que je te le répète: c'est pas de même qu'on risque de s'avancer bien gros.

— C'est ton problème, pas le mien. Arrange-toi avec comme tu pourras.

Junior se levant, Xavier ajoute:

— Junior, quand tu fais semblant de pas comprendre...

— Quand je fais semblant de pas comprendre, je fais rien de plusse que toi.

— C'est comme tu veux, Junior.

— C'est pas comme je veux: c'est comme t'as décidé que ça serait. Mais en autant que je suis concerné, tu peux bien mourir avec ça si ça te chante: moi, je m'en esti toasté des deux bords!

Junior soulève dérisoirement son chapeau de cowboy à larges bords et, se dirigeant vers la porte, sort en la faisant claquer. Cafetière à la main, Nathalie Bérubé se retrouve auprès de Xavier.

— Encore un peu de café, le beau-père?

— Quand je voudrai du café, je t'en demanderai.

— Écoutez...

— Quand je serai d'équerre pour t'écouter aussi, je te le ferai assavoir. Autrement dit, vois à tes affaires et moi, je vais m'occuper des miennes.

Démontée par la dureté de Xavier, Nathalie Bérubé s'en va vers le comptoir sur lequel se trouvent les boîtes à lunch de Miville et de Junior. Elle n'a lésiné ni sur la viande ni sur le pain et pas davantage sur le café auquel elle a ajouté quelques doigts de cognac: la froidure est extrême dans les écores de la grève du cap au Marteau, amont le fleuve. Un bon petit remontant n'y est jamais à dédaigner.

La porte de la cuisine s'ouvre sur Delphis Cayouette.

— J'attendais dans le panel que Junior vienne me rejoindre mais il est parti en fou dans la camionnette de Miville. C'est pour ça que je suis entré, pour savoir s'il y a quelque chose de changé par rapport à avant.

— Il y a rien de changé, sauf que ce matin, c'est Miville qui va monter avec toi au lieu de Junior. Ça pourrait se faire assez vite si Nathalie allait en aviser Miville dans sa chambre.

Alors que Nathalie Bérubé disparaît dans l'escalier, Xavier se lève de table:

— Delphis, tu vas m'excuser mais j'ai des choses à faire.

— T'as quand même une minute, non? Parce que moi, vois-tu, je voudrais me faire une idée.

— Une idée par rapport à quoi?

— Ça fait une semaine que tu viens plus bûcher avec nous autres à cause que Miville et Nathalie sont mariés astheure et qu'ils restent ici. Que t'aies changé d'idée rapidement comme tu l'as fait, ça me regarde pas. Mais en seulement...

— Accouche, Delphis.

— En seulement, il y a plus rien de pareil. Dans le bois, ça marche pas comme quand on était tout seuls.

— T'as à redire de Junior et de Miville?

— Vois-tu, j'ai comme l'impression que j'ai plus d'affaire là astheure. Junior et Miville travaillent comme des mercenaires.

— Si ça se passe de même, je vois pas où est le problème.

— À les regarder besogner de la manière que ça besogne, je me dis que du train où ça s'en va, ma terre va se retrouver vite toute dépleumée.

— C'est pas ça que tu voulais?

— Oui, mais pas de cette façon-là. À part ça, tout le bois que Junior et Miville abattent, ça prendrait quelqu'un pour le sortir des écores. Dès que le printemps va dégeler, ça sera plus marchable nulle part là-dedans.

— Pas plus tard qu'aujourd'hui, je vais t'envoyer quelqu'un pour quérir le bois. Pour le reste, arrange-toi avec Junior et Miville.

Virant carré, Xavier se dirige vers sa chambre-bureau. Delphis aurait le goût d'aller l'y rejoindre car il n'a rien dit sur ce qui le chicote vraiment. Pour bien connaître Xavier, il se doute bien qu'il y a quelque chose de malsain dans le retournement de son attitude par-devers Miville et Nathalie Bérubé. Une fois son idée faite, Xavier n'en a jamais changé, même pas en ce temps où il faisait courir ses chevaux jusqu'en Nouvelle-Angleterre. Comment alors expliquer cette volte-face par laquelle Miville a été investi de tous les pouvoirs, y compris pour ce qui concerne sa propre terre à lui, Delphis Cayouette? De Miville, Delphis Cayouette s'est toujours méfié: quand on a les yeux plus grands que la panse, on n'accomplit jamais rien de bon. Et Miville a toujours eu les yeux plus grands que la panse, sans doute parce qu'il n'est jamais sorti de son enfance, avec des rêves qui le dépassaient trop pour qu'il puisse seulement en assumer les parts les plus simples. Parce qu'il le sait, Delphis Cayouette craint pour l'avenir de sa terre. Dans ses boisés, il n'a jamais fait de coupes à blanc, comme Miville semble avoir dessein de faire depuis que Xavier l'a sacré chef de la famille. Hier, quand Delphis Cayouette s'en est inquiété auprès de lui, Miville a dit:

— Le bois, ça existe pour qu'on le transforme en madriers. De le laisser planté debout, je vois pas ce que ça peut rapporter. Au printemps, je vais en avoir besoin pour rafistoler la grange et les autres bâtiments. Pour mes vaches, je veux rien que le meilleur et le plus beau.

Voilà bien de quoi inquiéter Delphis Cayouette. Mais pourquoi n'en a-t-il pas parlé clairement avec Xavier? Est-ce la seule présence de Nathalie Bérubé dans la cuisine qui l'a dérangé à ce point-là? Delphis Cayouette ne saurait dire: quand on ne reconnaît plus les signes, votre souffle se fait court et démobilise la pensée. Pour qu'elle ne se perde pas tout à fait, il vaut mieux se jeter à corps perdu dans le froid des écores de la grève du cap au Marteau, amont le fleuve. De simplement s'y retrouver, juste avec Junior, ça vaudra déjà mieux que d'attendre Miville, planté comme un piquet de clôture près de la porte.

Delphis Cayouette rabat les oreilles de son crémeur et, sous son menton, attache les deux bouts de lacets. Il ouvre la porte et sort, content de retrouver le Deuxième Rang comme il l'a toujours connu en hiver — dans de la neige à perte d'horizon. Il monte dans son panel et se sent pareil à Junior quand celui-ci a laissé la cuisine: il a le goût de peser à fond sur l'accélérateur, rien que pour que son panel se mette à patiner sur la glace et défonce les bancs de neige qui entravent la route jusqu'aux écores de la grève du cap au Marteau, amont le fleuve.

**D**ans sa chambre, Miville est assis devant cet établi sur lequel, depuis son adolescence, il gosse dans le bois les vaches, les veaux et les taureaux de ses rêves. Mais depuis son retour à la maison, Miville n'a pas touché à aucune de ses sculptures, tout son temps passant à se mettre dans la tête le livre de comptes, puis à lire quelques passages de la grosse Bible que lui a remise Xavier avec tout le reste. Dès son lever, Miville s'attelle à l'un et à l'autre, si absorbé par tout ce qu'il doit maintenant comprendre qu'il en oublierait qu'il doit aller bûcher dans les écores de la grève du cap au Marteau, amont le fleuve, si Nathalie Bérubé ne venait le lui rappeler. Et encore faut-il qu'elle se montre insistante pour que Miville lâche le livre de comptes ou bien la grosse Bible. C'est encore le cas ce matin alors que Miville, tout son corps comme tiré vers la grosse Bible, essaie de déchiffrer les phrases alambiquées qu'il y lit, la langue lui sortant de la bouche et allant de droite à gauche comme si c'était elle qui, à la place des yeux, voyait ce que représente l'enchaînement des mots les uns aux autres. Nathalie Bérubé dit:

— Miville, on t'attend en bas pour que t'ailles bûcher.

— Une minute, dit Miville. Faut que je comprenne d'abord ce que je suis en train de lire.

— Ça fait déjà dix minutes que t'es là-dessus.

— Je sais, mais c'est pas de comprenure aussi aisée que c'en a l'air. Écoute-moi ça: tu vas bien voir.

Nathalie Bérubé respire fort tout en s'appuyant à l'encadrure de la porte. Miville se tourne vers elle et, son nez comme flairant les mots inscrits dans la grosse Bible, il lit:

«Des pommes d'or avec des motifs d'argent, telle une parole dite à propos; un anneau d'or et un collier d'or rouge, telle la réprimande d'un sage pour une oreille attentive.»

Levant son nez des mots inscrits dans la grosse Bible, Miville dit:

— Je me demande bien ce qu'une phrase pareille peut bien signifier.

— Penses-tu que quelqu'un le sait exactement? Mon avis, c'est que tout ça, c'est rien que des choses que personne peut comprendre.

— Pourtant, il y a rien là-dedans qui représente un secret pour le père. Il connaît tout ça par cœur. Maintenant que je suis son égal, il m'appartient de comprendre tous ces mots-là mieux que lui encore.

Si elle devait se battre sur le même terrain que Miville, Nathalie Bérubé sait bien que ça n'en finirait plus de discuter pour rien, à propos de phrases si tordues que, d'en rester là, ça serait bien pire que tout ce qu'elle a vécu dans le clan femelle des Bérubé: la grosse Bible est peut-être riche de tous les symbolismes, mais qu'ont-ils à voir avec ce qui doit être? On ne vit pas dans les nuages inventés par des prophètes farfelus, mais à ras du sol. On vit sur des planchers qu'il faut laver, entre des murs qu'il faut peindre et repeindre tant que les bonnes couleurs n'apparaissent pas pour que la cuisine, le salon et les chambres deviennent comme ce qui vous habite à l'intérieur de vous-même. Ce besoin d'être, et qu'aucune phrase de n'importe quelle Bible ne saurait exprimer. Ce besoin d'aimer et d'être aimé, et qu'aucune phrase de n'importe quelle Bible ne saurait exprimer. Ce besoin de sortir de la pauvreté atavique, et qu'aucune phrase de n'importe quelle Bible ne saurait exprimer. C'est le sang chaud de soi-même qui justifie tout établissement. C'est le sang chaud de soi-même qui peut changer l'ordre des choses, par toute la douceur du passé qui s'est inscrite dedans, et qu'il faut savoir revirer à l'envers, pour que le vrai plaisir de vivre vous advienne.

Nathalie Bérubé en est tellement convaincue, qu'elle va obliger Miville à refermer la grosse Bible. Ses mains vont se faire extrêmement mobiles afin que Miville laisse le livre sacré et le dépose au milieu des vaches, des veaux et des taureaux à moitié gossés qui sont sur l'établi. Miville se laisse faire, même quand les mains de plus en plus entreprenantes de Nathalie Bérubé se retrouvent entre ses jambes, sous le pantalon déboutonné. C'est dur, gros et long, et sans doute aussi rougeoyant que ce qui sortait des grands bœufs sauvages quand, tout au fond du Deuxième Rang, on les mettait en pacage pour l'été avec des tourailles que l'odeur des longues herbes excitait. Miville ferme les yeux et laisse les mains expertes de Nathalie Bérubé travailler. Puis il geint, tout son corps emporté dans le blanc-mange qui, brusquement, sourd de lui comme d'une fontaine. Comme ça fait du bien dans le dedans même des muscles et comme ça serait bon si ça ne devait jamais finir! Mais le plaisir est fugace et ne demande plus qu'à être essuyé. Encore une fois, Miville laisse les mains expertes de Nathalie Bérubé travailler quand elle lui tend ce doigt tout mouillé de sa propre vie. Miville le suce avec abandon car ce qui le re-couvre, ce sont toutes les odeurs de cette terre qui lui appartient enfin. Nathalie Bérubé dit:

— Maintenant, faut que t'ailles rejoindre Delphis Cayouette dans la cuisine. Il t'attend pour que t'ailles bûcher avec lui.

— C'est Junior qui doit l'accompagner, pas moi.

— Junior s'est colletaillé avec le beau-père. Il a pris ta camionnette pour se rendre dans les écores. C'est pour ça que Delphis Cayouette espère après toi dans la cuisine.

— Bon, je vais y aller. Mais laisse-moi te dire que j'aimerais bien mieux passer toute la journée avec la

Bible et toi. Ça serait sans équipollence avec n'importe quel bûchage.

— Miville, il y a pas que la Bible, toi, moi et le bûchage. Il y a aussi Julie qui reste enfermée dans son grenier. Ça fait des jours que tu me promets que tu vas y parler.

— Julie boude. Quand elle boude, personne peut rien faire.

— Ce qui nous arrive, c'est pas facile pour elle. Et parce que c'est pas facile pour elle, je finis par trouver ça compliqué pour moi.

— Je vais essayer d'aller lui dire deux mots. T'es contente, là?

— Merci, Miville.

Elle l'embrasse, sa langue toute aguicheuse, et de son genou pèse fortement entre les jambes de Miville. Puis les deux sortent de la chambre, elle s'en allant vers l'escalier et lui allant frapper à la porte du grenier de Julie. Par trois fois, il insiste. Comme ça ne répond pas, il tourne la poignée de la porte. Julie est assise dans son lit, un carton de pizza sur les genoux et, de ses yeux mi-clos, regarde le plafond. Miville s'avance vers elle. Il dit:

— Julie, je voudrais que tu m'écoutes enfin.

— Ça me tente pas de t'écouter. J'ai rien à te dire et je pense pas que toi-même, t'aies vraiment quelque chose à m'apprendre. Ça fait que laisse-moi tranquille.

Miville voudrait s'approcher encore et s'asseoir au pied du lit comme il imagine que Junior doit le faire. Mais il n'osera pas aller aussi loin: quand elles ne veulent pas de vous, les bêtes blessées sont pires que n'importe quelle tempête: elles grappignent tout partout, à cause de la grande souffrance dans laquelle elles se trouvent. Aussi Miville se contente-t-il de dire:

— Julie, on est pas pour passer tout le reste de notre vie comme des chiens de faïence, gonnebitche! Si le père avait décidé autre chose que ce qu'il a décidé, j'aurais été le premier à prendre ma pilule.

Plutôt que de répondre à Miville, Julie envoie revoler à côté du lit le carton de pizza que, depuis hier soir, elle a gardé sur ses genoux. Elle se sent comme devait se sentir Virginie quand elle s'est enfermée dans la chambre des maîtres, victime d'un opprobre si profond que, à moins de renoncer à tout ce qui vous fonde, il ne saurait plus y avoir de suite dans le monde. Miville insiste encore:

— Malgré tout ce qu'il peut y avoir pour toi d'injuste dans ce qui arrive, on devrait pouvoir trouver le moyen de s'entendre, non? Comment t'agis depuis que le père s'est donné à moi, ça me fait de la peine et c'en fait aussi à Nathalie. Elle demanderait pas mieux que de faire la paix avec toi. Pour la maison, vous pourriez vous mettre d'accord.

— Sors d'ici, Miville: j'en ai assez entendu de même!

— Je souhaite comme le père le meilleur pour toi. Mais si tu veux pas le comprendre, que c'est que tu veux que je fasse?

Dépité, Miville quitte le grenier de Julie et retrouve Nathalie Bérubé qui l'attendait en haut de l'escalier.

— Je te l'avais dit qu'elle voudrait rien savoir.

— Peut-être, mais l'important, c'est que tu lui aies parlé. Maintenant, tu vas pouvoir aller bûcher avec l'âme en paix.

— Un vrai petit bœuf boqué, gonnebitche! Rien d'autre! maugrée encore Miville en descendant l'escalier, étonné de ne pas voir Delphis Cayouette dans la cuisine quand il y arrive.

— Il a dû se tanner de t'attendre, dit Nathalie Bérubé. Pour te rendre dans les écores, t'as rien qu'à prendre la camionnette du beau-père.

— Ça, pas question. Depuis qu'on est mariés, toi et moi, ça va bien avec le père. Je suis pour que ça reste de même. Le moins de choses que je vais lui demander, le moins de risques je vais courir. Appelle-moi plutôt Bélial Dumont.

— Un taxi pour te rendre dans les écores! Tu y penses pas sérieusement, Miville?

— Fais ce que je te demande. Moi, je vais attendre dehors.

Il va vers le comptoir, y prend sa boîte à lunch et voit que Junior n'a pas touché à la sienne.

— C'est le troisième matin qu'il fait ça. Mais là, c'est fini: il s'arrangera comme il pourra. De toute façon, il touche à rien de ce que tu lui prépares. Il s'en baratte lui-même, le gonnebitche!

Présentant la boîte à lunch de Junior à Miville, Nathalie Bérubé dit:

— Même si Junior refuse de manger ma nourriture, apporte-lui pareil sa boîte à lunch. C'est moi la femme de la maison et c'est moi qui en décide.

Une autre fois, Miville embrasse Nathalie Bérubé, puis s'en va. Bélial Dumont ne mettra pas de temps à survenir dans le Deuxième Rang. De la fenêtre de sa chambre-bureau, Xavier regarde le départ de Miville en taxi et s'en amuse. Décidément, les plans de nègre de Junior ont parfois du bon! En tous les cas, ils ont le don de ramener Xavier à ses propres manigances. Aussi abandonne-t-il la chambre-bureau et se retrouve-t-il dans la cuisine où Nathalie Bérubé est en train de faire la vaisselle. Lui montrant le vieux poêle à bois, il lui dit:

— Pour chauffer, on va manquer de rondins avant longtemps. Ça fait partie des tâches de la femme de la maison de voir au bon fonctionnement du poêle à bois. Bougrine-toi et occupe-toi z'en.

— Dès que j'ai fini de laver la vaisselle, le beau-père.

— Si toi et Miville aviez moins niaisé tantôt dans votre chambre, il y a déjà un bon bout de temps que la vaisselle serait cordée comme il faut dans les armoires. Ça fait que bougrine-toi comme je te l'ai demandé et remplis la boîte à bois de rondins.

Aussitôt qu'il s'est débarrassé de Nathalie Bérubé, Xavier téléphone à Jos Bérubé, lui disant:

— Jos, je t'ai dit aux épousailles de Miville que je te ferais signe quand ça serait le temps. Là, on est en plein dedans. Aussi, je t'attends pour parler d'affaires avec toi.

Le téléphone raccroché, Xavier va se laver les mains. De la fenêtre, il voit Nathalie Bérubé désenneiger les bûches d'érable dans la cour. Xavier hoche la tête et pense: *Tu vas voir que tes grands desseins de femme de maison, je vais leur tordre le cou, et que ça aura pas le temps de prendre goût de tinette.*

Dans sa chambre-bureau, Xavier n'aura pas long à attendre pour que Jos Bérubé arrive. Pas plus que Xavier, Jos Bérubé n'a avalé cette couleuvre que représente pour lui le mariage de Miville avec Nathalie Bérubé qui, depuis les bancs de la petite école, a toujours été la femme de sa vie. Longtemps, les deux ont trafiqué ensemble, à cette époque où Maggie Cayouette se désintéressait de l'*Hôtel de la Gare,* y laissant à n'importe qui sa liberté, ce dont Jos Bérubé avait profité pour s'établir tout à son aise dans le commerce de la drogue. En ce temps-là, il roulait dans un grand carrosse tout blanc et Nathalie Bérubé l'accompagnait jusqu'à Québec où l'on passait des week-ends épiques au *Château Frontenac.* Et encore, n'était-ce rien comparé à tous les projets qu'entretenait alors Jos Bérubé: un jour prochain, lui et Nathalie Bérubé seraient riches et, dans une petite île des mers du Sud, vivraient dans tant d'aisance qu'ils n'auraient même plus le souvenir de leur pauvreté d'enfance. Mais une guerre chez les petits barons de la drogue avait eu raison de Jos Bérubé. Trois ans, il avait moisi en prison. Quand il en était enfin sorti, Nathalie Bérubé s'était acoquinée avec Miville et Maggie Cayouette, qui fréquentait alors un policier de la Sûreté du Québec, ne voulait plus rien savoir du commerce de la drogue à l'*Hôtel de la Gare.* Se retrouvant Gros-Jean comme devant, Jos Bérubé a acheté ce vieux camion dans un encan et, depuis, transporte dedans tout ce que lui demande le monde, aussi bien des bêtes à cornes, de vieux gréements aratoires, que du bois de sciage; et il attend son heure pour reprendre Nathalie Bérubé à Miville et aller se la couler douce avec elle dans une petite île des mers du Sud. Le téléphone de Xavier n'a donc rien eu pour lui déplaire, de sorte que ça n'a pas lambiné avant que Jos Bérubé se retrouve, tout essoufflé, dans la chambre-bureau de Xavier. Celui-ci le fait asseoir dans la berçante et lui dit:

— Jos, c'est pas mon habitude de me morfondre en chemin pour dire ce que j'attends du monde.

— Pour rien vous cacher, je me chauffe avec le même bois.

— Le bois avec lequel tu te chauffes, ça te regarde.

— Si vous m'avez demandé de venir vous voir pour que je me fasse insulter, je suis capable de m'en retourner par la même porte d'où je suis venu.

Xavier ricane: avant d'entrer dans le corps du sujet, ce n'est jamais de la peine perdue que d'éprouver son prochain. Aussi dit-il:

— J'aime assez ça quand on me répond comme du monde. Astheure que c'est fait, je vais te parler de ce que je pense. Que Miville ait épousaillé Nathalie Bérubé, je suis pas plus d'accord avec ça que toi. Miville est un incompétent et le restera toujours.

— Vous vous êtes pourtant donné à lui, du moins à ce qu'on prétend.

— Ce que le monde prétend, je me liche les badingoinces avec. En ce qui me concerne, j'ai toujours pensé que Nathalie Bérubé était de trop dans le paysage. Je peux peut-être te donner les moyens de m'en débarrasser.

— Expliquez voir.

— Depuis que t'es sorti de prison, j'ai ouï-dire que tu chauffes un camion.

— Ouais, mais je vois pas le rapport entre le camion que je chauffe et Nathalie qui devrait être à moi. Si vous me disiez simplement où vous voulez en venir, je comprendrais peut-être.

— Pour arriver à ses fins, s'agit pas seulement de le vouloir: faut y penser. Et ce que je pense, c'est ce que je vais te demander de faire. En faisant semblant de rien, je veux que tu houspilles Nathalie Bérubé, que tu te colles dessus elle comme une sangsue. Comment tu vas l'achaler, ça m'est égal, l'important pour moi étant que tu sèmes le diable entre Miville et elle. En échange de tes bons services, je vais payer tout ce qui va falloir. Pour commencer, je t'engage, toi et ton camion, pour charroyer jusqu'ici le bois qu'on est en train de bûcher dans les écores de la grève du cap au Marteau, amont le fleuve. Entre tous les voyages que tu vas faire, tu devrais avoir suffisamment de temps pour trouver comment tirer la couverte par rapport à Nathalie Bérubé. Mais comme il s'agit de ma maison, je veux que ça se fasse sans bavure. On s'entend là-dessus?

— Je suis paré à commencer. Quand est ce que je le fais?

— Tu sais où sont les écores de la grève du cap au Marteau, amont le fleuve. T'as rien qu'à t'y rendre. Tu manqueras pas de bois pour chauffer ton moulin, tu peux me croire.

— Je vais être là dans pas grand-temps.

Jos Bérubé se lève et remet sur sa tête la tuque qu'il a fait tourner dans ses mains tout le temps qu'il est resté assis dans la berçante devant Xavier. Quand il vient pour sortir de la chambre-bureau, Xavier dit:

— Pour les mamours que t'aimerais faire à Nathalie, prends ça mou dans les cordeaux. Je te donnerai de mes nouvelles quand le moment sera venu. Et là, si ça te convient, tu rameuteras pour toi-même toutes les cartes que t'as laissées tomber de ton paquet.

Une fois Jos Bérubé sorti, Xavier n'a que le goût d'ouvrir le tiroir central de son secrétaire, afin d'en retirer une photo de Miriam pour la regarder. Mais il s'empêche de le faire: quand le guerrier s'attaque au front même de la bataille ultime, rien ne doit le distraire de sa hargne. Aussi, Xavier laisse-t-il son fauteuil et s'en va-t-il devant la fenêtre, tout frissonnant de contentement dans son corps. Maintenant qu'il a lancé Jos Bérubé sur la bonne piste, il ne doute pas des résultats: Jos Bérubé n'a pas pour rien le corps maigre des coyotes. Il a dû s'accoutumer tellement souvent à la faim et la subir dans toute sa membrure qu'il ne lâchera plus l'os qui vient de lui être offert. Miville va en avoir les bras pleins. Quant à Nathalie Bérubé, elle ne pourra pas faire autrement que de suivre la parade, comme toujours. Quand le monde n'est que la pauvreté des épinettes toutes tordues, ça ne prend pas un grand coup de sciotte pour que ça s'abatte dans la dérision. Tout en regardant dans la fenêtre, Xavier se frotte les mains. Dehors, la neige tombe dans cette belle épouvante qui lui vient des grands vents soufflant de la Mer océane. On n'aura plus à attendre très longtemps pour que ça s'inscrive définitivement dans le paysage afin de donner au monde qui le mérite sa volée de bois vert.

Mais le visage de Xavier se durcit brusquement. Il ne faut jamais céder à l'impatience même si, dans l'ordonnement des choses qu'on appelle, il ne saurait y avoir la moindre fissure. Si on sait comment se lancent les dés, et ce qu'on attend d'eux quand ils vont retomber sur la table, il n'en demeure pas moins qu'il suffit d'un tout petit grain de poussière pour que ça se pipe de toutes parts. Pour avoir conduit bien des chevaux à la victoire, Xavier le sait. Souvent, les bêtes contre lesquelles il devait se battre auraient dû remporter la partie, parce qu'elles étaient superbement harnachées pour le faire. Mais tout le reste du monde oubliait le simple petit grain de poussière qui, si on ne sait pas le voir, vous fait chavirer dans l'amère défaite. Xavier ne peut succomber à pareille tentation. Il laisse donc la fenêtre et va se rasseoir dans son fauteuil, devant le secrétaire. Il voudrait avoir sa grosse Bible pour puiser dedans l'énorme patience juive. Mais quel besoin au fond de l'avoir? Xavier sait les commencements du monde jusque dans le bout de ses doigts. Aussi allonge-t-il sa main gauche devant lui et, ses yeux bleus fixés sur elle, se met-il à réciter:

« *Genèse*, premier verset. Lorsque Dieu commença la création du ciel et de la Terre, la Terre était déserte et vide, et la ténèbre enveloppait la surface de l'abîme. Le souffle de Dieu planait à la surface des eaux. Et Dieu dit...»

Quand il arrive dans les écores de la grève du cap au Marteau, amont le fleuve, Gabriel a l'impression, malgré le temps qui s'enlardit, de se retrouver dans le cœur même de l'été alors que les abeilles sauvages sont comme un grand tourbillonnement dans l'espace. Rien qu'à voir Junior et Miville bûcher avec autant d'acharnement, ça lui fait regretter de n'être pas resté dans la maison de Blanche. Il vient d'y passer des heures de fortes émotions, à varnousser dans toutes les pièces que, en compagnie de Blanche, il a lavées à grande eau, brossant fort les murs, les planchers et les plafonds pour que les lapins qui en sortaient s'évanouissent entre les craques du bois, définitivement. Découpés en morceaux, les vieux prélarts se sont retrouvés dans le gros baril d'huile dans la cour. Gabriel y a mis le feu, qu'il a alimenté des journaux et des revues moisis encombrant tous les êtres de la maison de Blanche. Après, ce sont les armoires qui ont été dépouillées de toute leur lingerie vétuste. Et une fois ces meubles nettoyés, il a fallu mettre fin au désordre de leur disposition: quand elle voyait des lapins partout, Blanche mouvait les meubles d'une pièce à l'autre, peu lui chalait qu'un lit se retrouvât dans la cuisine alors que le réfrigérateur débranché occupait tout le milieu du salon, avec plus rien que de la pourriture dedans. Ça a été dans le très nauséabond quand Gabriel a ouvert la porte du réfrigérateur: les pièces de viande grouillaient de vers et, dessous, les tranches de pain étaient aussi vertes que l'est le foin de regain quand on en fait de l'ensilage. Devant un tel gâchis, Gabriel aurait dû prendre le mors aux dents et, tout l'homme-cheval épouvanté en lui, fuir à toutes jambes cette énorme folie dans laquelle Blanche a vécu depuis que, refusée dans son amour par Xavier et piétinée par sa grande jument tavelée, elle est entrée creux dans les souterrains de la terre dont la grande sorcellerie l'a comme expulsée de son corps magnifique. Mais Gabriel n'a même pas eu de haut-le-cœur. Dans l'habitation sordide de Blanche, il a reconnu celle dans laquelle il vit lui-même depuis la fuite d'Albertine vers Montréal: il a laissé se cochonner toute la maison de Moïse Abraham, lui depuis toujours si propre, à ce point tel qu'il pouvait se vanter de faire manger son monde par terre tant même les planchers reluisaient comme de la neuve monnaie. Quant au bric-à-brac, vaut mieux ne pas en parler, la pire des soues pouvant être considérée comme un palais en comparaison avec lui.

Une fois les garde-robes débarrassées de la multitude de bouteilles de gin vides qui s'empilaient du plancher au plafond, Gabriel et Blanche se sont assis par terre dans le salon, devant la truie toute noiraude faisant fonction d'âtre. Gabriel l'a bourrée de bûches d'érable, y a mis le feu avant d'en ouvrir la porte puis, Blanche sur ses genoux, il l'a bercée avec tendresse, cherchant sous la robe fleurie les gros seins maternels. Quand ses mains se sont refermées sur eux, la vision de la grande jument tavelée de Xavier aurait pu venir permuter tous les signes, ramenant l'homme-cheval à son obsession d'une vulve rose si exemplaire que son sexe se serait dressé pareil à une pomme d'arrosoir. Mais les mains de Blanche lui catinant tout le haut du corps, et dans une tendresse qu'Albertine lui a toujours refusée, ont changé l'ordre des choses: pour la première fois de sa vie peut-être, Gabriel n'a fait que répondre par une grande douceur au désir, aussi bien le sien que celui de Blanche. Ça a été un grand moment d'attouchements réciproques, avec rien d'autre que de tout petits friselis ameutant le corps. Personne n'avait le goût de parler vraiment: dans une maison rendue à sa propreté et à l'ordonnement dont elle n'aurait jamais dû souffrir, les mots seraient comme des taches de graisse la dénaturant, et sans plus jamais que ça ne puisse s'amender. Mais quel bonheur c'est que de se laisser enfin porter par la simplicité de la compréhension!

Lorsque se sont épuisés tous les attouchements réciproques, la nuit avait depuis longtemps encerclé le Deuxième Rang, la chute des étoiles faisant ce foisonnement de neige au-dessus de la maison réaménagée de Blanche. Le feu s'était éteint de lui-même dans la truie toute noiraude faisant fonction d'âtre. Blanche a alors dit:

— Avant que le jour ne se lève, je voudrais que tu me fasses cadeau de ce que j'ai toujours rêvé depuis que Xavier, sur le vieux pont de fer de Tobin, a refusé de me reconnaître dans ma robe fleurie, passant sans me voir au volant de sa grosse Roadmaster aux yeux de crapaud. Certes, il était beau, abrillé de son long manteau, de ses gants de chevreau et de ses belles lunettes jaunes. Mais toi, tu l'es autant, et sinon bien davantage. Alors, j'aimerais que tu t'attelles au bobsleigh et que, dans toute la force de tes jarrets, tu m'emmènes jusque-là où, un jour, le soleil est tombé tristement dans la mer. Est-ce que tu peux faire ça pour moi?

Un moment, Gabriel s'est demandé si la folie de Blanche, pareille à un puits se retrouvant dans ses veines, n'était pas en train de lui revenir. Puis il s'est dit que tout cela n'avait pas d'importance: tout peut changer dans la vie, sauf le profond besoin qu'on a d'être, et depuis si longtemps que, de le refuser, ça serait revenir aux mauvais rêves vécus tant de fois déjà au-delà des Portes de l'Enfer, dans le territoire giboyeux des Magouas, au beau mitan de la seigneurie des Tobi. Aussi Gabriel a-t-il entraîné Blanche devant la galerie de la maison, là où son attelage d'homme-cheval et le bobsleigh les attendaient. Blanche s'est assise dans le bobsleigh, son dos appuyé à un sac d'avoine. Gabriel l'a abrillée de cette épaisse couverture, puis il s'est harnaché dans tout ce qu'il est, même de ce mors qu'il a réchauffé de sa main avant de se le mettre dans la bouche. Après, il a henni trois fois dans la nuit neigeuse avant de se mettre à galoper dans le Deuxième Rang, Blanche lui frappant les mollets de la hart rouge lui servant de fouet. Jamais l'homme-cheval n'aura couru aussi fort, tout son corps passé dans ses naseaux se gonflant et se dégonflant à chacune de ses foulées. Le Deuxième Rang a été bien vite traversé, de même que cette route qui mène à la rue Jean-Riou. Passé l'église, il a suffi de suivre la voie ferrée jusqu'au vieux pont de fer de Tobin. Rendus là, Blanche a ramené les cordeaux vers elle, sciant la bouche de l'homme-cheval juste ce qu'il faut pour que les jarrets lui flanchent et qu'il s'arrête. Blanche a dit:

— Je vais descendre ici. Toi, tu vas aller revirer au bout du vieux pont de fer de Tobin. Quand tu vas revenir vers moi, je vais être la belle grande jeune femme que j'ai toujours été dans ma longue robe fleurie. Je vais être la belle grande jeune femme qui t'a toujours attendu.

Gabriel s'est remis à trotter jusqu'au bout du vieux pont de fer de Tobin. Puis il a reviré de bord pour s'en revenir vers Blanche. Assise sur le parapet, dans sa longue robe fleurie, elle avait l'air de sortir tout droit d'une carte postale. Juste en face d'elle, Gabriel s'est arrêté et Blanche a dit:

— Ça faisait longtemps que je t'attendais. Ça faisait longtemps que je sais tout ce que tu vis dans d'étranges pays. Maintenant, emmène-moi à l'*Hôtel de la Gare* parce que je veux danser avec toi.

Blanche a repris place dans le bobsleigh, son dos à nouveau appuyé contre le sac d'avoine et l'épaisse couverture l'abrillant dans tout son corps. L'homme-cheval a détalé, se forçant dans tous ses muscles pour arriver à l'*Hôtel de la Gare* avant qu'il ne se ferme de toutes ses portes. Alors, il s'est dételé dans ses menoires et, tendant la main à Blanche, il lui a demandé de laisser le bobsleigh. Les rafales de vent ceinturant l'*Hôtel de la Gare* ont fait tous ces mouvements affriolants dans la longue robe fleurie de Blanche. On aurait dit que c'était tout le peuple des Magouas qui, du beau mitan du territoire giboyeux de la seigneurie des Tobi, s'était redressé comme un seul corps pour participer enfin au plaisir qu'on trouve lorsque la vie vraie se vrille en soi. Sur la piste de danse de l'*Hôtel de la Gare*, Blanche et Gabriel se sont déchaînés, retournés si loin dans le temps de la folle jeunesse que le diable de la musique les a emportés dans une saccacoua d'enfer. Après, et malgré les jambes fourbues, il a bien fallu s'en revenir dans le Deuxième Rang. Le dos appuyé au sac d'avoine, Blanche dormait dans le bobsleigh, ses mains à demi fermées sur ses gros seins maternels. Gabriel l'a prise dans ses bras et l'a transportée jusqu'à sa chambre où il l'a allongée dans son lit. Ça sentait bon la lavande, ça sentait bon le temps retrouvé. Pour un peu, Gabriel se serait assis au pied du lit et, sans jamais cesser de regarder Blanche, aurait attendu qu'elle se réveille pour recommencer avec elle cette virée nyctalope qui les a menés aussi loin qu'au vieux pont de fer de Tobin et à l'*Hôtel de la Gare*.

Mais on ne peut pas passer tout son temps dans la nuit. Gabriel s'est donc attelé à nouveau au bobsleigh et, oubliant ses jarrets vannés, a laissé l'homme-cheval en lui trotter jusqu'aux écores du cap au Marteau, amont le fleuve. Et, dans cette petite clairière où il se retrouve depuis, il regarde Junior et Miville qui, tels deux enragés, vargent à tour de bras sur les grosses épinettes noires. Dans la neige battue, les billots et les bûches s'accumulent. Il y en a tellement que même avec son bon vouloir, Gabriel ne pourrait les corder à lui seul. Aussi reste-t-il là à regarder, pris dans le pain aux raisins que l'homme-cheval est devenu en lui. Quand, toute sa grosse épinette noire ébranchée, Miville le voit, les mots de remontrance ne tardent pas à venir:

— Mononque, si vous poussez pas plusse que ça, le bois qu'on coupe risque de se voir enterré par la neige avant qu'on le ramasse.

— Je suis pas Victor Delamarre! proteste Gabriel. À part ça que mon entente avec Xavier dit rien d'autre que je dois donner un simple coup de main afin d'avoir mon bois de chauffage. Il a jamais été question que je rapaille tous les billots que toi et Junior, vous abattez.

Envoyant revoler dans la neige sa tronçonneuse, Miville s'avance vers Gabriel:

— C'est peut-être ça qui a été convenu entre vous et le père, mais maintenant, c'est moi qui ronne la bizenesse. Et ma bizenesse, elle a pas grand-chose à voir avec votre gonnebitche de bois de chauffage. Ça fait que sortez de vos menoires et mettez-vous à l'ouvrage!

— Miville, j'aime pas que tu me parles sur ce ton-là, à croire que t'as déjà oublié que je t'ai servi de père à ton mariage!

— Je suis pas du genre à m'éterniser sur le passé.

— Si tu vois les choses de même, laisse-moi te dire que t'as pas fini d'être poigné avec!

L'homme-cheval en Gabriel recule jusqu'aux menoires du bobsleigh. Il va s'y atteler quand le vieux camion de Jos Bérubé fait cette dernière trouée dans un banc de neige avant de s'arrêter presque sur le bobsleigh. Jos Bérubé sort de son vieux camion et dit, soulevant ironiquement sa tuque:

— Salut ben, la compagnie!

Ses yeux écarquillés comme s'ils allaient boire tout le fleuve, Miville se précipite vers Jos Bérubé.

— Que c'est que tu viens faire ici, gonnebitche?

— Charroyer le bois que vous bûchez, rien d'autre.

— Je pense que tu te trompes de place. Même s'il y a plein de bois à charroyer ici, t'es bien la dernière personne à qui je ferais appel pour le faire. Astheure, scramme d'ici, mon gonnebitche! Ça presse en queue de poêlon!

— Miville, je vais te faire remarquer que comme c'est pas toi qui m'as engagé, j'ai pas de comptes à te rendre.

— Comment ça, c'est pas moi qui t'ai engagé? Tu sauras que, depuis que le père s'est donné à moi, tout passe par mon vouloir.

— À ton père, t'as rien qu'à lui en parler. Parce que, en ce qui me concerne, ça fait déjà tripette que c'est entendu entre lui et moi pour le charroyage de votre bois. Moi, je veux pas faire de trouble nulle part, même pas dans le nouveau ménage que t'essayes de t'astiquer avec, sans aucune chance de ton bord pour y arriver.

Miville saisit Jos Bérubé dans tous les revers de son froc. Il dit:

— Mon gonnebitche, je veux pas que tu touches à un seul petit rondin tant que j'aurai pas, avec le père, tiré toute cette histoire-là au clair!

—Je suis un gars patient: je peux attendre jusque- là.

Miville monte dans sa camionnette et, laissant les écores de la grève du cap au Marteau, amont le fleuve, fonce tout droit vers le Deuxième Rang. Il a ses bottes et son casque d'aviateur d'enfance, ce qui rend inoffensives toutes ces plaques de glace qui se dressent sur son chemin. C'est tout monté dans son corps qu'il entre dans la cuisine alors que Nathalie Bérubé, derrière le comptoir, pèle des patates.

— Le père! dit Miville. Faut que je parle au père! Il est dans sa chambre-bureau, je suppose?

— Où voudrais-tu qu'il soit, sinon là?

Pour la première fois, Miville ne frappera pas avant d'entrer dans la chambre-bureau de Xavier qui, assis dans son fauteuil devant le secrétaire, fait mine de se cogner dans tous ses clous. Miville dit:

—Je veux savoir ce qui se passe, le père!

Xavier se dévire dans son fauteuil:

— À propos de quoi?

— Jos Bérubé est dans les écores de la grève du cap au Marteau, amont le fleuve. Et il prétend que c'est toi qui lui as demandé de charroyer jusqu'ici le bois que Delphis, Junior et moi, on fait pas autre chose que de bûcher. Faut que je sache si c'est vrai.

— C'est vrai.

— En temps que chef de la maison, ça m'appartient maintenant de prendre ce genre de décision-là.

— Ben sûr, sauf que quand j'ai fait affaire avec Jos Bérubé, je m'étais pas encore donné à toi. Comme je suis pas du genre à reprendre ma parole, ça explique pourquoi Jos Bérubé se retrouve avec nous autres.

— Gonnebitche que j'aime pas ça! Et tu sais pourquoi, le père. Tu sais comme moi que Jos Bérubé a longtemps sorti avec Nathalie avant que je la fréquente moi-même. Tu sais comme moi aussi que c'est un échappé de prison.

— Me barbouiller et barbouiller les autres avec le passé, ça m'a jamais intéressé. À part ça, si Nathalie t'aime autant qu'elle le prétend, je vois pas ce que tu pourrais avoir à craindre d'un Jos Bérubé.

Ce gars-là pourrait faire n'importe quoi tellement il m'aguit depuis la petite école!

— Je viens de te le dire, Miville: me barbouiller et barbouiller les autres avec le passé, ça m'a jamais intéressé. Si tu lisais mieux la Bible, tu t'en convaincrais toi-même aisément.

Miville n'ose plus ajouter quoi que ce soit et sort de la chambre-bureau. Xavier rit dans sa barbe tout en regardant, entre les languettes du store de la fenêtre, Miville s'en retourner dans les écores de la grève du cap au Marteau, amont le fleuve. Le poisson va être bientôt si bien ferré que même une épuisette ne sera pas nécessaire pour le tirer hors de l'eau: ça va être juste de la petite mort insignifiante, pareille à cette vie dont Miville représente trop bien les tenants et les aboutissements.

Mais avant qu'on en arrive là dans l'arrivage, il reste encore à Xavier bien des choses à régler, par-devers Julie notamment. Quand elles se réfugient dans l'enfance, les petites bêtes sauvages ne doivent pas être laissées à elles-mêmes car le risque qu'elles s'y enferment définitivement est trop grand. C'est bien assez que Virginie y ait trouvé la mort, tout écartelée dans la souffrance. Assis devant son secrétaire, Xavier va songer longuement à ce qu'il doit maintenant faire pour Julie — poser cet acte qui va l'obliger à revenir du bon bord des choses. Mais quel acte? Xavier ne sait pas encore.

Longtemps, Julie reste couchée. Elle a l'impression que son corps s'est réduit à la grosseur d'une tête d'épingle et qu'il ne reste plus grand-chose dedans, que ce qui ne cesse jamais de mourir dans le passé. Son esprit voyage du grenier à la chambre des maîtres où Virginie, lassée de tourner en rond, s'est laissée tomber dans l'imposante couchette de fer. Julie arrose les plantes, puis les désabrille de leurs feuilles mortes qu'elle met dans ce petit sac qui pend à sa ceinture.

— Mam, dit-elle, j'ai fait tout ce que tu m'as demandé. Est-ce qu'il y a autre chose que tu voudrais que j'accomplisse?

— Viens te coucher auprès de moi.

Julie se glisse dans l'imposante couchette de fer et se blottit contre Virginie. Ses pieds sont tout froids, de même que ses mains. Et ce corps devenu si osseux avec les années, comme déshabillé de ses muscles. On dirait qu'il n'en reste plus qu'un entrelacs de veines bleuâtres, même sur le front. Et ces cheveux déjà presque tout blancs. *Mam, je voudrais pas que tu meures. Mam, je voudrais pouvoir te réchauffer pour que tu puisses enfin quitter la chambre et travailler dans le jardin comme avant. Mam, pourquoi tu te laisses mourir? Mam, pourquoi est-ce que je peux rien faire pour toi? Mam, je t'aime et j'ai besoin de toi. Mam, parle-moi.* Mais Virginie reste silencieuse dans tout son corps allongé, les mains croisées sur sa poitrine, les yeux fermés, comme si elle était morte. Collée contre elle, Julie pleure. Elle ne va revenir à son grenier qu'une fois que toutes les larmes se seront épuisées en elle. Alors Julie se lève, va vers le mannequin qui est près de la machine à coudre et, machinalement, se met à piquer des aiguilles dans la pièce de tissu qui le recouvre.

— Je veux pas être dérangée, dit-elle lorsqu'on frappe dans la porte.

Mais celle-ci s'ouvre quand même sur Nathalie Bérubé qui balbutie quelques mots d'excuse avant d'ajouter:

— Pourquoi tu restes enfermée toute la journée ici?

— Me semble que ça se voit, non? Je fais juste ce que Pa m'a dit de faire: je me rattrape par rapport à la grande couturière que j'aurais dû être. Maintenant que tu le sais, fiche-moi la paix. Astheure que t'es la femme de la maison, ça doit pas être l'ouvrage qui te manque en bas.

— La maison, on pourrait s'en occuper toutes les deux si tu voulais.

— C'est à toi que Pa l'a confiée, pas à moi.

— C'est quand même pas une raison pour que tu t'encabanes ici toute la journée et que tu refuses de manger la nourriture que je prépare, tout comme Junior d'ailleurs.

— Raison ou pas, c'est de même. Et ça va rester de même tant que Junior et moi, on décidera pas autre chose. Maintenant que tu le sais, sors d'ici.

— Voyons, Julie.

— J'ai dit: sors d'ici. Ça fait que t'es mieux de le faire avant que je t'y force moi-même.

Comprenant qu'elle n'obtiendra rien de Julie, Nathalie Bérubé s'en va. Julie pique une dernière aiguille dans la pièce de tissu qui recouvre le mannequin, puis elle s'avance vers la fenêtre et regarde dehors. Devant l'écurie, Xavier promène la grande jument tavelée bien abrillée dans sa couverture rouge lisérée d'or. Des naseaux de la grande jument tavelée sortent ces jets de vapeur blanche. On dirait une baleine quand ça gicle de l'évent formidable. Quelques caracoles encore, puis la grande jument tavelée et Xavier reprennent le chemin de l'écurie. Julie tourne la tête, regardant le jardin qu'il y a entre l'écurie et la grange. En fait, il n'en reste plus que la charmille et la petite serre dans laquelle Virginie bouturait ses plantes. Comme c'est loin maintenant, à croire que ça n'a fait que se rêver au lieu de se vivre! Julie vient pour laisser la fenêtre quand Xavier sort de l'écurie, une petite canisse remplie d'œufs à la main. S'avançant vers la maison, il redresse la tête. Même quand Xavier s'arrête pour la regarder, Julie ne bronche pas. Elle attend que Xavier reprenne sa marche et disparaisse de son regard pour s'en retourner vers le mannequin et planter d'autres aiguilles dans la grande pièce de tissu. Ça va devenir une robe blanche, pareille à celle que, quelques semaines avant sa mort, Virginie avait confectionnée et portée, toute frisonnante de dentelle aux manches. Julie ne sait pas vraiment pourquoi c'est à cette robe-là qu'elle a décidé de s'attaquer plutôt qu'à quelque chose d'autre. Il s'agit sans doute du simple besoin qu'elle a de retrouver sa mère pour que son enfermement ne la revire pas définitivement à l'envers dans son corps. Rien que d'y penser, Julie se sent toute chagrinée. Elle laisse le mannequin, s'assoit à l'indienne dans son lit, met une cassette dans la radio et ferme les yeux. C'est sans doute du Mozart, une petite pièce toute simple que Virginie écoutait encore le jour de sa mort. Absorbée par le déroulement des notes, Julie ne se rend pas compte que Xavier l'observe du seuil de la porte du grenier. Il dit:

— Tu penses rester encore longtemps à fafiner de même dans ton coin?

— Ça regarde juste moi, répond Julie.

— Peut-être, sauf que du temps perdu, c'est jamais de profit pour personne. Si t'as dessein de faire comme ta mère, je pense pas que personne va pouvoir intervenir là-dedans. C'est à toi de décider.

— Que c'est que je pourrais bien décider? Ici, il y a seulement toi qui peux se permettre ça, et tout le temps pour des raisons que même toi, tu veux pas t'avouer!

— C'est-à-dire?

— C'est pour Miriam que t'as fait tout ce que t'as fait, pas pour rendre justice à Miville. T'essaies juste de donner le change. J'ignore encore pourquoi, mais je finirai bien par l'apprendre.

— Je peux t'assurer que tu te trompes là-dessus. Même que t'as rien qu'à venir avec moi et je vais te le prouver.

— Je veux aller nulle part avec toi.

— C'est pourtant la première fois que je demande à quelqu'un de m'accompagner.

— J'ai dit non, Pa.

— Je vais t'attendre dans la cuisine.

— Tu vas attendre pour rien.

— Ben sûr.

Restée seule, Julie se lève. Sur la commode près de la machine à coudre, elle regarde cette photographie de Virginie qui la montre en train de regarder la mer. Virginie est toute habillée de blanc, avec un petit chapeau qu'elle retient de la main à cause du vent. On ne voit à peu près pas le visage — que cette belle bouche pulpeuse et ces grands yeux sombres, pareils à de la terre noire. Julie pense: *Mam, est-ce que toi, tu sais ce qui est arrivé vraiment? Ce que Pa a vécu à cause de Miriam et ce que toi-même t'as souffert à cause d'elle, de quelle douleur c'est venu? Est-ce qu'un jour, Pa t'a demandé de l'accompagner pour la première fois et que tu lui as répondu non comme je viens de le faire? Tout serait-il aussi simple que ça? Réponds-moi, Mam. Réponds-moi.* Elle regarde encore la photo, mais la belle bouche pulpeuse reste silencieuse. Les grands yeux sombres, pareils à de la terre noire, continuent de regarder au-delà de la grève du cap au Marteau, vers la Mer océane. Julie pense: *Mam, je vais le faire pour toi. Je vais accompagner Pa comme il me le demande.*

Quand Julie se retrouve dans la cuisine, Xavier est assis dans la berçante près du vieux poêle à bois. Il est habillé de son froc et porte sa casquette de jockey.

— Tu savais à ce point-là que je viendrais?

— Non. Je l'espérais tout simplement.

Son seau d'eau savonneuse rempli à ras bord, Nathalie Bérubé prend la grosse brosse sur le comptoir. Elle dit, alors que Xavier et Julie se dirigent vers la porte:

— Vous allez être de retour pour le dîner?

— On sait jamais ça avant, juste après! maugrée Xavier.

Par la fenêtre, Nathalie Bérubé regarde Xavier et Julie se rendre à l'écurie. Que c'est qu'ils peuvent bien aller faire là? se demande-t-elle, toute sa curiosité éveillée. Comme elle aimerait être un petit oiseau pour se glisser entre les bottes de foin sans être vue et espionner tout à son aise!

— T'as pas besoin de rester dans la porte, dit Xavier, parce que Julie ne l'a pas suivi jusqu'à la grande jument tavelée.

— De rester près de la porte, c'est presque toujours ça que t'as exigé de nous autres, même quand on était petits.

— Dans le temps, j'avais mes raisons.

— Miriam, comme de bien entendu.

— Ouais, Miriam. J'ai jamais caché à personne que c'est sur elle que je comptais pour prendre la relève, pas celle de la maison mais celle qui avait rapport avec ce que je faisais.

— Je pouvais devenir jockey, moi aussi!

— Peut-être, mais t'aurais pas été heureuse là-dedans. Avec les chevaux, ça prend de la dureté.

— Ça prend autant de douceur que de dureté.

— Toi, c'est surtout la première qualité que t'avais. En tout cas, c'est de même que je voyais les choses quand t'étais petite. Je me suis peut-être trompé là-dessus comme sur le reste, notamment pour ce qui concerne Miriam.

— Explique.

— Ce que je veux surtout dire, c'est que Miriam est morte maintenant pour moi. Pendant des années, j'ai pas voulu le comprendre et l'admettre. J'avais tort. Et tous vous autres, ça vous a empêchés de vous rendre vraiment dans vos grosseurs. Avec ce qui me reste de temps à vivre, j'ai plus le droit d'agir comme j'ai toujours agi. C'est pour ça que je me suis donné à Miville même s'il rêve juste de refaire ce que moi, en mon temps, j'ai défait: clôturer tout ce que j'ai déclôturé et mettre des bêtes à viande dedans. Même si je suis pas du bord des rêves qu'on veut enfermer et dans du plus petit que soi, chacun a droit à sa liberté. Maintenant, je voudrais juste que ça aille bien pour tous vous autres, à commencer par toi. Approche-toi.

Mais Julie ne bouge pas encore. Elle regarde Xavier qui bichonne lentement la grande jument tavelée, tout son visage comme morfondu de souffrance, et elle ne sait pas si elle doit vraiment le croire cette fois-ci. Elle pense à ces petites attaques de cœur que Xavier éprouve parfois quand, se croyant bien à l'abri dans sa chambre-bureau, il se frappe la poitrine de son poing fermé tout en grognant comme un vieil ours. Ça s'entend même du corridor. Se pourrait-il que Xavier soit vraiment malade, qu'il appréhende sa fin et que cela l'ait changé à ce point? Julie dit:

— Est-ce que t'as peur pour ta santé, Pa?

— Disons que j'ai plus rien d'un jeunot, qu'à mon âge on est plus à l'abri des caprices de sa machine.

— T'as vu un médecin?

— J'ai Isidore Lhebreu, mon vétérinaire. Ça me suffit. Maintenant, approche-toi.

— Je voudrais pas que tu me trompes, Pa. Je te le pardonnerais jamais.

— Viens donc, Julie.

Elle s'approche de Xavier et de la grande jument tavelée.

— Tout ce que je souhaite, c'est que tu sois heureuse. Pour te le prouver, je peux que te donner ce à quoi je tiens par-dessus tout. La jument, je te la donne, Julie. Elle est à toi maintenant.

— La jument? Tu veux me donner la jument de Miriam? Mais tu me prends pour qui, Pa? Tu m'as dit tant de fois qu'un cheval appartient qu'à la personne à qui ça appartient!

— Miriam est morte, Julie. Comme moi je vais l'être bientôt. La jument te revient donc.

— Non, Pa! Je suis peut-être ta fille mais je suis pas à vendre! Plutôt que d'accepter ça, je préférerais faire comme Mam, m'enfermer dans mon grenier et en ressortir que les deux pieds devant! Je t'aguis! Même quand tu vas être mort, je pense que je vais continuer à t'aguir!

La porte de l'écurie se referme dans un fracas d'enfer. Xavier balbutie:

— Je sais que t'es pas à vendre, ma petite fille. Mais se donner vraiment, que c'est que tu penses que c'est, sinon se vendre?

Une dernière caresse sur le chanfrein de la jument tavelée, et Xavier se retrouve devant son établi. Il va actionner la vieille pompe, se laver et s'essuyer les mains avant de s'appuyer au boxon de la grande jument tavelée. Par rapport à Julie, l'acte auquel il a pensé si longtemps, et qu'il n'a accepté de poser qu'avec la mort dans l'âme, n'était pas le bon. Les petites bêtes sauvages ne s'apprivoisent pas, surtout si elles ont déjà été piégées. Xavier pense à Virginie, à tout ce temps qu'elle a vécu claquemurée dans la chambre des maîtres, avec seulement Julie pour lui tenir compagnie. Pourquoi a-t-il laissé faire ça? S'il ne pouvait rien pour Virginie, il aurait pu au moins sauver Julie de l'enfermement. Si, une fois seulement, il l'avait laissée monter à côté de lui dans la grosse Roadmaster aux yeux de crapaud et avait traversé avec elle le vieux pont de fer de Tobin pour l'emmener aussi loin qu'à Québec, Montréal ou Boston, peut-être le pire aurait-il pu être évité, peut-être n'y aurait-il jamais eu de faute originelle. Mais Xavier sait bien qu'il se leurre: dans la grosse Roadmaster aux yeux de crapaud, personne d'autre que Miriam n'aurait pu prendre place, même pas Julie. Et surtout pas après cette nuit passée avec Miriam au *Château Frontenac.*

Xavier se sent tout atteint dans le dedans de lui-même, comme si de grands morceaux de muscles se détachaient des os, déjà tout pourrissants. Comme si elle s'en rendait compte, la grande jument tavelée hennit, puis donne ces petits coups de tête dans le dos de Xavier qui s'éloigne d'elle. Au-dessus de l'établi, il y a le vieux fusil de chasse avec lequel le père de Xavier s'est flambé la cervelle sur le fenil de la grange. Allongeant la main, Xavier le décroche, effleurant le canon du bout des doigts. Ce serait simple de mettre une cartouche dans le vieux fusil de chasse, de tirer le chien et de viser le cœur. Après, il n'y aurait plus de tromperie, et plus de ruse, et plus d'actes manqués: tout serait expié, aussi bien dire que rien n'aurait jamais existé — que des débris déjà tout pourrissants dans l'absurdité du monde.

Mais Xavier remet le vieux fusil de chasse à sa place. Chez les Galarneau, jamais personne n'est mort en hiver, même pas dans le creux de n'importe quelle tempête. Si une nouvelle lignée doit commencer, Xavier ne veut pas être celui par qui elle pourrait venir. Ce serait bien assez pour que tous les Miville qui encombrent le monde triomphent à jamais. Et cela, ça serait encore pire pour Xavier que l'hiver de glace et tout ce qui s'expie dedans, au creux de la tempête.

# 2

Junior a fini par se laisser convaincre. À l'*Hôtel de la Gare*, une fois passé le festival heavy métal, il ne saurait plus y avoir que le retour à la banalité: les soirées se ressemblent à elles-mêmes, avec le même petit nombre de figurants tétant leurs petites bières blondes, fumant leurs joints et jouant au pool tout en dénonçant la platitude dans laquelle ils se croient quand même obligés de vivre. Après s'être défoncé pendant quinze jours dans la musique rock, Junior s'est vite senti comme en état de déflagration. Lui est aussitôt devenu insupportable le fait de bûcher, avec Delphis Cayouette et Miville, dans les écores de la grève du cap au Marteau, amont le fleuve. Les esti d'épinettes noires! Et tout ce froid charrié par les grands vents venant de la Mer océane! Et les dérisoires chicanes entre Miville et Jos Bérubé! Et Julie qui tourne en rond dans son grenier plutôt que de profiter de la vie! Et Xavier passant tout son temps à catiner sa grande jument tavelée! Et Gabriel, plus homme-cheval que jamais, tirant son bobsleigh pour Blanche qp ui lui fouette les jarrets avec une hart rouge!

À l'*Hôtel de la Gare*, Junior a bu autant de bouteilles de bière qu'il a pu, et fumé toute sa réserve de joints. Après, il est monté rejoindre Judith dans sa chambre et a dit:

— J'ai refusé jusqu'à maintenant mais là, j'en ai mon esti de claque des Trois-Pistoles! Si t'es toujours d'accord, on monte ce soir à Montréal.

Judith a pensé que Junior avait trop bu et trop fumé:

— On partira demain, a-t-elle dit.

— Maintenant. Pas demain. Rapaille tes affaires, puis on saute dans ta jeep et on déguédine.

Même Ti-Bob Cayouette n'a pas cru Junior quand celui-ci lui a fait ses adieux.

— Tu vas quand même pas laisser Julie toute seule avec elle-même, mye mye!

— Depuis le temps que tu cours après, c'est l'occasion pour toi de t'en occuper comme du monde.

— Tu peux pas partir sans au moins la prévenir.

— Tu feras ça à ma place. Moi, je décabane.

C'est ainsi que, depuis, Junior se retrouve à Montréal avec Judith. Jouer de la guitare dans une bouche de métro ne ressemble peut-être pas au rêve qu'il se faisait de la rue Saint-Denis et des *Foufounes électriques*, mais il peut s'en accommoder. Et puis, il y a toutes ces journées et toutes ces soirées qu'il peut passer enfin avec Judith sans avoir à jouer au plus fin avec Julie. Le reste peut bien attendre et attendra: quand on habite le rêve, dans une ville aussi fascinante que Montréal, on ne pense qu'à la vie qui grouille en soi. Junior a l'appétit vorace, comme si le petit garçon en lui s'était retrouvé dans tous ses morceaux et ne songeait plus qu'à explorer le monde. Tant de choses à voir! Tant de lieux à visiter! Tant de filles à lutiner! Ça sent bon la peau tendre et ce qui devient tout mouillé en soi lorsque, sans retenue, on se laisse aller aux sentiments, rien que pour le plaisir de s'éprouver dans la profondeur de son énergie. Quand on en est là, le temps n'a plus d'importance: on se détient avec bien trop de force pour seulement le voir passer. C'est pareil pour la parenté qui habite la ville tout comme vous. Si Junior a pensé rendre visite à Stéphanie et Miriam, il n'en a rien fait et n'en ferait sans doute rien sans l'intervention du hasard. Voici comment cela arrive.

C'est le soir et Junior n'a fait rien d'autre que de vacher toute la journée avec Judith. L'envie lui prend brusquement de sortir, pour une fois sans Judith qui s'est endormie. Il monte dans la jeep et viraille tout son content dans Montréal avant de se retrouver comme toujours dans la rue Saint-Denis. Il est devenu un habitué du *Grand Café*, dont il aime la faune hétéroclite et tous les musiciens qui se succèdent sans dérougir sur scène. Aujourd'hui, Michel Donato y donne un récital de contrebasse. Junior ne sait pas si c'est l'effet du joint qu'il a fumé avant d'entrer au *Grand Café*, mais jamais il n'aurait cru qu'un instrument comme la contrebasse lui parlerait autant. Après le récital, il ne peut pas s'empêcher d'aller saluer Michel Donato. La discussion est tellement plaisante que, du *Grand Café*, on passe au restaurant *Le Saint-Malo*. Il y a fête, et pas pour n'importe qui: c'est Stéphanie qui y célèbre le retour d'Afrique de son ami Siegfrid. Décidément, le monde est bien petit! Quand Stéphanie apprend que Junior vit maintenant à Montréal et que, en attendant de trouver mieux, il se contente de jouer de la musique dans le métro, elle lui dit:

— Pourquoi tu viens pas voir Monsieur Couture à Médiatexte?

— Je vois pas ce que ça donnerait. À ce que je sache, la musique est loin d'être son royaume.

— Il a déjà été propriétaire d'un restaurant et d'un petit bar, et il connaît plein de monde dans le milieu du spectacle. On a même un client, Rémi Levesque, qui est un imprésario. Je suis certaine que Monsieur Couture ferait plus que de lui dire un bon mot pour toi.

— Si ça adonne, je passerai l'un de ces jours. Là, j'appelle Judith pour qu'elle vienne me rejoindre, et on va se contenter de fêter le retour de ton chum.

Comédien et metteur en scène, Siegfrid Gagnon a roulé depuis un an sa bosse dans les Europes et l'Afrique. Du comédien, il a la jactance aisée; du metteur en scène, le don du geste rapide. Junior l'écoute raconter ses voyages, et pour lui, c'est comme si Montréal ne cessait pas de s'agrandir, avec toujours plus de beauté à y découvrir. On est loin de la grosse hache et de la vieille sciotte de Xavier. Quand Judith survient, tout ensommeillée encore, la cérémonie des retrouvailles en est à son apogée, Stéphanie et Siegfrid Gagnon dansant lentement, tout collés l'un sur l'autre.

— Sais-tu pourquoi j'aime Stéphanie? dit Junior à Judith. Elle prend le plaisir comme il vient, sans se fatiguer avec le reste. Si un jour, Julie pouvait en faire autant!

— Depuis qu'on est à Montréal, c'est la première fois que tu me parles de Julie. Tu t'en ennuies peut-être?

— J'ai pas encore eu le temps.

— Si tu penses à elle, ça doit bien te chicoter un peu.

Junior ne répond pas. Un moment, l'image de Julie allongée dans le lit de son grenier vient le troubler. Il n'aurait pas dû partir sans au moins l'embrasser, surtout pas après l'insulte que lui a faite Xavier en voulant lui donner la grande jument tavelée de Miriam. Mais Junior ne veut pas y songer, de peur qu'à l'image de Julie se superpose justement celle de Miriam. Mais sa danse terminée, et revenant à la table, c'est Stéphanie elle-même qui attaque:

— T'es sans-cœur pas pour rire, Junior! dit-elle mi-blagueuse, mi-sérieuse. Tu pourrais au moins me demander des nouvelles de Miriam et des nouvelles de ma mère aussi.

— Je peux admettre ça, dit Junior. Comment va donc la chère parentèle?

Dans tout ce que lui raconte Stéphanie, un détail surtout va étonner Junior, celui que Miriam, depuis quelque temps, paraît avoir bien changé, moins acariâtre. Stéphanie ajoute:

— Tu te rends compte: ça lui arrive parfois de maintenant nous écouter. Elle est peut-être amoureuse.

— Miriam, amoureuse! proteste Junior. Si ça devait lui arriver un jour, c'est que tout le monde serait tombé sur la tête en même temps.

— Ça ressemble pourtant à ça.

— Dans ce cas-là, ça va peut-être valoir la peine que j'aille virer dans le bout de l'île, l'un de ces jours en tout cas.

— Comme ça, tu vas faire d'une pierre deux coups: par Monsieur Couture, tu vas pouvoir rencontrer Rémi Levesque.

Une fois informée sur Rémi Levesque, Judith ajoute:

— Crains pas, Stéphanie: on passera pas à côté d'une occasion pareille. Imagine, c'est peut-être le signe qu'on attendait, Junior et moi. Faire une tournée en province, même en plein hiver, j'aguirais pas ça.

Junior pense tout de suite que la province, ça doit ressembler aux Trois-Pistoles, avec plein de rangs qui mènent nulle part, sauf à de grandes épinettes noires qu'on transforme en madriers à défaut de savoir quoi faire d'autre avec. Pour avoir encore les mains toutes cochonnées à cause de la grosse hache et de la vieille sciotte de Xavier, ce n'est pas là un avenir qui pourrait l'enthousiasmer beaucoup. Ce que Michel Donato lui apprend sur la contrebasse, l'âme essentielle de tout orchestre, le sollicite bien davantage. Et puis, il y a cette fête dont Siegfrid Gagnon entend bien profiter encore. Il fait appel à ses amis comédiens et ça devient tout à coup magique: les vestes se revirent à l'envers, les chandails font des turbans et les cravates, des bandeaux. Junior a l'impression de se retrouver au *Spectrum* où il est allé avec Judith assister à une joute de la Ligue d'improvisation. On discourt sur une poignée de porte, ou bien sur le théâtre de Michel Tremblay, ou bien encore sur les Machines Molles. Montréal devient un prodigieux spectacle, un foisonnement de mots sonores. Dedans, l'émotion éclate, portant tous les rêves. Son grand chapeau de cow-boy sur la tête, Junior se laisse emporter par la joyeuse démesure qui emporte *Le Saint-Malo*. On dirait un réveillon du temps des fêtes, mais tel qu'il ne

s'en est jamais vécu de semblable dans le Deuxième
Rang, même avant que Xavier ne tombe de la grande
jument blanche de Miriam. On commençait à peine à
s'amuser que la chicane prenait, que les baguettes se
projetaient en l'air et que tout le monde se retrouvait
dehors, à se taper dessus. Virginie s'enfermait dans la
chambre des maîtres et pleurait. Pour se venger de
Xavier, Gabriel courait devant sa barouette ou son
bobsleigh dans le Deuxième Rang, habillé seulement
que d'un vieux caleçon. Ça faisait dur, rien d'autre.
Alors qu'ici, au *Saint-Malo*, en plein cœur de Montréal, il
n'y a, même dans l'extravagance de la fête, que de la
beauté.

— En esti toasté des deux bords à part ça! dit Junior
qui, tenant par la taille Stéphanie et Judith, se met à
danser avec elles.

Assis à sa table à *La Petite Marmite*, Philippe Couture n'a pas vu la soirée passer. Dans la musique très lente d'Erik Satie, il a mangé sans même savoir ce qu'il pouvait y avoir dans la qualité de la nourriture que lui a apportée Albertine. Dans l'intérieur de son corps, les eaux du fleuve ont déferlé, faisant venir toutes sortes de bribes chevelues, comme si le rêve ne pouvait être qu'une pieuvre se mouvant dans les tentacules du plaisir. Ici, *C'est le Saint-Laurent qu'on entend bourdonner vaguement, et qui laisse à peine deviner ses lointains vaporeux noyés dans les ténèbres.* Là, *Quand la nuit se fait belle au bord du Saint-Laurent, voyez-vous quelquefois, au fond du firmament, courir ces mélévres, fantômes lumineux, esprits nés des éclairs, qui dansent dans la nuée, étalant dans les airs leurs manteaux de phosphores?* Puis, dans le *Jour malaisé* de Gatien Lapointe, *au creux des vagues s'endormir les yeux pleins de ciel pleins de chaleur alors que la mer s'encombre de navires murmurant à la dérive des musiques mélancoliques au rythme de nos désirs.* Et tant d'autres bribes encore, comme si la mémoire des choses lues et relues vous forçait dans votre main d'écriture alors que ce n'est ni le lieu ni l'heure de le faire. On n'accomplit jamais ce qui doit l'être dans le voulu du moment parce que le corps est démâté depuis trop longtemps et que le fleuve, impérial, ne fait que suivre ce qui, de la loi de l'eau, s'est fabuleusement inscrit en lui. Alors, il ne reste plus qu'à se laisser flotter mollement en attendant qu'Albertine en ait fini de servir aux tables. Elle a accepté de l'accompagner chez lui après parce qu'elle a compris jusqu'à quel point Philippe Couture se sent seul et chagriné. Elle voudrait toutefois passer par sa chambre afin de se dématacher de toutes ses couleurs créoles. Mais Philippe Couture a trop peur que, une fois arrivée chez elle, Albertine ne veuille plus en ressortir.

— Avec votre chevelure dénouée, les couleurs créoles vous vont très bien. Aucune princesse malécite n'a jamais été aussi resplendissante que vous l'êtes.

Il lui prend le bras et les deux se retrouvent dans la rue Notre-Dame. La nuit est un vaste champ étoilé. Philippe Couture la compare à une longue phrase de Marcel Proust: on s'avance lentement dedans, sans trop savoir ce qu'on va y trouver, puis les mots s'illuminent, porteurs de tous les sens venus d'une longue expérience d'écriture.

— *Et c'est comme ça que le feu recommence*, dit Philippe Couture en se rappelant cet autre vers de Gatien Lapointe.

Dans le parc de la rue Bellerive, Albertine a tout à coup une idée farfelue, comme elle le crie elle-même à Philippe Couture en se mettant à courir, laissant le petit sentier déblayé pour s'enfoncer dans les bancs de neige. Jadis, elle le faisait souvent avec Stéphanie dans le temps de la lune pleine. Les deux couraient sous les arbres, puis la fatigue les faisait tomber. Elles restaient là, à se rouler dans la neige tout en criaillant comme des bécasses. De revenir parfois à des choses aussi simples, comme ça fait du bien dans le dedans du corps! D'abord incrédule, Philippe Couture a regardé Albertine courir. Quand il l'a vue disparaître presque totalement dans un banc de neige, il n'a pu résister à la tentation: après tout, peut-être que de se voir entouré de neige ressemble à ce qui se passait quand, avec sa mère, il se jetait dans la mer du haut de cette grosse roche rouge, à Cacouna.

— Je pense bien que j'avais oublié comment c'était, dit-il à Albertine en se laissant tomber dans la neige à côté d'elle. Merci de me l'avoir rappelé avec autant de simplicité, avec autant d'abandon.

Il lui prend les mains, les frotte dans les siennes:

— Curieux qu'il y ait autant de chaleur dans le froid, dit-il encore. À moins que ce ne soit ma passion de vous qui, encore une fois, change toutes les données.

De ses lèvres, il effleure le front d'Albertine.

— Vous m'avez tellement manqué! Depuis des jours, vous m'avez tellement manqué!

— Vous m'avez manqué aussi, Philippe. Mais ça n'aurait pas été bien de se revoir vraiment avant que ça ne s'éclaircisse dans ma tête. Et puis, vous-même, vous aviez aussi beaucoup de choses à démêler. Maintenant, je pense qu'on peut dire chacun pour soi-même où on en est.

— Mais si nous restons ici, le froid risque de nous manger tout rond avant qu'on y parvienne.

Il se redresse, lui tend la main. Le petit sentier retrouvé, ils marchent à nouveau vers Médiatexte. La fine liqueur de framboise va être bonne à boire, sous les hublots du studio. Alors qu'ils la sirotent, Philippe Couture s'est avancé vers ce tableau symbolisant, dans le fleuve de Cacouna, cette goélette démontée par les vagues. Parce qu'il n'ose pas dire encore vraiment à Albertine tout ce qui l'émeut, il se rabat sur Marcel Proust, et commence:

— Si vous saviez combien de fois j'ai regardé cette toile en souhaitant avoir le génie de Marcel Proust pour, grâce à elle, retrouver toute la mémoire de vous, chère Albertine. J'avais beau ne faire qu'y songer, rien ne m'en venait vraiment, que des bribes, que des images fugitives, comme si la toile n'était plus devenue qu'une manière de miroir qui ne me renvoyait qu'à moi-même, qu'à mon désir de vous... vous si lointaine que, même la couleur de vos yeux, je n'aurais su la dire vraiment.

Il s'arrête, détourne les yeux du tableau et ajoute:

— Mais vous êtes à nouveau là et c'est pareil aux vagues du fleuve qui reflueraient enfin vers moi. Venez, je veux vous montrer la première grande victoire que, grâce à vous, j'ai remportée sur moi-même.

Entraînant Albertine vers sa chambre, il ouvre la porte et fait de la lumière.

— Regardez, chère Albertine.

Albertine voit la vieille pompe à essence, la chienne de garagiste et la visière verte suspendues à la patère; elle voit le petit pupitre, le manuscrit de l'anthologie des gens du fleuve dont les feuilles s'empilent devant la photographie de la mère de Philippe Couture. Tout cela, elle l'a déjà vu quand, la première fois, elle est venue à Montréal. Elle regarde donc avec encore plus d'attention, cherchant ce qui a bien pu changer dans l'univers de Philippe Couture depuis qu'elle lui a fait le don de son corps dans la vieille cabane de pêcheur de la grève du cap au Marteau. Ne le trouvant pas, elle se tourne vers Philippe Couture et dit:

— Philippe, vous savez que je suis incompétente. Si vous ne m'expliquez pas, je crains fort de le rester.

Il l'invite à s'asseoir sur sa chaise de travail tandis que lui-même prend place au pied du lit.

— Chère Albertine, vous savez comme moi tout ce que représentent pour mon passé ces vieilleries-là. Elles sont les symboles de la pauvreté d'où je viens. Je les ai conservées parce que, un jour, j'ai lu Goethe et appris que même devenu riche, il avait gardé dans l'intact de sa jeunesse une pièce de sa grande maison. Elle était pauvre comme il l'avait été, et Goethe s'y rendait toutes les fois que l'orgueil prenait le dessus sur lui. Alors, il retrouvait l'humilité qui avait fondé son génie créateur, et la vie lui redevenait à nouveau saisissable. Il fallait être un aigle pour agir ainsi. Tandis que moi, après mon retour des Trois-Pistoles, j'ai fait tout le contraire de Goethe: j'ai voulu me débarrasser à jamais de mon petit pupitre, de la chienne de garagiste, de la visière verte et de la vieille pompe à essence. Pour un peu, même la photographie de ma mère y serait passée. Vous voyez donc jusqu'à quel point j'étais indigne de vous.

Il s'arrête, cherchant les mots qu'il voudrait dire et qui parleraient exactement de ce qu'il a vécu, même dans le spleen qui l'habitait parce qu'il était sans nouvelles d'elle et que cela lui était bien pis que de ne jamais arriver au bout de son anthologie.

— C'est l'amour que j'ai de vous qui a ramené le petit pupitre, la chienne de garagiste, la visière verte et la vieille pompe à essence. Je me suis dit que, même si je devais ne plus jamais vous revoir, il fallait que je parle, même maladroitement, de l'absolu que j'ai vécu grâce à vous. Je crois bien maintenant que je ne saurai jamais le faire que comme un chercheur d'or, en découvrant ici et là les pépites que les autres ont produites généreusement. Mon idée, c'est qu'il s'agit là d'une fonction honorable que je n'ai pas assumée depuis vingt ans mais que votre amour a enfin rendue possible. Que vous ne partagiez plus cet amour-là, c'est possible pour moi de l'accepter dorénavant.

— Vous savez bien que je vous aime, Philippe.

— Pourquoi tout ce silence entre nous deux alors?

Philippe Couture s'en veut d'avoir posé la question qui lui a, pour ainsi dire, comme échappé des lèvres. S'il le pouvait, comme il la ferait revenir en lui pour qu'Albertine n'ait pas à y répondre. Mais Albertine dit déjà:

— Je ne voulais pas vous faire souffrir. Mais quand on revient de loin dans le temps, on se sent toujours un peu indigne. On a comme l'impression que ce sont les autres qui vous ont portée, votre mère, votre père, votre mari et vos enfants. Un jour, on a besoin de savoir ce qu'il y a vraiment dans le fond de soi. Sinon, on risque de tourner éternellement en rond, comme les grandes corneilles noires du pays d'où je viens. Vous savez: moi non plus, je ne peux pas oublier la pauvreté. Mon père l'a trop vécue pour que, un jour, je n'en rende pas compte. La pauvreté détermine, mais elle oblige aussi.

Si, en me retrouvant à Montréal, j'ai gardé le silence par-
devers vous, il n'y a pas d'autre raison.

— Vous voulez donc écrire, chère Albertine?

— Je n'ai pas encore cette prétention-là, même si je
pense à mon père comme je n'y ai jamais pensé depuis
que je suis à Montréal. J'ai tellement de choses à
apprendre, Philippe! Quand je suis allée m'inscrire à
l'université hier, j'en revenais pas de me rendre compte
jusqu'à quel point je suis ignorante.

— Vous connaissez votre pays. On ne peut être igno-
rant quand on connaît son pays. Les ignorants, eux, s'oc-
cupent de statistiques. Et ce sont surtout des universités
que nous viennent les statistiques. Il est rare qu'on en
retrouve en poésie, qui représente pourtant le sel de
cette Terre. Je pense que votre père faisait partie de
cette belle race-là de monde. Pourquoi n'en parlez-vous
pas?

— Pour le faire, il me faudrait plus de dignité que je
n'en ai encore.

— J'aimerais vous aider à comprendre que vous
avez tort. Tout votre corps dit la dignité de votre passé.
Tout votre corps dit que, malgré le génocide, vous êtes
restée telle que les vôtres ont toujours été.

Albertine ne sait plus quoi dire. C'est qu'elle pense
à la tribu malécite dont elle vient et dont les quelques
centaines de membres qui vivent encore sont éparpillés
sur tout le territoire québécois, pour la plupart sans
même savoir leur origine sacrée. Bien sûr, il existe
encore un tout petit territoire malécite sur les hauteurs
de Rivière-du-Loup, mais on n'y retrouve que de la
roche, ce pourquoi on l'a donné à la nation malécite
après l'avoir déportée de son véritable pays. Ce ter-
ritoire-là n'a jamais été habité et ne le sera jamais: il est
privé de toute mémoire.

— Chère Albertine, à quoi songez-vous donc?

Elle n'ose pas le dire vraiment à Philippe Couture
tant elle a honte même des débris de sa nation: si le

gouvernement du Québec l'avait accepté, tous les déchets venus de la pollution industrielle se seraient retrouvés dans le petit territoire malécite sur les hauteurs de Rivière-du-Loup. Quand les journaux en ont parlé, Albertine n'a eu aucune réaction, comme tout le reste du monde. Est-ce son exil à Montréal qui lui redonne sa fierté? Ou bien s'agit-il de l'amour que lui porte Philippe Couture qui, même dans le mataché de ses couleurs créoles, voit toujours en elle la princesse malécite de son rêve? Tout simplement, Albertine dit:

— Je pense que je ne songeais pas à grand-chose. Je pense que ce soir, je suis heureuse de me retrouver avec vous et de me sentir aussi bien. Le reste, quelle importance ça pourrait-il bien avoir?

Et ils restent là tous les deux, sans plus rien ajouter. La lune pleine dans le ciel a sans doute dû basculer, ameutant la neige par tapons dans la rue Bellerive. C'est que le monde en revient à son origine même, dans ce qu'il connaît de l'enfance, mais reste si aléatoire dans le débours qu'est l'adolescence. Albertine et Philippe Couture en sont là dans ce qui est impossible de tout geste et de toute parole: il y a du péril lorsque l'instant amoureux se manifeste à ce point, puisque le moindre défaillement peut tout remettre en cause. Alors, ça ne fait plus que se regarder, comme si seul l'œil pouvait contenir l'émotion et ne pas l'aliéner dans ce qu'elle représente. Philippe Couture le comprend si bien que, après un moment, il se lève et va vers la grande fenêtre qui donne sur le fleuve. Albertine comprend qu'elle doit s'y rendre aussi. Tout délicatement, elle met sa main sur le bras de Philippe Couture. L'un à côté de l'autre, ils regardent les trouées de lumière entre ce qui se multiplie dans les spirales de la neigeante neige. Puis Philippe Couture dit:

— Chère Albertine, on ne voit plus le fleuve à cause de la tempête, mais il est bien là. Savez-vous ce que nous allons faire quand le grand dégel des eaux va survenir?

Nous allons faire venir un bateau juste devant notre fenêtre, nous allons y monter tous les deux pour accoster dans la vieille Europe. Nous allons visiter Balbec et Méséglise, et puis nous allons visiter tout le reste du continent, rien que pour nous reconnaître vraiment dans ce que nous sommes. Voulez-vous faire cela avec moi, chère Albertine? Le voulez-vous vraiment?

— Vous savez bien que oui, Philippe.

— Il s'agit là de votre part d'une promesse solennelle?

— Je peux vous le prouver, si vous voulez.

— Vous n'avez pas besoin: je vous crois.

— Excusez-moi. Pour un moment, je me suis sans doute prise pour une véritable princesse malécite.

— Mais vous l'êtes!

— Si je me souviens, il y avait au moins une règle qu'on devait respecter quand on faisait alliance. Tout contrat doit se signer.

— Même entre nous, chère Albertine? Vous n'y pensez pas vraiment? Depuis tantôt, moi je pense à Simone de Beauvoir et à Jean-Paul Sartre. Quel couple admirable ils ont formé! Même si cela peut vous sembler prétentieux, je me dis que, ensemble, nous pourrions atteindre à la même qualité. Alors, avons-nous véritablement besoin d'un contrat pour y parvenir?

— Oui, quand on croit à ce qui reste de malécite en soi.

— Expliquez-moi.

Pour toute réponse, Albertine va vers le petit pupitre de Philippe Couture. Elle prend la plume qu'il y a à côté du manuscrit, elle la décapuchonne et, retrouvant Philippe Couture devant la grande fenêtre donnant sur le fleuve, elle dit:

— Donnez-moi votre main, Philippe.

Du bout de la pointe de la plume, elle égratigne le pouce de Philippe Couture avant de faire la même chose avec le sien. Un peu de sang apparaît, se mêlant à l'encre. Albertine colle son pouce contre celui de Philippe Couture:

— Voilà: l'alliance est signée maintenant.

Quand on en arrive là dans l'absolu de la relation amoureuse, les mots qu'on pourrait faire venir encore n'ont plus guère d'importance: le corps prend toute la place, souverain par ce qui coule de lui. Devant la grande fenêtre donnant sur le fleuve, Albertine et Philippe Couture s'embrassent. Le lit va être tout chaud quand ils vont y tomber, comme si l'eau du Saint-Laurent avait reflué des Trois-Pistoles jusqu'à la chambre, ramenant enfin l'imagerie de la vieille cabane de pêcheur de la grève du cap au Marteau.

— Je vous aime, chère Albertine. Je vous aime tellement!

Attablée dans la cuisine, Miriam est en train de manger un très frugal repas comme elle a accoutumé de le faire quand elle revient de son travail chez Médiatexte: un œuf dur, de la laitue, quelques tranches de tomate, une pièce de fromage et une grappe de raisins. Sur le tourne-disques joue la musique de Richard Wagner. Malgré les brusques accès de démesure qui emportent parfois les notes dans d'extravagantes caracoles, Miriam ne s'en rend pas compte. C'est qu'elle pense à Éric Wisecomm qu'elle a accepté de voir ce soir, et qu'elle attend tout en mangeant son frugal repas. Miriam n'a encore jamais reçu d'homme chez elle, en tout cas pas pour un tête-à-tête dont elle ne sait pas le motif. Sans doute va-t-il être question de Maxime et de tout ce qui a continué à changer en lui depuis quelque temps, et que Miriam a pour ainsi dire admis officiellement: à cheval, Maxime ne fera jamais de compétition officielle, pas plus au centre équestre de Carignan que n'importe où ailleurs dans le monde. Maxime va plutôt faire pouliner cette jument que Miriam lui a achetée afin de sceller le nouveau pacte qui les lie. Élever des chevaux rien que pour la beauté toute simple de les voir courir dans les champs, voilà désormais le projet de Maxime. Miriam ne comprend pas encore très bien pourquoi elle s'est rendue aussi rapidement aux arguments de Maxime. Est-ce à cause d'Éric Wisecomm qu'elle retrouve durant tous les week-ends au centre équestre de Carignan, et à qui elle apprend à monter à cheval?

Miriam ne sait pas et cela la trouble. C'est pourquoi elle n'entend pas vraiment la musique de Richard Wagner, et c'est pourquoi elle n'entend pas davantage le carillon de l'entrée quand il se met à tinter. Il va falloir que ça se fasse insistant pour que Miriam sorte des limbes de ses pensées. Alors elle se lève, arrête le tourne-disques et va répondre. Portant un sac, Éric Wisecomm est là, tout souriant.

— Bonsoir, Miriam. Je suis un peu en retard, je crois bien. Je m'en excuse.

— Ce n'est pas grave. Venez.

Éric Wisecomm suit Miriam jusqu'à la cuisine.

— Vous avez déjà mangé? dit-il quand il voit les restes du repas de Miriam sur la table.

— J'aurais pas dû?

— Mais non. C'était à moi de vous prévenir que je comptais apporter des victuailles. Vous n'avez pas d'objection à ce que je mange tout en discutant avec vous?

— Si vous avez faim, ça vaudrait mieux.

Tandis que Miriam apporte la vaisselle et les ustensiles, Éric Wisecomm sort du sac une jolie petite bouteille de vin, une terrine de pâté, des petits pains, quelques fruits et de tout petits fromages. Les couleurs de ça rappellent à Miriam ce souper japonais qu'elle a pris avec Maxime ce soir-là que Montréal s'enneigeait dans sa première tempête.

Remarquant que Miriam n'a apporté qu'un verre, Éric Wisecomm s'en inquiète.

— Je bois jamais, dit Miriam.

— Même pas un peu de vin?

— Même pas un peu de vin.

— Je peux m'en passer aussi, fait Éric Wisecomm en écartant la jolie petite bouteille de vin.

— C'est pas parce que je bois pas que les autres doivent faire pareil. Mais si ça vous ennuie de manger tout seul, je peux vous accompagner en prenant un fruit.

Le ton sec de Miriam préoccupe Éric Wisecomm:

— Pourquoi êtes-vous toujours tendue, Miriam? Même dans vos paroles?

— C'est de la vieille habitude. Mais ça veut pas nécessairement dire que je suis vraiment tendue. De toute façon, si vous avez demandé à me voir, j'imagine que ce n'est pas pour me parler de ça, mais de Maxime. Quelque chose ne va pas avec lui?

— Pas du tout. Depuis qu'il sait pour la jument qu'il va faire pouliner, il est plein d'enthousiasme. Vous lui avez donné là une grande joie, Miriam. C'est ce qu'il lui fallait pour qu'il devienne ce qu'il a toujours été, rempli d'énergie comme un arc zen: on n'a qu'à le tendre et la flèche vole d'elle-même, tout droit et là seulement où elle doit aller.

Il fait cette pause, la regarde et ajoute:

— Non, Miriam: ce n'est pas vraiment au sujet de Maxime que je voulais vous voir.

— Pourquoi vous ne me l'avez pas dit quand vous m'avez appelée?

— Parce que vous auriez refusé que je vienne. Et parler d'affaires au téléphone est bien difficile.

— D'affaires?

— Oui, mais avant d'y arriver, me permettez-vous de boire un peu de vin? À moins, bien sûr, que vous n'ayiez pas de tire-bouchon dans la maison?

Malgré elle, Miriam s'inquiète: si avec Éric Wisecomm, elle devait se retrouver avec un enquiquineur du genre d'Edgar Rousseau, abruti par l'alcool et la bêtise? Elle le regarde boire une gorgée de vin et, pour un peu, son cœur se soulèverait.

— Si vous me disiez maintenant, fait-elle.

— Eh bien, voici. Aujourd'hui, j'ai discuté longtemps avec Madame Saint-Louis du centre équestre de Carignan. Elle songe très sérieusement à le vendre. Je lui ai dit que la chose m'intéressait.

— Mais vous connaissez rien aux chevaux!

— Je sais, et c'est pourquoi j'ai dit à Madame Saint-Louis que ça ne pourrait être possible qu'en autant que vous vous associiez avec moi dans l'affaire. Je vous ai déjà dit que je compte laisser l'enseignement avec la fin de l'année scolaire. Avec le fonds de retraite que je peux en retirer et les économies que je possède, j'aurais de quoi payer l'essentiel. Et vous-même qui travaillez depuis des années, je ne doute pas que vous pourriez en faire autant. Vous et Maxime, vous prendriez en charge les chevaux, et moi je m'occuperais de la gestion du centre équestre. Ne croyez-vous pas qu'on pourrait faire un bon équipage, vous, Maxime et moi?

Miriam est si étonnée par la proposition d'Éric Wisecomm qu'elle ne trouve rien à répondre. Elle reste là, assise devant lui, son corps tout chaviré par les images qui lui viennent. Elle se revoit avec Xavier dans l'écurie du Deuxième Rang des Trois-Pistoles, elle encore une toute petite fille, et lui maître de la splendeur, et lui la tenant dans ses bras, lui faisant flatter le chanfrein de la petite pouliche tavelée et disant:

— Un jour, tout le royaume que je possède va t'appartenir. Tu vas comme moi élever des chevaux dans un domaine mille fois plus grand que le Deuxième Rang, la seigneurie des Tobi, et le vieux pont de fer de Tobin. Quand tu vas passer dans la rue, le monde va se retourner vers toi et te recouvrir de magnifiques fleurs rouges. À côté de toi, n'importe quelle reine va ressembler à une pauvresse. Voilà l'avenir qui t'attend, Miriam. Voilà l'avenir glorieux qui t'attend. Parce que je t'aime et que je t'aime plus que tout au monde.

Pour ne pas sombrer tout à fait avec les images sourdant de son passé, Miriam se fait violence. Elle regarde Éric Wisecomm et dit:

— Je boirais bien un peu de vin maintenant.

C'est au tour d'Éric Wisecomm d'être étonné: qu'a-t-il donc dit de si extraordinaire pour que Miriam se retrouve bouleversée à ce point-là? Alors qu'elle effleure de ses lèvres la coupe de vin qu'elle est allée chercher dans la grande armoire de pin clair, il dit:

— Miriam, je ne veux pas que vous vous mépreniez sur moi. Je vous ai déjà dit mon amitié, pour Maxime et pour vous. Je respecterai toujours ce que vous êtes, peu importe ce que vous allez décider. Prenez quelques jours pour y penser.

Mais Miriam n'entend pas vraiment ce que lui dit Éric Wisecomm, son corps à nouveau chaviré par les images qui lui viennent. Cette rue menant au *Château Frontenac*, sa toiture crénelée scintillante dans la lumière, les formidables portes de cuivre des ascenseurs, la chambre avec le grand lit à baldaquin, et cette main de Xavier se posant sur son ventre nu, pareille à une étoile. Est-ce possible de croire qu'un jour ça puisse s'oublier?

— Je vais réfléchir à la proposition que vous venez de me faire, dit-elle. D'ici quelques jours, vous aurez ma réponse.

— En attendant, je lève mon verre à tout ce que vous êtes, Miriam.

Les verres n'auront pas le temps de se toucher, à cause de la sonnerie de la porte qui se fait entendre.

— Sans doute Stéphanie qui a oublié sa clé, dit Miriam.

Elle se lève et va répondre. Titubant, et les lèvres encore toutes mouillées par le scotch qu'il a bu à même le petit fiasque qu'il tient à la main, Edgar Rousseau dit:

— Faut qu'on se parle, Miriam. C'est le moment ou jamais.

Sa journée, Edgar Rousseau l'a passée dans son garage de voitures usagées. Il a d'abord mis tout le personnel à la porte puis, s'assoyant dans une vieille Ford qui lui a rappelé ses débuts en politique, il s'est mis à boire. Ça ne lui a pas pris de temps pour que le monde bascule dans son regard et ne devienne plus que ce qu'il y a toujours d'ignoble quand on se rend compte qu'on a travaillé fort et qu'il n'en reste plus rien. Alors Edgar

Rousseau est sorti de la vieille Ford et, s'emparant d'une masse, il a fracassé toutes les vitres de toutes les voitures entreposées dans son garage. Mais même cela n'a pas suffi à apaiser sa colère et son désespoir. Il a ouvert la grande porte de son garage, est monté dans cette grosse Dodge privée de toutes ses vitres et s'est dirigé tout droit vers l'appartement de Miriam. Ce soir, Edgar Rousseau veut savoir. Il veut tout savoir à propos de Miriam, de ce garçon dont elle lui a caché l'existence, et pourquoi? Sur le seuil de la porte de l'appartement de Miriam, c'est ce qu'il gueule entre deux rasades de scotch. Toute la nuit, Miriam pourrait bien essayer de le repousser, elle en serait quitte pour sa peine, Edgar Rousseau hurlant:

— Je veux savoir pour ton fils! Je veux savoir! Là, je veux savoir!

Quand Éric Wisecomm s'amène et s'interpose, Edgar Rousseau dit:

— Comme politicien, j'ai vu assez de monde dans ma vie pour que personne ne me fasse d'illusion. Rien qu'à te voir, ça se devine tout de suite que t'es pas le père de l'enfant de Miriam. Alors, c'est qui, le père? S'il faut que je remonte jusqu'au grand calendrier grec pour le trouver, je vais le faire! Là-dessus, fie-toi à moi, Miriam: quand j'étais soûl comme je le suis maintenant, on pouvait pas trouver de meilleur politicien que moi!

Miriam voudrait retenir Edgar Rousseau. Mais on ne retient pas la folie quand ce n'est plus que l'alcool qui s'exprime au travers d'elle. Miriam et Éric Wisecomm regardent donc Edgar Rousseau se rendre jusqu'à la grosse Dodge privée de toutes ses vitres, y monter, la mettre en marche. Ça zigzague d'un bord à l'autre de la rue Bellerive avant de disparaître dans la rue Notre-Dame. Sur le seuil de la porte de son appartement, Miriam tremble dans tout son corps. Lui mettant la main sur l'épaule, Éric Wisecomm dit:

— Ça sert à rien de lutter contre la folie, Miriam. La folie s'épuise tout le temps en cours de route. Il n'y a donc pas véritablement de danger avec elle.

— Ben sûr! Ben sûr! fait Miriam avant de refermer la porte sur elle et Éric Wisecomm.

# 3

Xavier n'a pas dormi de la nuit, le cœur lui faisant trop mal: parfois, ça bat à grands coups et à toute vitesse, comme si ça voulait sortir de la poitrine; et parfois, ça devient si lent que c'est à croire qu'il ne reste plus de vie dans la poitrine. Et puis, tous ces picotements irradiant des épaules vers le ventre et contre lesquels la vieille médecine reste totalement inefficace. Xavier a beau se frapper la poitrine de son poing fermé, la douleur persiste. Quel signe doit-il lire dans l'épouvante que lui fait son corps? Il tourne en rond dans la chambre-bureau en jetant de temps en temps un coup d'œil sur la nuit toute blafarde derrière la fenêtre. Et c'est comme si la grande jument tavelée trottait en lui, son corps désarticulé. Veut-elle se venger de lui parce qu'il a voulu la donner à Julie? Comment savoir quand le cœur est une telle souffrance?

Appuyé contre le secrétaire, Xavier halète. Peut-être est-il arrivé quelque chose de grave à Miriam, comme cette fois où elle est tombée de cheval et qu'il l'a su tout de suite, prévenu de la chute par ce qui, brusquement, avait chaviré dans son corps.

Les heures passent sans apporter aucune réponse. Ce n'est qu'avec le petit matin que l'angoisse desserre son nœud dans la poitrine de Xavier. Alors, la faim le tenaille comme si, au lieu d'avoir lutté contre la mort, il avait bûché toute la nuit dans les écores de la grève du cap au Marteau, amont le fleuve. C'est le jour qui reprend tous ses droits en attendant la prochaine tempête. Mais le temps se racornit, la peau de chagrin que constitue le corps dans les aveilles de sa mort dit bien l'urgence des grands règlements de comptes. Xavier sort de la chambre-bureau, traverse le corridor mais s'arrête avant de passer le seuil de la porte de la cuisine. Au bout de la table, Miville a usurpé la place qui lui a toujours appartenu de droit, à lui Xavier. Et que fait-il là en plus? Il regarde ces brochures publicitaires dont les pages couvertures montrent ces affreuses photographies de bœufs, de vaches et de veaux! Ce matin, il a l'air au septième ciel, Miville! Et la Nathalie Bérubé qui en rajoute, s'assoyant sur ses genoux et catinant Miville sans retenue! Voilà bien de quoi oublier cette horreur qu'a été la nuit et retrouver tout le guerrier belliqueux en soi. Xavier va prendre Miville au collet, le traîner jusqu'à la porte et le jeter dehors, cul par-dessus tête, comme il l'a déjà fait. Les usurpateurs ne méritent pas mieux. Mais Xavier se retient, à cause de ce que se disent Miville et Nathalie Bérubé.

— Pour le père, tu t'inquiètes pour rien, je te l'ai dit. Il a passé sa vie à bougonner: à son âge, ça se change plus. De toute façon, il a toujours agui les fêtes. Ça m'a donc pas étonné qu'il ait rien voulu savoir hier quand je lui en ai parlé. Mais cette année, moi je tiens à ce qu'on ait un véritable réveillon de Noël. En revenant de Québec, on va s'y atteler tous les deux. Tu vas voir que même le père va en rester tout ébaudi.

Miville exhibe cette photographie en couleurs d'un énorme taureau et ajoute:

— Mais là, on serait mieux de se préparer pour s'en aller à Québec. J'ai hâte en gonnebitche de voir de belles bêtes comme celle-là!

— Pourquoi tu veux tellement que je t'accompagne?

— Ben, voyons! Me verrais-tu aller tout seul à Québec? Ça fait assez longtemps que je rêve de me retrouver avec toi au *Château Frontenac*!

Nathalie Bérubé se renfrognant, Miville précise:

— Je te parle pas du *Château Frontenac* parce que Jos Bérubé et toi, vous y alliez souvent quand vous sortiez ensemble. Je t'en parle parce que c'est un vieux rêve pour moi: quand il faisait courir ses gonnebitche de chevaux, c'est toujours là que le père couchait, même quand Miriam voyageait avec lui. Moi, je voudrais juste entrer au *Château Frontenac,* courir tout drette à la première toilette, y pisser un bon coup et ressortir tusuite après. Je sais pas pourquoi, mais me semble que ça me ferait du bien. Pour ça, faudrait d'abord s'y rendre. Ça serait donc temps qu'on parte. La valise est prête?

— Tu sais bien que oui.

— Dans ce cas-là, va la chercher. Moi, je vais aller réchauffer le panel. Ça s'impose: c'est dans le frisquette rare ce matin.

Miville se lève et passe la main sur le dossier de la chaise de Xavier:

— M'être assis ici, dans la chaise du père, ça me fait pas qu'un petit velours par en dedans.

Puis il enfile son parka et sort, bientôt suivi par Nathalie Bérubé. Xavier va attendre que le panel de Miville se soit résolument engagé dans le Deuxième Rang pour faire son entrée dans la cuisine. Il va tout de suite vers l'évier, prend ce linge qu'il passe sous l'eau avant de se rendre près de sa chaise, à l'extrémité de la table. Vigoureusement, il frotte le dossier, les barreaux et le siège de la chaise, pensant: *Un incompétent pareil, oser s'asseoir là-dessus! Et assis là-dessus, oser parler aussi du* Château Frontenac *en tenant dans sa main une photo de bœuf grotesque! Ça mériterait juste de se faire sortir tous les nerfs du cou!*

Xavier jette le linge dans la poubelle puis, après s'être lavé les mains, prend dans le réfrigérateur ces petits pains, ces carrés de lard, ce paquet de figues et ces quelques œufs durs qu'il met dans un sac. Après, il enfile son froc et sa casquette de jockey, sort de la cuisine, se retrouve sur la galerie, content que le fond de l'air soit aussi froid. Pour ce qu'il a décidé d'entreprendre, ça va être une belle journée aujourd'hui. À grands pas, Xavier marche vers l'écurie. Quand il y entre, la grande jument tavelée hennit par trois fois. Xavier dépose son petit sac de victuailles sur l'établi. Il actionne la vieille pompe, remplit d'eau ce seau qu'il apporte à la grande jument tavelée avant de mettre dans l'auge ce plat d'avoine, juste à côté d'une grosse brassée de foin. Après quoi, il retourne à l'établi. Dessous, ce havresac dans lequel il transfère les petits pains, les carrés de lard, le paquet de figues et les quelques œufs durs. Après quoi encore, il tire cette petite caisse vers lui: dedans, un rouleau de fil de laiton et une douzaine de cartouches que Xavier met aussi dans le havresac qu'il ferme et assujettit à ses épaules. Ne reste plus qu'à prendre le vieux fusil de chasse au-dessus de l'établi et les raquettes, et Xavier peut sortir de l'écurie. Mais Delphis Cayouette arrive. Rien qu'à voir le havresac, le vieux fusil de chasse et les raquettes, il comprend le dessein qui, ce matin, habite Xavier. Il dit:

— D'habitude, tu vas jamais t'enfermer aussi de bonne heure dans la vieille cabane de pêcheur de la grève du cap au Marteau. Pour aller méditer là, t'attends toujours que les fêtes soient passées.

— Faut croire que ça sera pas de même cette année. L'hiver est arrivé un gros mois avant son temps. Dans mon calendrier à moi, ça veut dire que les fêtes sont déjà loin.

— C'est une façon de voir les choses, j'imagine.

— Les choses, c'est pas moi qui les vois.

— T'es sûr qu'il y a rien d'autre?

— Écoute, Delphis, je me suis pas levé ce matin avec l'intention de parler, même à toi.

— Faudrait bien, pourtant, à cause de ce qui se passe dans les écores de la grève du cap au Marteau, amont le fleuve. Depuis le départ de Junior pour

Montréal, les choses font que rempironner. Miville a embauché la parenté de sa femme pour le bûchage. Betôt, ma forêt va ressembler à un squelette.

— C'est avec Miville qu'il faut que tu parles de ça, pas avec moi. En seulement, il va falloir que t'attendes parce que tantôt Miville a pris le bord de Québec. Mais inquiète-toi pas: il va revenir. Du monde comme Miville, ça part jamais longtemps, contrairement à d'autres.

— Quand bien même je discuterais avec Miville, ça serait en pure perte; il veut rien comprendre.

— Dans ce cas-là, tu sais ce qu'il te reste à faire. Si tu veux ravoir ta terre...

— Pour rien te cacher, j'y pense.

— Les «j'y pense» m'intéressent pas bien gros. Si tu veux reprendre possession de ton butin, t'as qu'à passer chez Maître Saindon: j'ai déjà signé les papiers en conséquence.

— Ouais, m'est avis que j'ai pas choisi mon jour.

— N'importe quel jour, c'est toujours le même.

Xavier empoigne le vieux fusil de chasse et les raquettes. Même si la grande jument tavelée hennit quand il pousse la porte de l'écurie, il ne lui jette pas un coup d'œil. Une fois dehors, il se harnache de ses raquettes, maugréant après le mauvais cuir des courroies. Delphis Cayouette dit:

— Si tu veux, je peux te donner un pouce jusqu'à la grève du cap au Marteau.

— Je suis encore capable de marcher. Si tu veux vraiment faire quelque chose d'utile, préviens Julie que je serai pas là pendant trois jours. Salut, Delphis.

Xavier contourne l'écurie. Du fleuve gelé presque de bord en bord qu'il y a loin devant lui, ne reste qu'une mince veine bleue, pareille à celle qui traversait le front de Virginie le jour de sa mort. Avant d'y arriver, Xavier va devoir marcher longtemps. La neige est épaisse et les grands vents soufflent fort de la Mer océane. Xavier respire profondément: sur des raquettes, on manque vite de souffle quand on ne sait pas prendre la bonne cadence. C'est l'affaire d'une demi-heure, après quoi il suffit de mettre un pied devant l'autre pour que ça s'en aille tout droit vers la grève du cap au Marteau. Xavier a fait le trajet tant de fois avec son père qui, comme lui, allait se réfugier dans la vieille cabane de pêcheur au beau mitan de l'hiver, y passant ces trois jours rituels à réfléchir sur le sens de la Loi. Pourquoi Xavier a précipité le moment pour s'y rendre, il n'en sait trop rien. Mais une autre nuit à souffrir dans sa chambre-bureau serait au-dessus de ses forces. Après, ne pourrait venir que l'irréparable; et si ça devait encore une fois se retourner contre Julie, jamais Xavier ne se le pardonnerait. Même mort, il a l'impression que ça le poursuivrait encore et que ça serait bien pire que ce qui, cette nuit, se démanchait dans son cœur.

En bas de la côte à Cauchon, la vieille cabane de pêcheur apparaît enfin. Tout au long de la grève du cap au Marteau, d'énormes blocs de glace, emportés là par les marées, miroitent au soleil. Malgré sa fatigue, Xavier accélère le pas. Il a hâte de se retrouver à l'intérieur de la vieille cabane de pêcheur car plus on avance vers le fleuve, plus le froid vous pénètre, vous rendant gourd dans tous vos gestes. Vite! Un bon feu de bûches d'érable dans la grosse truie pour que la chaleur reprenne possession du corps. Xavier met son havresac sur la paillasse, l'ouvre, range comme il faut sur une botte de foin les petits pains, les carrés de lard, le paquet de figues et les œufs durs. Il fait un cercle avec les douze cartouches et met au milieu le rouleau de fil de laiton. Puis, fouillant encore dans le havresac, il n'y trouve plus rien, même pas la petite Bible de voyage que, les autres hivers, il apportait avec lui. La petite Bible de voyage, il l'a laissée dans l'écurie. Il n'y a plus droit maintenant qu'il a donné à Miville celle de la famille. Mais comment méditer sans elle? Xavier s'accroupit devant la grosse truie et ferme les yeux. S'il y pense comme il faut, un passage pertinent de la Bible va lui revenir comme quand il l'ouvrait dans le hasard de n'importe quelle page afin de savoir comment orienter sa réflexion. Ce sont des mots venus du livre de *Job* qui viennent tout de suite le visiter. À voix basse, Xavier récite:

«Le Seigneur lui dit: ‹As-tu remarqué mon serviteur Job? Il n'a pas son pareil sur la Terre. C'est un homme intègre et droit qui craint Dieu et se garde du mal. Il persiste dans son intégrité et c'est bien en vain qu'on m'inciterait à l'engloutir.› Mais le Malin, quittant la présence du Seigneur, frappa Job d'une lèpre maligne de la plante des pieds jusqu'au sommet de la tête. Alors, Job prit un tesson pour se gratter et il s'installa parmi les cendres. Sa femme lui dit: ‹Vas-tu persister dans ton intégrité? Maudis Dieu et meurs!»

Xavier cesse de réciter et pense: *Persister dans son intégrité, est-ce que c'est encore possible quand ça achève de pâlir au beau mitan de soi? C'est pour le savoir que je suis là, avec seulement trois jours devant moi.*

Mais la première journée, on ne médite pas vraiment avant le soir. Le rituel des Galarneau veut que ça se fasse après qu'on ait pris un lièvre au collet. C'est dans le blanc de sa fourrure que les signes vont apparaître. Xavier s'assoit sur la paillasse et, utilisant le fil de laiton, prépare quelques collets. Il va bientôt aller les étendre dans le sous-bois qu'il y a derrière la vieille cabane de pêcheur, en faisant attention pour qu'ils forment un cercle. Ne restera plus ensuite qu'à attendre. Bien avant que le soir ne tombe, le lièvre reposera dans la neige, le cou brisé par le collet au fil de laiton. Sur une caisse, Xavier va le mettre devant la grosse truie et le regarder tant que dans le blanc de la fourrure n'apparaîtront pas les signes. Ainsi faisait son père avant lui. Ainsi faisaient tous les ancêtres de sa lignée avant lui. Seul Miville va déroger à la tradition parce qu'il ne sera jamais du bord de l'intégrité. Et sans intégrité, la fourrure blanche d'un lièvre n'est jamais que de la simple fourrure blanche, sans aucun signe pouvant venir dedans.

Xavier marche dans le sous-bois. Il ne sent plus l'angoisse de la nuit en lui. Quand on fait ce qui doit être fait et comme ça doit être fait, la crainte ne saurait plus venir vous hanter. En dedans de soi, tout devient aussi blanc que le paysage que Xavier a devant les yeux: cette grève du cap au Marteau, les Rasades et, de l'autre côté de la Mer océane, Les Escoumins. Xavier s'assoit et regarde. Il ne se rend plus compte du froid qui, bientôt, va faire autant de glaçons des poils de sa barbe. Tout ce qu'il y a de présent dans le temps s'escamote, comme la petite veine bleue qu'il y a au milieu du fleuve. Sur la glace, de formidables juments tavelées courent. Xavier sourit. La vie est toujours là, aussi chaude qu'à son origine, et souveraine.

Le pacte qu'il a signé de son sang et de son encre avec Albertine rend méconnaissable Philippe Couture. Même s'il a travaillé toute la nuit à sa fameuse anthologie sur le fleuve, il sent si peu la fatigue qu'il reste là, assis devant son petit pupitre, sa plume comme dressée vers l'espace. Allumé, le globe de verre de la vieille pompe à essence fait ses arabesques dorées dans la chambre. Revêtu de sa chienne de garagiste et calotté de cette visière verte qui paraît lui couper le front en deux, Philippe Couture pense à Émile Nelligan, aux maisons à toitures crénelées de Cacouna où il passait tous ses étés avec sa mère, Émilie Hudon dit Beaulieu. Avec Émile Nelligan, dont Philippe Couture partage les mêmes souvenirs de Cacouna, comme la fin de son anthologie sur le fleuve va prendre tout sons sens!

*Ce fut un grand Vaisseau taillé dans l'or massif:*
*Ses mâts touchaient l'azur, sur des mers inconnues;*
*La Cyprine d'amour, cheveux épars, chairs nues,*
*S'étalait à sa proue, au soleil excessif.*

Même si ces vers d'Émile Nelligan sont archiconnus et commentés de mille et une façons, ils paraissent toujours nouveaux à Philippe Couture, à cause de cette Cyprine d'amour aux cheveux épars et aux chairs nues qui fonde le poème. Sur la feuille qu'il y a devant lui, Philippe Couture biffe *La Cyprine*, qu'il remplace par *L'Albertine*, et songe: *L'Albertine d'amour, cheveux épars, chairs nues! Pourquoi n'ai-je jamais écrit ce vers? Lui seul convient pourtant parfaitement pour tout ce que je voudrais exprimer.*

Et il reste là devant son petit pupitre à rêver, sa plume à nouveau dressée vers l'espace. Il y passerait sans doute toute la matinée si Stéphanie ne venait pas frapper à la porte de sa chambre.

— Vous êtes pas raisonnable, Monsieur Couture. Vous avez encore oublié la réunion de ce matin!

— Une réunion? Il ne me semble pas qu'il y ait pour aujourd'hui une réunion prévue à mon agenda.

— En fait, s'agit pas vraiment d'une réunion: c'est cette rencontre que vous avez organisée entre Monsieur Rémi Levesque, Junior et Judith.

— Je ne m'en souvenais plus.

— Vous écrivez trop, Monsieur Couture. On vous attend dans la salle de conférences, et le plus vite que vous allez y venir, le mieux ça va être. Vous savez, Junior est pas la patience incarnée. Monsieur Rémi Levesque lui a déjà vendu deux cartes de membre pour l'Association des gens du Bas-du-Fleuve, et il veut l'abonner à son bulletin mensuel et à toutes les brochures qu'il fait éditer. Junior en a plus pour longtemps avant de craquer.

— Bon, dites-leur que je les rejoins dans la minute.

— Merci, Monsieur Couture.

Philippe Couture préférerait rester devant son petit pupitre, à imaginer ce qu'il va bientôt écrire sur Émile Nelligan. Après la féerie du poème, se retrouver avec Rémi Levesque, ses accents à la duchesse de Langeais et ses blagues à double sens, voilà ce qui s'appelle retomber bien bas dans la réalité quotidienne. Que de choses ne faut-il pas faire au nom de l'amitié! Que de choses ne faut-il pas faire parce qu'on vient du même pays et qu'il faut le protéger, même contre lui-même! Philippe Couture enlève sa chienne de garagiste, se décalotte de sa petite visière verte avant de se regarder dans le miroir au-dessus de la vieille pompe à essence. Il trouve qu'il a fière allure, comme si sa nuit de travail, par tous les textes qu'il a lus, lui donnait un peu de cette majestitude dont il a toujours imaginé que les poètes seuls pouvaient s'en voir drapés. Il se fait un clin d'œil de contentement puis, quittant sa chambre, se rend à la salle de conférences. Eugénio Gagnon l'intercepte dans le corridor. De la salle de conférences provient un joyeux tintamarre de guitare électrique et d'harmonica.

— Voulez-vous me dire ce qui se baratte là-dedans? demande Eugénio Gagnon en montrant la porte de la salle de conférences. On se croirait dans une maison de fous, pas chez un éditeur respectable comme vous l'êtes. On n'entend même pas ce qu'on se dit dans le bureau.

—Je vois à ça tout de suite, très cher.

— Ça serait mieux parce que moi, les quételles vont me prendre, simolaque!

Malgré que, de Rémi Levesque, rien ne saurait l'étonner, Philippe Couture n'en est pas moins estomaqué quand il entre dans la salle de conférences et voit ce qu'il voit: avec la table, une scène a été improvisée, sur laquelle se retrouvent Judith et Junior qui y sautillent sauvagement, emportés par la musique qu'ils jouent. Rémi Levesque et sa secrétaire s'en donnent à cœur joie aussi, se trémoussant, tout déchaînés, l'une contre l'autre. On est loin du folklore dont Rémi Levesque fait la propagande dans le bulletin mensuel de son Association des gens du Bas-du-Fleuve.

— Et puis après, quel mal là-dedans! dit Rémi Levesque quand la musique s'arrête et que Philippe Couture lui en fait la remarque. Être plus catholique que le pape, c'est jamais une bonne soupape dans l'ordre du divertissement.

Il rit de son gag, tout tressautant dans ses épaules, ce qui fait tinter les clochettes qui, attachées à une chaîne dorée, lui pendent sur la poitrine. Philippe Couture dit:

— Après ce que je viens d'entendre, j'imagine que j'ai pas besoin de te présenter ni Junior Galarneau ni Judith Martin.

— Les retardataires ont tout le temps tort, comme tu sais.

— Mettons. Mais ça signifie quoi pour le reste?

— J'engage tes protégés, c'est simple.

— Pour rien te cacher, je les vois mal au *Casino gaspésien* ou bien à *L'Estran du Bas-du-Fleuve.*

— Il y a pas que ça au Québec. Je connais des tas de boîtes à travers la province qui vont marcher dans la musique de tes protégés. Évidemment, ça sera pas le pactole dans les débuts, mais c'est déjà autre chose que de quêter de la petite monnaie dans le métro.

Et Rémi Levesque, se tournant vers Judith et Junior, ajoute:

— Ma secrétaire va vous faire voir mon contrat type. Mais je vous préviens tout de suite: dans aucune de ses lignes, pas question de négocier.

— Qu'on nous présente ça et Judith et moi, on signe tout de suite, dit Junior. En esti toasté des deux bords à part ça! On fait ça où?

Philippe Couture intervient:

— Si vous commenciez d'abord par remettre la table de conférences où elle doit être, ça faciliterait peut-être les choses.

— S'il y a juste la table à déplacer pour que Judith et moi, on puisse signer notre premier contrat, fiez-vous à moi: ça prendra pas goût de tinette que je vais vous arranger ça!

Mais, pareil à un coup de vent, Eugénio Gagnon entre dans la salle de conférences, l'air si excité que Philippe Couture lui demande:

— Très cher, voulez-vous bien me dire ce qui vous arrive?

— C'est pas à moi qu'il arrive quelque chose. Venez écouter ça!

— Écouter quoi?

— C'est dans le bureau. Suffit de me suivre.

Et regardant Junior, il dit encore:

— Vous devriez venir, vous aussi. D'une certaine façon, ça pourrait aussi vous concerner, Monsieur Galarneau.

À la suite d'Eugénio Gagnon, Junior et Philippe Couture traversent le corridor menant à Médiatexte. Il n'y a personne dans le bureau, pas plus Stéphanie que Miriam. Quand Philippe Couture s'informe auprès d'Eugénio Gagnon du motif de leur absence, celui-ci répond:

— Miriam est à l'imprimerie pour toute la journée. Quant à Stéphanie, elle est allée à *La Presse* livrer un communiqué. C'est pour ça que personne a pris les messages du répondeur automatique. Je viens tout juste de le faire et quand j'ai entendu ce que j'ai entendu, je me suis dit que je devais vous en informer immédiatement.

Eugénio Gagnon s'est assis au pupitre de Stéphanie et actionne le répondeur automatique. On entend d'abord la voix de ce graphiste qui, prétendant s'illustrer en toute circonstance et en couleurs même s'il s'appelle Leblanc, est à la recherche d'un emploi.

— Eugénio, si c'est une plaisanterie que vous nous avez faite, permettez-moi de vous dire que je ne la trouve pas très drôle, dit Philippe Couture.

— C'est le prochain message. Attendez voir. Laissez-moi le temps de le trouver, simolaque!

Quand ça arrive, Philippe Couture reconnaît la voix d'Edgar Rousseau, toute pâteuse et se mâchouillant dans ses mots comme lorsqu'il est soûl.

— J'ai essayé de te rejoindre, Philippe... J'ai passé une nuit affreuse, à tourner en rond et à boire en pensant à Miriam... Là, je suis plus capable d'en endurer davantage... Je sais tout sur Miriam maintenant... c'est-à-dire que son garçon, il me reste plus rien qu'à apprendre qui c'est son père... et s'il faut que je me rende jusqu'aux Trois-Pistoles pour m'en informer auprès de sa famille, je vais le faire... Rappelle-moi pas, Philippe... c'est maintenant trop tard... je suis déjà parti.

Philippe Couture aurait voulu arrêter la bobine de l'enregistrement bien avant qu'Eugénio Gagnon ne le fasse, mais on ne peut prévoir les mots que va dire celui qui ne vit plus que le désespoir de l'ivresse. Et tout ce qu'il trouve à dire, c'est:

— Eugénio, laissez-moi seul avec Monsieur Galarneau, voulez-vous. Et en attendant que nous nous reparlions, je vous serais gré de garder pour vous tout ce que nous venons d'entendre.

Eugénio Gagnon sortant du bureau, Philippe Couture se tourne vers Junior en train de tirer sur le petit cigare qu'il vient d'allumer.

— Pour Miriam, vous savez maintenant. Je n'aurais pas voulu que vous l'appreniez de cette façon-là. Je me sens honteux que ce soit arrivé.

— Vous en faites pas avec ça: il y a longtemps que j'avais plusse qu'une doutance sur la raison qui a forcé Miriam à s'exiler du Deuxième Rang. Ce que je viens d'entendre me le confirme, rien d'autre. Mais personne le sait dans les Trois-Pistoles, y compris le père. Ça va pas déjà bien dans la cabane. Alors, imaginez ce que ça va être si le père apprend qu'il a fait un enfant à Miriam. Ça va ruer fort en esti dans le bacul!

— Mais Edgar était soûl quand il a téléphoné. Au lieu d'aller aux Trois-Pistoles, il s'est peut-être contenté de dégriser tranquillement chez lui.

— Y a moyen de vérifier?

— J'appelle tout de suite à son garage.

— Et moi, je téléphone par chez nous pour aviser mon monde pour le cas que votre énergumène serait déjà en route.

Junior ne réussira pas à rejoindre ni Miville, ni Julie, ni Gabriel, ni même Ti-Bob Cayouette à l'*Hôtel de la Gare*: tout le monde, apparemment, s'est dissipé dans la nature. Quant à Philippe Couture, sa petite enquête a de quoi le troubler profondément. Un employé lui a raconté qu'Edgar Rousseau avait fracassé toutes les vitres des voitures entreposées dans son garage et que, depuis, on n'avait plus de nouvelles de lui.

— C'est donc dire qu'il est parti pour les Trois-Pistoles, dit Junior. S'il y a moyen, faut que je le rattrape avant qu'il rencontre quelqu'un de la famille. Mais avec la jeep de Judith, je pourrai pas courir bien fort. Avec l'avance que votre énergumène doit déjà avoir prise, c'est un avion qu'il me faudrait, esti!

— Ça devrait pouvoir s'arranger. Je m'en occupe.

Quelques appels téléphoniques encore et Eugénio Gagnon va reconduire Junior à l'aéroport. Un petit avion nolisé par Philippe Couture va l'emmener jusqu'à Rivière-du-Loup.

— Après, je me débrouillerai bien, a dit Junior.

Poliment, Philippe Couture a congédié Rémi Levesque et sa secrétaire et demandé à Judith de lui faire la faveur de garder les bureaux de Médiatexte en attendant le retour d'Eugénio Gagnon et de Stéphanie. Puis, Philippe Couture s'est enfermé dans sa chambre. Assis à son petit pupitre devant la photo de sa mère, il songe à ce qui vient d'éclater dans la veine noire de la destinée alors que tout commençait à aller bien enfin, pour lui et Albertine d'abord, pour Stéphanie heureuse d'avoir retrouvé son ami en allé depuis longtemps. Quant à Miriam qui songe à acheter le centre équestre de Carignan avec Éric Wisecomm, c'est du grand plaisir que de la voir renaître, ne serait-ce que par ces petits sourires qui lui viennent maintenant, et sans même qu'elle ne s'en rende compte vraiment. Se pourrait-il qu'Edgar Rousseau, par son désespoir, mette fin au printemps avant même qu'il n'arrive, comme ce fut le cas pour Émile Nelligan se détruisant au sortir de son adolescence, pareil à son grand Vaisseau d'or pourtant taillé dans l'or massif?

Baissant les yeux, Philippe Couture ne voudrait pas lire la fin du poème. Mais les mots sont là, pareils à de sombres papillons qui virevoltent dans son regard:

*Que reste-t-il de lui dans la tempête brève?*
*Qu'est devenu mon cœur, navire déserté?*
*Hélas! Il a sombré dans l'abîme du Rêve!*

Edgar Rousseau n'a pas été politicien pour rien: parce qu'il a traversé le Québec des dizaines de fois, il sait depuis longtemps que lorsqu'on arrive dans une petite ville inconnue, c'est à l'hôtel le plus important de la place qu'il faut se rendre si on veut rapidement obtenir les informations dont on a besoin pour accomplir ses desseins. Une fois le vieux pont de fer de Tobin traversé, Edgar Rousseau n'a pas besoin d'une boussole pour s'orienter. Il a bu tant d'alcool depuis son départ de Montréal qu'il a l'impression d'être sobre comme il ne l'a jamais été. Ça marche fort dans sa tête et son corps, dans une lucidité pour ainsi dire lumineuse, comme quand il représentait le Parti québécois à toutes ces assemblées qui se sont tenues partout dans le pays cette année-là du référendum. Quand il arrive devant l'*Hôtel de la Gare*, Edgar Rousseau descend de sa machine et, s'appuyant à la portière, regarde le petit pays dans lequel il vient d'accoster et dit:

— Me voici donc dans la plus belle petite ville du plus beau petit comté de la plus belle petite province du Canada! Et maintenant, nous allons voir ce que nous allons voir!

Il se raidit dans tout son corps, comme il a toujours agi avant de faire son entrée dans un meeting politique. Puis, passsant le seuil de la porte de l'*Hôtel de la Gare*, il se retrouve dans le petit bar et se rend tout droit au comptoir derrière lequel se tient Maggie Cayouette, toute nonchalante dans son corps. Pour Edgar Rousseau, elle ressemble à toutes les tenancières d'hôtels minables où souvent il s'est retrouvé après ses assemblées politiques, tout fin seul avec lui-même parce que, après avoir harangué les foules laborieuses, il ne voulait pas, comme ses collègues politiciens, passer une longue nuit blanche à virer en rond dans l'autocritique.

— Un scotch, dit Edgar Rousseau. Double et sans glaçons.

Maggie Cayouette sort de sa nonchalance. Elle regarde Edgar Rousseau, s'approche de lui comme si elle voulait le flairer et dit:

— Mais, mais, mais. Me semble que je vous ai déjà vu quelque part, vous.

— C'est sans doute dans les journaux: un temps, on y publiait ma photo plutôt régulièrement.

Maggie Cayouette s'approche encore un peu, comme si elle voulait mieux flairer. Puis tout paraît s'illuminer en elle. Elle dit:

— Mais, mais, mais. Je vous reconnais, là. Vous êtes Monsieur Edgar Rousseau, le ministre! Mon fils Ti-Bob et moi, on est allés vous entendre à l'aréna de Rivière-du-Loup quand ça faisait juste causer de l'indépendance du Québec. Vous parliez bien, tellement que moi-même j'ai voté pour la souveraineté comme mon fils Ti-Bob. Mais quel bon vent vous amène dans le pays, Monsieur Rousseau?

— Le pays, balbutie Edgar Rousseau. Est-ce qu'il nous reste seulement l'ombre de la queue d'un pays?

Après la longue route qu'il vient de se taper, Edgar Rousseau aimerait s'épancher là-dessus: ça lui ferait du grand bien dans tout ce qui est filouté en lui. Mais il n'est plus en campagne électorale, pas plus qu'il n'est en transe comme il l'a été à l'époque du référendum. Tout ce pourquoi il se retrouve aux Trois-Pistoles, c'est pour savoir ce qui lui manque dans le chaînon reliant Miriam à son garçon. Aussi se reprend-il en main et dit-il:

— Pour des raisons que je ne peux pas vous donner, il me faudrait à tout prix rencontrer la famille Galarneau. Mais je ne sais pas où elle habite par ici. Je vous serais très reconnaissant si vous vouliez bien m'en informer.

— Les Galarneau? reprend Maggie Cayouette. Ça, c'est du monde un brin spécial, à commencer par le bonhomme.

— Le bonhomme?

— Le père, si vous aimez mieux, Xavier de son prénom.

— Xavier, dit Edgar Rousseau. Et je peux le trouver où, votre Xavier?

— Ça habite au bout du Deuxième Rang, en haut de la côte. Mais si vous allez là, ça va être pour rien, parce que vous y trouverez pas Xavier. J'ai appris tantôt par mon beau-frère Delphis que Xavier est dans sa vieille cabane de pêcheur de la grève du cap au Marteau.

— La grève du cap au Marteau? Où c'est que je peux trouver ça?

— En sortant d'ici, vous prenez la route nationale. Quand vous allez voir l'indication pour le camping des Trois-Pistoles, vous virez là, sur votre gauche. Après un mille, la grève du cap au Marteau va vous sauter en pleine face, de même que la vieille cabane de pêcheur où c'est que Xavier se trouve.

Après avoir donné un généreux pourboire à Maggie Cayouette, Edgar Rousseau sort de l'*Hôtel de la Gare* et monte dans sa machine, repoussant le petit fiasque de scotch qu'il avait laissé sur la banquette. Plus besoin d'alcool maintenant, le politicien entêté en lui s'étant reformé dans toutes ses membrures. Plus que lui-même, c'est sa machine qui le conduit jusqu'à la grève du cap au Marteau. Malgré les bancs de neige, nombreux à barrer le chemin qui y mène, la machine d'Edgar Rousseau est pareille à un grand cheval rebelle que rien ne saurait plus arrêter: le déportement de l'amour, dans toute la désespérance qui lui reste, est un conditionnement bien plus grand que n'importe quel hiver s'enfonçant dans la neige, ses glaces et ses grands vents soufflant de la Mer océane.

Entre la machine d'Edgar Rousseau qui s'arrête et la vieille cabane de pêcheur de la grève du cap au

Marteau, il n'y a plus bien des pas à faire. Malgré les grands vents soufflant de la Mer océane, Edgar Rousseau, calant à mi-corps dans la neige, se dirige vers la vieille cabane de pêcheur. Tous ses discours de politicien lui reviennent dans la tête: ce pays, ce Bon Dieu et son âme, quelle écœuranterie ça a toujours été pour lui qui jamais n'a rêvé à autre chose que d'être aimé. Mais personne n'a vraiment voulu de lui, surtout pas ce premier ministre mégalomane qui, venu du fin fond de la Gaspésie, voulait s'oublier dans sa pauvreté profonde et jouer aux cartes plus fort qu'il ne pouvait, mettant partout de la ruse empruntée alors que c'aurait été si simple pour lui de dire vraiment ce qu'il était — ce manque d'amour qui a recouvert tout le pays et n'a fait venir que l'hiver de force. Sur ses genoux, Edgar Rousseau tombe dans la neige. Pendant tant d'années, il n'aurait voulu que donner la meilleure part de lui-même. Mais le monde n'est que ce qu'il ne comprend jamais, et c'est pourquoi ça souffre partout autant, et c'est pourquoi, malgré tout ce chien par lequel ça peut être habité, il faut que les genoux plient et que ça se retrouve dans la neige: pour arriver à l'horreur de soi-même, il faut que tout casse.

Dans cette neige qui l'encercle déjà de toutes parts, Edgar Rousseau ne pourrait plus répondre de rien car la tempête qui s'est levée sur le fleuve, dans ce grand charroiement de vent, finirait par le glacer comme l'a été le chien donné par Xavier à Junior. On ne joue pas avec la vie car c'est elle qui se déjoue de tout.

Mais venant du boisé, voilà qu'apparaît Xavier, presque aussi blanc que le paysage et le lièvre qu'il tient par les oreilles. Sur ses raquettes, Xavier marche jusqu'à la vieille cabane de pêcheur. Devant la porte, il enlève ses raquettes et les plante, gueule vers le bas, dans la neige. Puis il entre dans la vieille cabane de pêcheur. D'avoir vu ça suffit à Edgar Rousseau pour se désembourber et, même si c'est de peine et de misère, il vient à bout des derniers bancs de neige qui le séparent encore de Xavier. Mais arrivé devant la vieille cabane de pêcheur, Edgar Rousseau est si épuisé qu'il lui faut reprendre son souffle. Et c'est ainsi que haletant, sa tête donne contre la petite fenêtre à moitié engivrée qu'il y a à côté de la porte. Alors, Edgar Rousseau voit Xavier qui, sur une caisse, a mis le lièvre devant la grosse truie avant de s'asseoir, dos tourné à la porte. Ce dos paraît familier à Edgar Rousseau, comme s'il se retrouvait encore au centre équestre de Carignan et qu'il voyait Miriam et Maxime chevaucher l'un à côté de l'autre, mais sans jamais que ça ne lui fasse face. C'est bien assez pour qu'Edgar Rousseau ouvre brusquement la porte de la vieille cabane de pêcheur et entre. Xavier s'y attendait si peu que, pour la première fois de sa vie sans doute, il ne fait que regarder Edgar Rousseau, sans qu'un mot à dire ne lui vienne. En se retournant, Xavier a fait tomber le lièvre, et c'est pareil à une tache toute blanche entre ses jambes. Xavier voudrait se pencher, prendre le lièvre et le remettre sur la caisse devant la grosse truie, mais le discours que lui tient Edgar Rousseau l'en empêche. Miriam! Miriam! Miriam! C'est d'abord ce que dit le discours d'Edgar Rousseau. J'aime Miriam! J'aime Miriam! J'aime Miriam! C'est ensuite ce que dit le discours d'Edgar Rousseau. Xavier n'y comprend rien, sauf que le livre de *Job* l'a rejoint et que la bouche du Malin parle pour le perdre dans son intégrité. Il se lève donc et, se retrouvant devant Edgar Rousseau, dit:

— Je sais plus rien de Miriam. Miriam est morte pour moi. Si vous l'aimez, j'y peux rien.

— Je l'aime mais elle, elle ne veut pas de moi.

— J'y peux rien non plus.

— Faut que vous m'écoutiez.

— Je veux pas vous écouter. Et j'ai pas l'habitude de répéter deux fois la même chose.

— Pourtant, faut que je sache. Faut que je sache depuis combien de temps vous avez pas vu Miriam. Faut que je sache aussi depuis combien de temps vous avez pas vu son garçon!

— Son garçon? De quel garçon vous parlez?

Ce n'est pas le firmament qui tombe dans la mer, mais la mer qui s'y soulève, arrachant tout dans ses trombes d'eau glacée, dénaturant toutes choses, éventrant les bêtes et les hommes pour établir la pourriture en royaume. Ça jaillit de partout, c'est plein de sang noir qui, par grandes spirales, va souiller à jamais ce qui, pourtant, était encore inatteignable dans la beauté du monde. Xavier a empoigné Edgar Rousseau et le secoue.

— Le garçon! Le garçon! Quel âge il a, le garçon de Miriam?

Quand Edgar Rousseau le lui dit, ce n'est plus la colère qui habite Xavier, mais l'extrême indigence de celui qui s'est toujours considéré comme un guerrier glorieux dont la victoire devait lui ramener sa fille bien-aimée pour que, montée sur la grande jument tavelée, elle coure enfin en toute liberté vers cette mer de blés aussi blonde que sa longue chevelure. Quelle trahison de la part du guerrier glorieux! Cet épieu dans le ventre de la fille bien-aimée, enfoncé là par le guerrier glorieux! Cet épieu! Cet épieu! Cet épieu!

Voilà ce que crie Xavier en repoussant le Malin jusqu'à la porte avant de le jeter, cul par-dessus tête, dans la neige. Puis Xavier va vers le lièvre, qu'il prend de ses deux mains et déchiquette afin que toute la fourrure blanche s'ensanglante dans une grande déjection de viscères. Après, Xavier va vers le vieux fusil de chasse de son père et glisse une cartouche dedans. De toute sa lignée, il va être le seul à mourir dans le plein de l'hiver parce qu'il n'y a pas plus d'intégrité que de justice, et pas plus de justice que de Loi. Il n'y a que du sang, et le sang est aussi mauvais que la nuit d'où il vient. Xavier met le canon du vieux fusil de chasse contre son cœur et ramène le chien vers lui. Tout est devenu aussi froid que ces grands vents qui soufflent maintenant avec fureur de la Mer océane, dans ce déchaînement qu'est l'hiver. Xavier hurle:

— Maudis Dieu et meurs!

Il y a cette détonation qui remplit tout l'espace alors que la porte de la vieille cabane s'ouvre sur Julie et Junior.

— Non, Pa! Non, Pa!

Mais de Xavier, plus rien d'autre que ce sang qui coule de lui, faisant ce ruisseau tout rougeâtre qui ne va s'arrêter dans sa course qu'une fois arrivé au lièvre déchiqueté pour lui enlever définitivement ce qui pouvait lui rester encore de blanc dans sa fourrure.

Ah, l'hiver!
Ah, l'hiver!

*Trois-Pistoles*
*le 15 octobre 1991, 8 h 24*

## *L'HÉRITAGE* a été diffusé à Radio-Canada, de l'automne 1987 au printemps 1990.

| PERSONNAGE | COMÉDIEN |
|---|---|
| **Trois-Pistoles** | |
| Xavier Galarneau | Gilles Pelletier |
| Gabriel Galarneau | Aubert Pallascio |
| Miville Galarneau | Robert Gravel |
| Junior Galarneau | Yves Desgagnés |
| Julie Galarneau | Sylvie Léonard |
| Albertine Galarneau | Amulette Garneau |
| Nathalie Bérubé | Christiane Raymond |
| Jos Bérubé | Jocelyn Bérubé |
| Ti-Bob Cayouette | Jacques L'Heureux |
| Maggie Cayouette | Paule Baillargeon |
| Delphis Cayouette | Robert Rivard/Yvan Canuel |
| Jean-Marie Soucy | Jean-Christian Lavoie |
| Me Louiselle Saindon | Sylvie Legault |
| Blanche | Sophie Clément |
| | |
| **Montréal** | |
| Philippe Couture | Jean-Louis Millette |
| Miriam Galarneau | Nathalie Gascon |
| Stéphanie Galarneau | Geneviève Rioux |
| Eugénio Gagnon | Jean-Claude Germain |
| Edgar Rousseau | Roger Blay |
| Maxime Galarneau | Cédric Jourde |
| Éric Wisecomm | Denis Mercier |
| Judith Martin | Marie-Christine Perreault |

**Réalisateurs-coordonnateurs:**
Aimé Forget
Maurice Falardeau

**Réalisateurs:**
Réjean Chayer
Jean-Marc-Drouin
Daniel Roussel
Michel Greco
Lise Chayer
Rolland Guay
Raymonde Boucher

**Chef de mission:** Ginette Dupuis

**Assistant à la production:** Jean Herquel

# TABLE

Achevé Imprimerie
d'imprimer Gagné Ltée
au Canada Louiseville